幻想领域

镜像恋人

Never meet

NEVER MEET

武夫刚 等◎著

镜像恋人

北方联合出版传媒(集团)股份有限公司
万卷出版公司

图书在版编目（CIP）数据

镜像恋人 / 武夫刚 等著 . -- 沈阳 : 万卷出版公司 , 2018.7

ISBN 978-7-5470-4944-0

Ⅰ . ①镜… Ⅱ . ①武… Ⅲ . ①科学幻想小说—小说集—中国—当代 Ⅳ . ①I247.5

中国版本图书馆 CIP 数据核字 (2018) 第 116319 号

出 品 人：刘一秀
出版发行：北方联合出版传媒（集团）股份有限公司
万卷出版公司
（地址：沈阳市和平区十一纬路 25 号 邮编：110003）
印 刷 者：辽宁泰阳广告彩色印刷有限公司
经 销 者：全国新华书店
幅面尺寸：145mm × 210mm
字 数：350 千字
印 张：11
出版时间：2018 年 7 月第 1 版
印刷时间：2018 年 7 月第 1 次印刷
责任编辑：胡 利
责任校对：高 辉
装帧设计：末末美书
ISBN 978-7-5470-4944-0
定 价：36.00 元
联系电话：024-23284090
传 真：024-23284448

序言

许一个愿，点一颗星

2014年10月的一个上午，我与“科学与幻想”成长基金的几位发起人初次相见。我们在深圳湾喝咖啡，桌上摆着他们的名片：上市企业执行董事；社会公益基金会副秘书长；技术专家、创业孵化器CEO。

那时《三体》尚未获得雨果奖，资本试探着接近科幻圈，中国科幻正处于井喷式发展前的临界点。几个月内，我见过诸多投资人、影视从业者和版权经纪人，人们怀揣钞票、心思忐忑，带着百般提防，谈着辉煌的生意。我厌恶这种会面，因为科幻一旦成为商品，就变得无趣起来，我是个普通的作者，并不想变成什么商人。

然而董事、秘书长和CEO并没有谈论版权费用，甚至对“IP”闭口不提。我们啜饮咖啡，愉快地讨论科幻的话题，直至午餐时间到来。他们不仅是科幻迷，而且自发地感觉到中国科幻所欠缺的某种东西，想要为中国科幻做点什么，得知我写过科幻小说，便合谋拉我入伙。

在这次聊天的尾声，我们形成了一个共识：中国科幻目前最欠缺的，是文学创作的推动力。科幻的根源是文本，而创作科幻小说，向来被认为是吃力不讨好的事情，发表平台狭窄导致大量优秀作品无从投递，许多缺乏激励的创作者黯然放弃科幻，转投其他类型文学的怀抱。那么在银河奖、星云奖的光环之下，是否应该有更关注新作者、新作品的平台出现呢?

其后几个月，我们反复论证这个共识，决定创立一种国内从未出现过的模式：专注于扶持中国科幻发展的公益组织。这种模式意味着我们无法从中牟利，付出精力之余甚至还要为之奔走，以筹集资金开办活动。当时，我们对这支基金的未来并没有明确规划，只觉得在本职工作之余，能通过这种方式为中国科幻做出些许贡献，帮助几位科幻迷成为科幻作者，便是完成了每位发起人的心愿。

2015 年 3 月，“科学与幻想”成长基金在深圳注册成立，同年在深圳文博会上亮相，宣告在中国南海边燃起一点科幻之火。

同年，我们获得深圳南山区科协的支持，用相当有限的经费设立了一个科幻奖项，旨在给那些科幻道路上的新生力量给予自己的微薄帮助，我们将它取名为“晨星”。

我们自费飞往南阳，专程拜会了王晋康老师，亦得到王老师的大力帮助，于是奖项得以命名为晨星 · 晋康奖。这是中国历史上第一个以科幻作家名字命名的科幻奖项。

同年，我们定下一项政策：拿出相当一部分经费作为资助金发放给长篇科幻小说创作者，帮助他们解决基本生存问题，顺利完成小说。

公益模式、初创奖项、经费紧张、人手不足，我们遇到各种各样的困难，亦得到各方帮助。最后，征得稿件的数量和质量令我们非常意外，仿佛农夫在开垦一片荒芜的土地时，却在田中掘出无数宝藏。

2015 年底，我们在深圳召开颁奖大会，请获奖者和科幻作家们一起聚会。晚会后的烧烤摊上，几十只杯子在南国的灯火中碰撞，每个人都有一种不真实感，难以相信眼前这一幕是自己创造出来的。

这一年，发完所有奖金之后，基金赤字严重，只能由发起人们自掏腰包来弥补。

这一年，大家在本职工作之余坚持每周召开基金例会，在颁奖典礼前连续一周投入筹备，忙得没空在自己的公司露面。没人知道如何举办晚会，若不是一位科幻迷主持人的临时救场，只怕整场典礼会变成灾难。

这一年，我们听到一位获奖作者说：谢谢晨星奖给我的肯定，因为我的身边，没有人能理解我。

这一年，许多人喝多了，哭得像个三四岁的孩子。

2016 年，深圳市福田区文体专项基金加入资助人行列，我们的资金预算终于摆脱了捉襟见肘的窘境，于是增设了晨星美术奖，帮助那些有志于科幻插画、动画、漫画创作的年轻人迈出第一步。

这一年年末的聚会变得更加热闹，科幻作家与特效大师比肩而坐，文字和图画在屏幕上碰撞，生出斑斓的星火。烧烤摊上，更多人举起酒杯，在深圳的暖冬里喝红了年轻的脸孔。

这一年，我们依旧花费大量时间开会，投入大量精力筹备，发出去大量奖金，导致最后严重赤字。可没人抱怨，毕竟抬头望去，我们的“晨星”正闪着愈加灿烂的光。

这一年韩松老师喝多了，搂着发起人的肩膀说：你们干得很好。

这一年，我们才明白一件事情，那就是我们可以干得更好。

2017 年，深圳市科协的关注使我们能做更多事情，我们举办论坛、开展对外交流、举行艺术展、资助科幻活动，并且把晨星文学奖和美术奖做得更有声势。更多人被我们吸引，或远或近地围绕在基金周围，三年经营，“科学与幻想”成长基金在岭南这片科幻边陲之地开创出一片小小的繁荣，年末来深圳聚聚，也成了科幻作家、科幻美术家与其他圈内人士的惯常行程。

2017 年冬天，当奖杯一个一个被捧走，烧烤端上又撤下，酒过三巡，我和董事、秘书长与 CEO 们又陷入了那种不真实感：原来在陌生的科幻公益道路上，我们能走这么远。回头看看三年前的那次对话，原来是某种隐约的伏笔：一个朴素的心愿，终于点亮一颗明亮的晨星。

未来有太多的可能性，基金会努力为中国科幻增添力量，让创造力的火种更猛烈地燃烧起来。此时，我们该稍微做一下总结，然后砥砺向前。

这套书系是科幻基金、晨星奖发展历程的一次小结，其中收录的每一部作品，都可能是埋没在茫茫文海当中、有幸由我们发掘出来的珍宝，每位作者都可能是走在与科幻截然不同的道路上、如今得以发表作品的创造者。

这些作品，或许文笔稍显稚嫩、叙事欠缺老到，存在这样那样的问题，但依然请您在指出错误之余，给予它们应有的肯定，因为这些作品都有值得被阅读的价值，因为这些作者都有着旺盛的生命力，只要假以时日，一定能创作出更好的作品。

他们是中国科幻的希望。

感谢您购买这本书。

感谢每一位帮助过“科学与幻想”成长基金的人。

张冉

科幻作者

“科学与幻想”成长基金发起人之一

目录

镜像恋人

文／武夫刚

根据社会数学理论，镜像人偶尔相遇，只会各自相忘于人海之中。只有当镜像人自身学习了社会数学，一懂半懂地用社会数学去人为地加强自己的缘分，才会导致恶性收敛，使得世界末日真正到来。

第一节

叶阳新对老乡赵玉婷说："我第一次遇到她，是在大一的寒假。当时在北京西站的大走廊里，我和她迎面走着，眼看就要撞上的时候，我往左边去，她也往我左边去，我往右边让，她也往我右边让。我和她笑一笑，停住了两三秒，再一起走，又是一起往同一侧让。我想示意一边，举起左手，没想到她同时举起左手，做了同样的示意，完全像照镜子一样。就这样很尴尬地笑着，僵持了一分钟左右，你猜我们最后是怎么办的？"

赵玉婷皱眉，敷衍地说："怎么办的？"

阳新说："我转身一百八十度，不走这条路了。而她呢，竟然和我同时转身，我走了几步以后，忍不住回头看一眼。你知道，换了你也会忍不住的。而就在那一瞬间，我看到她也回头看了我一眼。这就是第一次见面。"

北京西客站地面洁净无尘，电子指示牌清晰规整，悦耳的广播说着："去往西安北方向的 G87 次列车开始检票了……"只见四面八方的人，声音嘈杂混乱，融合成无法辨认细节的高分贝噪声。阳新停在检票口，不往前走，四处张望。

玉婷推着他，说："你还在找她？"

阳新说："可能只有寒假才会遇见她。"便匆匆被推过了检票闸机。

玉婷撇嘴说："世上就没有那种规律。"

背着包，在人群中，沿楼梯快步向下，阳新继续兴奋地说："如果只有那一次，不算什么。可是我大二寒假又遇到她了，更加传奇。当时我在火车站的厕所门口排队，低头玩手机，偶然一抬头，看到她排在女厕所门口，也在玩手机。我用的是左手，她用的是右手，对称的。"

玉婷说："那有什么稀奇？世界上九成九的人都是右撇子，都和你有缘分吗？"

阳新说："当时我不是被人打伤了左眼，在眼睛下面蒙了一块纱布吗？我告诉你，她的右眼上当时蒙了一块纱布。我抬头看她的时候，她也抬头看我，但是毕竟完全不认识，我们都没说什么。这时候轮到我进厕所，等我出来以后，已经看不到她了。"

玉婷冷笑说："幸好你当时还知道要脸，没有在女厕所门口等她出来。"

阳新提高声音说："如果是现在，我肯定要等她出来的。当时错过，太可惜了。"

玉婷冷眼看他，可惜阳新对她的冷眼毫不在意。

站在站台上，阳新继续说："在今年寒假，我又遇到了她。当时我站在一个玻璃墙边，把背包放下想歇歇脚，然后我根本不敢相信我的眼睛，因为玻璃墙的后面就是她，正在把背包放下。她也是大惊失色，当时我们隔着玻璃墙喊，又对口型，又尝试在玻璃墙上写字，可是互相都不知道对方在说什么。我想问她是谁，她要乘什么车，手机号是多少，可是她说的我完全听不到。后来我灵机一动，想到把我的手机号输入在我的手机里，把手机屏幕给她看。她一定也想到了，我在掏手机的时候，她也在掏手机。就在那个时候，碰巧有很多人拥过来，把我推离了那里。我再回到那里去时，她已经不见了。”

玉婷说：“那里根本就是有一面镜子，后来被人搬走了吧？你在火车站对着一面镜子手舞足蹈，想想看是什么傻样。”

阳新说：“她的羽绒服是粉红的，女式的，和我的不一样，不是镜子。所以我知道在冥冥之中是有什么在把我和她牵扯到一起了。不然你没法解释，春运有多少人在北京转车，买票早一天晚一天都不是我们能控制的，可是我和她总能会面，而且总是那么精确地默契。”说着，还在继续伸长脖子张望。

玉婷说：“你不是说只有寒假才会遇见的吗？”

忽然，对面站台上有个短发的女生喊过来：“喂！”

阳新激动起来，对着对面站台举手做喇叭，喊道：“喂！”又拼命挥手。

玉婷扯着阳新说：“那是她？”

“那就是她。”阳新匆匆说，接着对着对面用力喊道，“我是交大的。”

对面的短发女生同时喊道：“我是交大的。”

阳新愣住了片刻，喊道：“那个站台错了。”

玉婷用力把他拉走，说：“我们该上车了。”

对面的短发女生对阳新喊道：“不是那次车。”在她身边，却有一个高个子男生低头对她说话。

就在这时，一列子弹头列车呼啸着在两个站台之间驶过，隔开了他们。

阳新失魂落魄地跟着玉婷踏进了去西安的列车，就座以后，突然握紧扶手，抬头对玉婷说：“我明白了，她是上海交大的！”

第二节

仅仅“上海交大”这个线索是不够的，阳新仍然不知道她的名字、联系方式、所属院系和其他特征，寄信寄不到她手里，在上海也没有熟人帮他找。他甚至在九月上旬乘飞机去了一次上海，三四天的时间花光了他的所有积蓄，却连上海交大的几个校区和几个校门都没有认全，根本无从找起。

阳新决定考研去上海交大，之前在西安的企业实习经历都不管了，玉婷阻拦他，他也不听。

还好，他的专业课学得很好，特别是“社会数学”，他在这方面有一种无法解释的天分。

这门学科在近两三年属新兴学科，主要的研究对象是人群和社交，用计算理论来为人群进行精确的建模，并且实现“社会波动控制”，以避免人群因不可控的随机性而产生不必要的集体行为，对公共设施、服务器等施以过大的峰值负荷。阳新在大三寒假时于火车站遇到的那种人群涌流，就是这门学科重点的研究对象。利用这门学科，还可以在媒体推广、商务营销等领域炮制风潮，创造极大价值，所以甚为热门。

每当阳新要解社会波动方程时，都会觉得题目里的方程就是在刻画他自己记忆中的某件事，一下子就通透地理解了方程的社会意义，所以他解起方程来如行云流水。一般人的记忆和经历可没那么容易套用到方程里，同学都很嫉妒他。

他上铺的哥们儿说：“你这简直是用人生来作弊。”

有了这个底子，再加上爱情的激励，大四寒假的考研不费吹灰之力。可惜这一年的春运，他没能在火车站再次见到那个有缘的女生。

在上海交大面试时，他遇到了社会数学的国际学术权威——王副教授。

这门学科太新，崛起太快，只有三四年的时间，以至于学科内大多数的国际权威都只是副教授，他们还没有熬到足以评正高职称的资历。同时，中国在该领域的研究水平遥遥领先于外国同行，只要看看八达岭长城上的人群，就可以想见，其他国家的研究素材远不如中国丰富，更不要说春运了。

王老师问阳新："西安交大的周老师、胡老师水平也很高，不比我差，为什么你要考到上海来？"

阳新吞吞吐吐地说："因为，我的……我的梦中情人在上海交大。"

王老师大笑，最后让他进了自己的实验室。

大四下学期，阳新以做毕业论文的名义，就一直赖在上海交大了，暑假也不肯离开。在这里默认的称呼仍然是"交大"，可是却又是完全不同的学校，每天都有熟悉而陌生的奇妙感觉。

这种感觉每天都让阳新想起那个熟悉又陌生、不知道名字的女生。他在几个校区轮番经过，吃遍每个食堂，去遍每个图书馆，跑遍每个操场，如果遇到她，他相信一眼就会认出来，因为她一定会在相邻的窗口打一样的饭菜，一定会在相邻的座位做同一门课的习题，或者一定会在同一个跑道上跑步，他坚信着这一点。

但是她始终没有出现。

有一天，在讨论可计算性问题的时候，阳新问王老师："如果我和另一个人之间，连续发生几次巧合，并且可以提取出这几次巧合的特征。这样一来，根据前几次的巧合，就可以计算出后几次的巧合了。这岂不是和方程总的不可计算性矛盾了吗？我可以证明这个矛盾吗？"

王老师想了一想，说："这个问题有意思，你可以试试看。从我的直觉来看，你不能证明这个矛盾，但也不能证伪它。因为如果没有更多的条件，前提会不够。"

阳新说："可是，方程的每一个解就代表一个社交个体的行为历史，也就是一个人的命运。方程的一般解不可计算，所以人的命运是不能预知的。如果有人的命运可以预知，就不符合基本的世间道理。”

王老师笑说：“命运什么的那是哲学了，我们讨论的只是数学。如果能证明，那就是成立，否则就未必，如果与世间的道理不符，那要问问‘世间的道理’是怎么想的，总不可能是我们数学错了。当然，除非你算错了。”

数学家说话就是这个味儿的。他的语调很霸道，数学是绝对不会错的，如果跟世间道理有矛盾，那肯定是世间道理错了；但是他又很严密，不会忘了补充“除非你算错了”。

他继续说：“具体到你所说的问题，我认为，在你所说的情况下，方程肯定已经退化了，存在可计算的特解也不奇怪。”

阳新说：“退化？”

王老师说：“好比一元五次方程的高次系数都为零，退化到整数系数一元一次方程，必然有整数解。当然，我没有动手去证，所以不一定对，你可以试试看，深挖一下。这个未必有社会意义，但是作为研究生一年级的论文选题，退化的社会波动方程是比较适合你的。”

于是，阳新把问题拿回去尝试证明。

这是一个比较深的问题，已经不是习题了。用了整个暑假的时间，阳新终于证明了当且仅当社会波动方程退化到了某个形态下时，必有两个解是可计算的，而且这两个解是对称的。证明到这一步的时候是凌晨 4 点，阳新觉得一阵冷风从窗子外吹进来，便起身去关上了窗。

他双手颤抖着，把中国社交统计的大数据导入到自己推出的退化形态方程之中，22 个小时之后，结果出来了。

他在屏幕上看到了自己的人生。

方程的退化形态在现实的大数据上是成立的。他就是那个可计算的特解。

此刻，阳新的心一半浸在冰水里，另一半架在烤架上。身为一个可计算的特解，让人心里很不舒服；但是让人心里欣喜难耐的是，还存在一个对称的特解。

他匆匆地导入另一个特解的情形，再计算了一天，发现另一个特解在上海交大的食堂、图书馆有很多的经历，又有一团很浓的经历标识点聚集在阳新没有想到过的地方，就是上海电影博物馆。

第三节

那天天刚亮，阳新便去了上海电影博物馆。早上七点，街道上行人寥寥，他只能在门口待着，走来走去，想着开馆以后他可以做什么，找到什么线索。

忽然他看到一个认识的人从门口经过，对着他看。那个人他认识，但是不知道名字，那就是去年暑假在火车站看到的，他喜欢的女生身边的高个子男生。

阳新不顾一切地走上前去，拦住他问："你好，我去年在北京西站见过你。"

那人困惑地说："北京西站？"

……

阳新比画手势，唾沫飞溅，说了很久，终于把这段神奇的缘分解释了大半。最后他说："请问她叫什么名字？你可不可以告诉我她的手机号？社交网络账号？"

那人苦笑着说："你不问问我的名字？"

阳新忐忑地说：“对不起，你叫什么名字？”心想，糟糕，我一定把这个唯一的宝贵线索给得罪惨了。可是他就是跟在那女生身边的那个男生，我有什么办法不去得罪他呢？

“我叫莫中，你问的女生名叫陈雨树。”男生把她的联系方式告诉了阳新，阳新大松了一口气。

阳新千恩万谢，急忙打开手机，手机屏幕却自己亮了，主动弹出一个好友邀请。好友邀请的说明是：

“你好，我是过去几年的寒暑假里和你在北京西站见过几次的女生。你还记得我吗？”

阳新慌忙点了确定。

对面立刻打字过来，说：“我在大前年寒假时，在北京西站，差一点和一个男生相撞，怎么躲也躲不开，只好回头。那是你吗？”

阳新飞快地双手按屏幕打字：“是我。前年寒假时，在北京西站，我在北京西站的厕所门口排队时，看到了你，你的右眼上蒙了纱布，是受伤了吗？”

对面的陈雨树说：“我是做了激光近视手术。我记得你，你的眼睛呢？”

阳新说：“是受伤了……”

雨树发来一个同情伤痛的表情，继续说：“我在去年寒假曾经和你隔着玻璃墙对口型，可惜没有弄明白你说的是什么。”

阳新说：“去年暑假，我和你在站台两侧，我告诉了你我在交大，你也说你在交大。后来我弄明白了，你在上海交大。”

雨树说：“没错没错，你在西安交大对不对？你现在在哪里？”

阳新说：“我现在已经考研考进上海交大了，现在我在上海电影博物馆门口。”

雨树说：“什么？我这小半年，一直在西安交大找你！”

除了发出一个晕倒的表情之外，阳新不知道该说什么。片刻之后，他突然捧着手机大笑起来，此时莫中已经走了，正处上班高峰期，电影博物馆门口的人行道上人来人往，都冷漠而好奇地瞥他，看他独自一人蹲在地上笑得上气不接下气。

阳新一边打字聊天，一边匆匆奔回寝室，连上视频。看到雨树的齐耳短发模样，几乎让他哭出来，那是他只见过四次的面孔，也是他最难忘的面孔。

过去几年里，阳新梦中反复猜想的关于她的事，现在雨树都亲口告诉了他。她是甘肃天水人，阳新是辽宁大连人；雨树家里是城市职工，阳新家里是市郊农民；雨树从小外语就很好，读的是上海交大德语系，阳新则是从小数学分数高，读的是数学系。

阳新说："为什么我们在小时候并没有什么相似的地方，到了大学以后才开始相遇，才越来越接近，甚至变得越来越像是照镜子呢？"

雨树说："大概是因为我们两个人之间有一个收敛的关系吧？"

阳新说："你……你不会也学过社会数学吧？"

雨树说："我就是考的社会数学的研究生啊，我的导师是周老师，他在面试的时候还问我，为什么不找上海交大的王老师呢。"

阳新把王老师面试时问自己的话发过去，两个人又一起笑得发疯。阳新说："你比我厉害多了，你是跨了大专业考研啊。"

雨树说："社会数学对我来说很容易，可能是因为我是个可计算的解。而且也因为我很想找到你。我用社会数学算出了你的社会关系，才找到了赵玉婷，她告诉了我你的联系方式。"

阳新说："我也一样。我现在在构想一个证明。"

雨树微笑说："关于我们两个人的收敛吗？"

阳新说："是的，假设有两个互不关联的幺半群……"

当他说出上半句，雨树就会补出下半句，虽然是两个人，但是就像是在独自推导式子一样。这样的完美协作持续了三个小时，终于，雨树抬头说："虽然我们不是对任何情形都收敛……"

阳新说："但是收敛的情形是存在的，当且仅当存在一个可判定的算子，可以应用于我们二人在衍生社交空间上的积。"

雨树说："我们至少已经证明了，那个算子也必然存在，只是现在还找不到那是什么算子。"

阳新听得到自己太阳穴的鼓动，他说："我们可以叫它'恋爱算子'。"

雨树举起头，望向他，红着脸，轻咬着嘴唇，眼神湿润。

可以证明，阳新是世上最幸福的人了。他喜欢她，她也喜欢他，他明白她是怎么想的，她的想法也和他一样。他知道她喜欢他，她也知道他喜欢她，他也知道她知道他喜欢她，他也喜欢她知道他喜欢她……而且他和她将会收敛到一起。

第四节

之后几天，阳新每天都过得像梦游，一旦离开和雨树的视频聊天，就空虚得百爪挠心。在聊天时他们的默契无与伦比，无论是对什么新闻的看法，对什么电影的观感，都必定是一致的。他挑起上半句的话题，她总能接上下半句，反之亦然。如果要玩"你比我猜"之类的游戏，谁碰上他们都会被秒杀。

一周以后，他们没有话题了。视频聊天就像是在自言自语，可能会长时间地对坐无言，脑子却在飞快地运转，寻找新的话题，他们这样很累。每次想要说一个笑话的时候，对方都会说"啊，我听过了”，毕竟也挺尴尬的。

和雨树视频聊天真的像照镜子，而镜子后面是不是其实什么也没有，只是在模仿自己的行为和思想呢？每次有这种奇怪的错觉时，阳新都会强压下去。

他和雨树也交换了对于玉婷和莫中的了解。莫中是高她两年级的学长，上海本地人，从大二时一直在时松时紧地追求雨树，不过雨树那时已经忘不了阳新，所以一直没有对莫中松口。莫中早就在上海找了工作，后来和雨树的联系也少了。

现在莫中反倒经常来联系阳新，把雨树的性格、习惯告诉他。阳新觉得很过意不去，莫中反倒觉得不在乎。

10 月国庆假期之中，莫中说搞到了电影博物馆的小厅的票，是过去雨树爱看的老电影。阳新觉得雨树爱看的电影恐怕自己已经全都知道了，而且观感也一样，但是想着“也许有我不知道的呢”，就去看了，何况这是莫中的好意。

他问莫中是哪部电影，莫中说：“电影开场你就知道了。”待到坐进沙发，灯光关闭，电影开场，阳新立刻辨认出，这电影是李安导演的《断背山》。正疑惑为什么雨树会看这一部，却感到有人握住了他的手，一转头，莫中在凝视着他。

阳新立刻全身发出冷汗，连衬衫都湿透了：“我可能是误会了……”

银幕的光忽明忽暗地照亮莫中的半边脸，他说：“你没有误会。我请你来就是想告诉你，我喜欢你。”

阳新说：“为什么？你过去喜欢的是雨树才对吧。”

莫中说：“我过去追求过她，但是总觉得有什么地方不合适。现在遇到了你，你和她在所有的地方都很相似，但是你比她更爽朗、更矫健、又有礼貌，我明白了，其实对我来说，她只是一个错位的虚影，我真正喜欢的是你。而命运把你送到了我身边，我要感谢命运。”

阳新说：“我知道同性恋在如今是一件很……很正常的事了，没有任何不正常的。但是你看，我已经有喜欢的人了，我喜欢雨树，你很清楚的。我选了她就不能选你了，对不起。”

莫中皱眉说：“你仔细想想，你和她的关系就像照镜子一样，那是真正的恋爱吗？你和她只不过是在相互重复，你喜欢她可以说是一种空虚的自恋，那很难说是正常的。你好好看看我，我可以让你知道什么是真正的恋爱的感觉。”

阳新张了几次嘴，却没能说出话来，只能用力站起，甩开莫中的手，头也不回地逃离了放映厅。

他跑回寝室，不知道自己一路上是怎么走的，连上无线局域网，立刻打开社交网络，对雨树说了今天的经历。

雨树双眉倒竖，说：“这个莫中，我真想抽他。”

阳新说：“你觉得我和你之间的关系有没有不正常的地方？特别是最近？”

雨树说：“的确有一点怪怪的感觉，但是要说不正常，那也太过分了。你和我说话的时候，觉得是在自言自语吗？”

阳新说：“我只是觉得我在想的事情立刻被你说出来了，次数多了以后反而会很累。”

雨树说：“可能是因为我和你都不会给对方提供新的信息，我和你的交流只不过是在确认自己心里有的内容。这样的确会很闷。”

阳新说：“一般人的恋爱是什么样的？”

雨树脸色苍白，说：“我们要不要分开一段时间，各自找找感觉，找找能给我们的关系增添新意的信息？”

两人沉默了很久，阳新知道自己的脸色一定很白。突然，他握紧手机，想告诉雨树新的想法，与此同时，雨树也精神一振，倾前身子，作势欲对他说出几句认真的话。

就在这时候他们的聊天断线了。

阳新想要重建连接，在好友列表里却找不到雨树的名字。雨树从他的好友列表里消失了。

他换了其他的社交软件，好友列表里也不见了雨树；手机通讯录里，雨树的名字也没有了；在他的博客上，点赞数没有减少，“赞过我的”用户名单里也藏起了雨树的网名；他给她发电子邮件，电子邮件也在一秒钟内退回。

他想对雨树说，不要分开一段时间。他们可以分工协作，分头去看不同的电影，去参加不同的活动，去找不同的工作，他们的生活可以比普通的情侣更丰富，没有人比得上他们的默契。他相信她也是想对他说这些话，但是这些话却没能说出口。

雨树在他的眼前蒸发了。

第五节

阳新打电话给社交软件客服，质问为什么自己的好友从列表中凭空消失了，偏偏还是他最重要的好友，是他的女友。无论是哪个渠道的客服，都只回答说：“我这里系统中也看不到，我不知道是怎么回事。”阳新逼得客服说话都带了哭腔，他想到自己在实习时也接触过接电话的客服部门，客服人员每天工作时也只能对着一个客服系统界面，界面背后发生了什么，他们的确不知道。

还好他现在已经是研究生了，有了一批西安交大的大学校友，遍布全国——于是反手一个电话打到深圳，找到在社交软件公司做程序员的老同学，求他查数据库和线上日志。

三天以后，老同学给了回音：“你的请求全部被社会波动控制模块分流了，这很奇怪，因为社会波动控制模块不会一直盯着同一个人的。至于说为什么会这样，得要精通社会波动方程的人才能弄明白细节了。”

阳新看到这个回音愣了半天。社会波动方程和社会波动控制正是他自己的专业方向。这个技术是通过给无组织的社交增添无害的局部阻隔和引导，来避免社交中出现不可控的峰值与混乱，主要的控制方式是“暂时避免两个陌生人之间开始社交”，如果两个人原本就素不相识，那么就在特定的时间地点减少他们相识的机会。

这个方向推进得很快，去年相关技术刚刚产品化，今年国家就下发规定，强制要求电信和互联网企业支持这个技术。所以阳新在大三的时候还在火车站遇到过人群的涌流，而现在这种现象已经绝迹了。但是阳新没有想到这样的技术竟会盯着自己，何况正是他自己参与研究的技术。

这就像是猎人被自己的网给网住了。

这并不能阻止阳新，即便手机和互联网都被封住了，总还可以与真人见面。他立刻买了火车票，赶往西安。

闯进熟悉的西安交大北门，闯进熟悉的数学系楼，但是雨树不在那里。他问雨树的同学，他们都说：“雨树走了，但是不知道去了什么地方，也不知道什么时候回来。”

只要他们之中有一人开口，阳新就能抓到线索，可是所有同学的口径都出奇的一致。明明线索很近，但是又不可及，就像大三寒假时隔着玻璃墙和雨树互做手势一样。

有一个胖师姐，去年还曾经做助教批改过阳新的作业，和阳新一直很熟。她走出走廊，回头对阳新做了一个不引人注目的眼色。

阳新追出去，跟到楼梯下面堆了旧塑料桌椅的角落，胖师姐看四周无人，轻声对他说：“雨树是个很棒的女生，我本来很支持你们两个的，但是这次雨树走时，她想告诉我们她的去向和行程安排，我们阻拦了她，不让她说。所以我们真的不知道。”

阳新吃惊地说：“你们为什么不肯听？”

胖师姐前倾身子，声音放得更轻，说：“我们都是周老师的学生，对你和她的数学关系知道得很清楚。上周《自然》杂志发了周老师的文章，读了没有？”

阳新说：“没有。”

胖师姐说：“去读吧，我只能告诉你这么多了。”

周老师居然在《自然》杂志上发表了一篇论文，很了不起。

对普通人来说可能没什么，越是做科研的人，越知道《自然》是一个多么令人仰视的存在。它是英国老牌学术期刊，涵盖一切自然科学领域，影响因子常年在35以上，而很多领域内顶级期刊的影响因子只有2.5、3.5左右。《自然》上的论文都已经达到了返璞归真的境界，并不深奥艰涩，他们共同的特点是可读性强，结论可靠，意义重大。

师姐把周老师的论文发到阳新的邮箱里，阳新蹲在一家超市的角落，蹭着免费的无线网阅读了它。

周老师讨论了社会波动方程的多种退化情形，证明了退化空间的多种有用性质，其中提到一笔“有一对可计算的对称解，以及对称解在相互影响下进一步收敛到一起”时的情形。

“当在刘氏婚姻算子，以及扩张的类婚姻算子——包括但不限于订婚、定情、公开交往关系等社交解释的作用下，存在某个阈值，使得当σ收敛到这个阈值以下时，上述等式6–2的退化形态成立。如果等式6–2的意义可以解释为人类活动的话，则它表征着人类的全体社交活动飞快地收敛趋向0。”

“人类作为社交的动物，是不会全体一起主动停止社交的。所以，这可能意味着人口本身飞快地收敛趋向0，也就是说，人类社会遭受到了某种不明形式的严酷打击。”也就是世界末日。

周老师用强有力的数学技巧证明了，如果阳新和雨树继续发展亲密关系，世界则会走向末日。

阳新抬头看了看四周。三个小学生蹲在他身边一起蹭网，愉快地玩着手游。超市里人头攒动，货架上张贴着新旧不一的促销海报，导购小妹在忙碌中鄙视地看了他一眼。这只是个平凡的世界，他自己也只是个平凡的人。

“周老师，你这不是扯吗？”他苦笑道。

第六节

可以想见，在上半年，阳新在上海与王老师讨论解的可计算性的同时，雨树也在西安和周老师讨论了同样的灵感。而周老师比王老师厉害很多，深挖这个灵感，前进了一大步，写了一篇论文发表在《自然》上。而早在论文发表之前，周老师已经主动交付国家，将他的新成果实现在了全国社会波动控制系统之中，以规避世界末日。

也许雨树还会把线索留在某个地方，留在一个阳新会找到的人那里。于是阳新联系了在西安工作的老乡赵玉婷。

他跑到中财金融大厦，等了很久，玉婷才出来领他进去，面无表情地带着他到了一个小会议室，关上门，两人对坐。阳新小心地说了来意。

玉婷说：“她来找过我，我不愿意见她，她哭得稀里哗啦的。我不愿意听她说你的事，只是她反复地说，我不想听也听到了。”

阳新忙说：“她告诉你什么？”

玉婷平静而清楚地说：“我不会告诉你的。”

阳新说："你！"

玉婷说："你来到我这里，问过我好不好吗？我们分别以后，你打过电话给我吗？"

阳新说："这个和那个不一样，我是和她……"

玉婷厉声说："为什么不是我？我和你小学时同校，初中时同班，高中时同桌，你看都不愿看我一眼，只愿意记着那个来历不明的女人。你说过和我太熟悉了，所以不愿意和我好。她说你和她是镜子里眼对眼的关系，我就奇怪，你为什么不觉得太熟悉呢？为什么还是愿意和她好？"

阳新赔笑说："对不起，可能这是缘分，是心意，我自己也控制不了我的感情，没办法的。"

玉婷伸出鲜红的长指甲，指着他说："我死也不会把她的话告诉你，这也是没办法的。别误会了，这不是说我现在还喜欢你，我只是不甘心看着你们两个快活，死也不甘心。"

阳新慢吞吞地回到大厦门外，扬起遍布胡茬的下巴，恍惚地望向天空。满天飘着不大不小的雪花，中午阴暗得像傍晚，街道上车辆和行人寥寥。

莫中觉得他和雨树的恋爱不正常，玉婷恨他到死；雨树的同学躲他像躲瘟神，周老师匆匆把成果上报国家；所有的人都调动起来，要确保他和雨树再也不能相见，他们都觉得自己是在保卫整个世界。这个世界太脆弱，容不下一对年轻的恋人。

怎么办呢？鞠个躬、道个歉，对世界说一句"对不起我们有罪，我们保证不再犯了"吗？

阳新对着天空，声音沙哑地说："雨树，等着，我一定要找到你。"

早知道的话，阳新就会在几个月前刚联系上雨树的时候乘飞机去找她了，不过现在后悔无用。阳新继续尝试了很多办法。他去了北京西站，找了每个角落，没有一点雨树留下的痕迹，他在留言簿等地记下了自己的话，想让雨树见到，但是雨树没有回音。他去了自己的老家，雨树没有来过；他去了雨树的老家，那里刚刚闹过了外来骗子的大案，他也被疑心重的当地人狠狠打了一顿，不许他靠近。

这些都是巧合，但也不是巧合，这是数学的威力。理论上，现在他和雨树已经分隔在了两个群里，不是聊天群，是伽罗瓦群！如果数学上证明了某种情形的解是不存在的，那么无论怎样尝试，都不可能有侥幸的成功。除非他调整整个社会的参数，但能做到这一点的不是一个没毕业的学生。

社会波动控制，对于社交活动可能带来意外的“人潮涌动”，通过人为调整社交工具的运行方式，暂时阻止某些陌生人之间开始交往。这个“暂时阻止”的名单时时在流变，因为普通人的人生在长远上是不可计算也不可控制的，但是阳新和雨树例外。

这一切的发生并不是针对阳新和雨树的，数学理论才是。

不过，阳新还有办法。现在实现了社会波动控制的国家只有中国，出国的话，还有希望。老家不支持他为了女友的事继续折腾，同学之中也没人肯借钱给他，但他没有放弃。回到学校，阳新开始了没日没夜的苦读，让老师同学惊叹。大约一年以后，在研二上学期，他以一篇论文投中了在美国的计算认知学会议，终于可以公费赴美参加会议了。

1 月是会议召开的日子。飞机一落地，阳新就迫不及待地打开手机，登录美国的社交软件，那天，他重新听到了陈雨树的声音。

第七节

阳新到达宾州大学，受到了其他与会学者的热情欢迎。他觉得很不好意思，毕竟他心里装满私事，那些白发苍苍的老科学家却是诚挚地赞扬他，和他讨论定理的细节。他参加的这个是以个体认知为主题的学术会议，美国在该领域仍然有深厚的底蕴，相比之下他只是个青头萝卜。但是，中国在群体认知上迅猛发展，已经建立起了革命性的新学科，更何况新学科的研究者都惊人的年轻，美国的老科学家们是真心地尊重和爱护这些有才华的后生们。

晚上，阳新和雨树通话。雨树毕竟是在水平更高的西安交大周老师门下，成绩比他还要好一些，争取到了斯坦福大学三个月的访问交流机会。本来周老师不肯放她出国，不过斯坦福方面再三盛情邀请，施加压力，雨树也用了很多办法才来到美国，果然等到了阳新。他们再一次验证了，二人之间的默契是绝对可以信赖的。只是现在他们一个在东海岸，一个在西海岸，和当初相互报考对方学校的研究生情况一样。

愉快大笑后，他们约定了在美国中部俄克拉荷马城里的一个建筑物会面。当然，整个美国对他们来说都很陌生，约定的只是卫星地图上地理中部的一个地点而已，要到那里去不知道还会遇到什么阻碍，但是阳新却不怕，他对雨树说："不见不散。"

见不到就等一辈子。

高清卫星地图已经下载打印，路线规划停当，干粮补给已经准备齐全，请会务方帮忙派车，会务方也爽快地答应了。这一夜过得很快又好像太慢，阳新在研究北美自驾旅行指南，彻夜未眠。

次日上午，阳新做了主题报告，获得了长久的掌声和许多次发问，可惜阳新能答得出来的发问并不多，提问者来自不同的领域，水平也都很高。报告结束后，阳新带着愉快和惭愧去找厕所，准备接下去就驾车出发，但是厕所门口挂了"维护中"的牌子，有个穿西装的人站在牌子旁，告诉他一楼教学楼后门边上的厕所可以使用。

到一楼去用了厕所，阳新出来以后，有两个高壮的人一左一右夹住了他，第三个人正面对他走来，正是刚才在楼上“维护”厕所的人。三人都穿着同一款式的西装。

正面走来的人对他说：“我们是联邦调查局的，请你配合我们的调查。”

阳新说：“我拒绝。”

面前的人一使眼色，左右的人抓住他的胳膊，把他拽向教学楼的后门外。

阳新拼命挣扎呼救，从旁边的教室跑出来几个中年人，说：“怎么回事？”

特工说：“联邦调查局，正在执行任务。”

阳新说：“我是中国公民，你们不能这样对待我。”

学校的人立刻有两个上前扯住特工，说：“放手，滚出学校。”另一人跑去求助。

僵持了片刻，大批的学者赶到，好几个人举起手机录像。为首的老数学家说：“从学术会场绑架外国学者，闻所未闻。你们究竟在执行什么任务？”

特工含糊地说：“这个人可能会对国家安全造成重大损失。”

美国间谍从中国窃取过几份和“镜像恋人”研究有关的资料，其中有阳新的名字，所以阳新在办理赴美签证的时候就被盯上了。美国人虽然也愿意阻止世界末日，不过他们的顶尖学者也尚未完全看懂周老师的论文，还不够清楚世界末日和“镜像恋人”的细节。

阳新说：“我的眼睛，好痛，你们把我弄残废了。”

众目睽睽之下，特工不敢对外国学者太过动粗，稍微松了松手。阳新找准机会，收腰缩背，向着反方向猛冲，衣服撕破了一半，居然挣脱了出来。几位教授立刻把他藏进自己背后。

三个联邦调查局特工见事不利，匆匆逃出了教学楼，驾车离去。

老数学家对阳新说："你今天下午打算去做什么？"

阳新说："我借车只是想去俄克拉荷马，见我的恋人。"

老数学家说："我相信你。但是联邦调查局盯上你了，你要谨慎。"

阳新随意点点头，没有听进心里。有再多的危险，他也要赶到俄克拉荷马城去，因为雨树在等着他。

驶出不到半个小时，忽然旁边有一辆车靠过来，车里面的人说："前面有人在拦路查车，要搜你出来，上我的车，我带你绕路。"那人是会议中最照顾他的那位老数学家。

阳新换到他的车里，问："怎么回事？"

老数学家说："看看社交网络吧，已经疯了。"

阳新打开社交软件，只见恐慌和狂欢的状态，流传最广的是他和雨树各自挣脱联邦调查局特工的视频，视频已经剪辑成并排式样，显出两个人当时面临的处境和挣脱的动作都分毫不差，只是方向相反，于是全天下都知道了他们是"镜像恋人"。

目前最多的谣言是美国扣押中国学者，中国极为不满，两国即将对射洲际导弹。此外也有人说中国间谍带着埃博拉病毒在美国散布、小行星要撞击地球、远古邪神将在中国复活并游泳到美国登陆之类。美国总统下令数州戒严，严查可能毁灭世界的镜像人。

老数学家驾车驶入一条地道，地道下面空间开阔，腐臭气味扑面而来，这是当初冷战时挖的庞大地下掩体，跨越州界，现在已经废弃。

阳新说："你为什么帮我？"

老数学家说："中美互射核弹之类，你信吗？"

阳新说："不信。"

老数学家说："都是无稽之谈，这让我更加好奇了。你们周博士预言的人类停止社交时刻是什么样子？和你们的爱情是什么关系？我想把你送到女友身边，做个实验。”

阳新恳切地说：“你已经知道了我是镜像人，还肯全力帮我。我不知道该怎样感谢你。”

老数学家一笑，说：“你好像很害怕。”

阳新说：“我……说实话，我不怕什么联邦调查局，但是现在这样，真有点逼近世界末日的架势了，要说不怕是假的。”

老数学家说：“你爱她吗？”

阳新不假思索地说：“爱。”

老数学家凝视前方，说：“你应该听说过种姓制度。我是首陀罗，娶不到我喜欢的婆罗门女孩，三十年前和她分头来到美国，才有结合的机会，当时我们也拼了命。即便你们真的引爆了世界末日又怎样呢？世界终结之后，真爱依然会长存。我联系了很多朋友沿途接应，我们会把你送到的。”

阳新也挺起了胸，面对前方漆黑的地下甬道。

现在已经不能在社交网络上登录，不能再和雨树对话，否则会被定位。阳新和雨树的全部联系只剩下一个地点的约定，俄克拉荷马城，不见不散。

第八节

美国是一个战争经验丰富，善于制作各种预案的国家。他们有外星人入侵的预案、小行星撞地球的预案、丧尸围城的预案，但是即便是美国人，也没有做过棒打鸳鸯拯救世界的预案。目前他们是按照围捕恐怖分子的预案在行动。

阳新在路上多次换车，走了许多不为人知的小路，不易追查。

不过联邦调查局特工已经破解了他的手提电脑，查知了他的目的地。中美领导人通过越洋电话达成了谅解，两个旅的海军陆战队精锐等在俄克拉荷马城里，雪白的探照灯柱在夜色中巡扫，所有进城的道路都设了路障，狙击手也已就位。不仅军方，各路媒体也严阵以待。

直播主持人说："根据社会数学理论，如果人们没有研究社会数学的话，即便镜像效应出现，也不会特别加强，镜像人偶尔相遇，只会各自再次相忘在人海中。只有当镜像人自身学习了社会数学，一懂半懂地用社会数学去人为地加强自己的缘分，才会导致恶性收敛，使得理论上的世界末日真的到来。可见科学技术是一把双刃剑啊，如果不理性地控制，只为满足个人私欲，就会毁灭人类自身……"

接受采访的军官说："我们绝不允许他们为所欲为。"

但是"镜像恋人"迟迟没有出现。军官、主持人和全世界的观众都等急了。这时，传来一个消息，两组车队聚在了城南，他们没有进城就提前相遇了。军队和媒体的直升机立刻气急败坏地摆尾南去，在空中俯瞰，只见高速公路匝道周围，一百多辆轿车、皮卡团团聚在一起，人都下了车。在他们的正中，有两个黑发人相拥而立，晨曦给他们拉出了长长的影子。

摄像机对准了两个黑发人，机枪对准了他们，他们在瞄准镜中吻在了一起。

主持人不知道该说什么，难道说："请看，世界末日已经降临了吗？"他等着导播指导，而导播也不知所措。

操作机枪的士兵等待军官下令，而军官意识到要阻止的事情已经发生了。根据预案，此时反而不应立即击毙恐怖分子，而应该留下活口，等待上级指示，应对异变。

没有异变发生，将军、总统在等待各方面进一步的汇报。全世界的观众都盯着直播，而直播定格在那一对接吻的人身上，再没有一丝变化。五秒、十秒、二十秒，电视和手机之中静默，观众静默。

静默扩散开来，在欧洲的家庭中，妻子感到丈夫在房间里异常安静，走过来，也开始关注转播；在非洲的街道上，几个人围着安静的收音机发呆，其他人过来问怎么回事，捧着收音机的人做出“收声”的手势，围观的人越聚越多；在南美的球场上，观众们忽然感到周围的整个城市都安静下来，非常不自在，也纷纷闭了嘴，球员也停下脚步，抬头张望。他们根本不知道在美国发生了什么科学家的爱情事件，只是觉得寂静得太异样了，可能有什么事会发生。

全世界的人们逐渐地加入静默。直播的收视率有10%左右，已经不低，但只占少数。大部分人是因为周围静默而自己也警觉地静默了。

当然，矿井下的工人、山坳里的牧羊人都还没有加入静默，他们的社交活动也少。碰巧有矿工回到地面上，也会发现其他同事在沉默，他也会疑神疑鬼地闭嘴观察。就这样，人类的社交活动飞快地减少，趋向于零。

人类的社交活动没有彻底消灭，只是随着时间的推移，社交活动越来越少，静默越来越广。这也就是数学上“收敛”的含义。

这才是周老师所预言的“人类静默”的真相，社会数学是太年轻的学科，人类尚未领悟它的全部含义。事实上，当周围突然变得安静，人就会警觉起来，也闭上嘴，在教室、礼堂、食堂中，此类现象经常出现。这是人类在古猿时期留下的本能，因为森林中大多数情况下充满和平的鸟鸣，如果附近的鸟鸣都消失了，就说明未知的危险逼近，要停止社交，不应发出声音、胡乱行动、暴露自身。而现代人类喜欢聆听鸟鸣，或者做事时愿意开着收音机胡乱听些节目，也是相关的遗传习性。

静默持续了3分41秒，阳新与雨树分开双唇。他搂着她肩，高举左拳，喊道：“谢谢你们！”

周围支持他们的人欢呼起来。现场的军官也惊醒了，开始一级级向上汇报情况的变化，主持人说：“似乎没有什么世界末日发生？你们那里发生了什么吗？”地球重新恢复了热闹，人类社会停摆了几分钟，重新启动。

支持者们簇拥着阳新和雨树，几架直升机鼓着大风在附近降落，军人要控制住他们，媒体要采访他们。

雨树在大风中捂着裙子，气愤地说：“岂有此理，把我们整得好惨，我要起诉他们，回国也要起诉国内的人。要想办法找几个好律师，还有媒体，非把事情弄大不可。”

阳新说：“接下来该怎么办？我很饿。雨树你也饿了吧？可是我身上没有干粮，路上换车的时候忘了。不知道在这里有没有人肯给我们干粮。”

“啊。”雨树大叫一声，抓住阳新的手臂。

阳新说：“好痛，怎么了？”

雨树说：“你没有发现吗？你没有发现吗？”

阳新说：“发现什么？”

雨树说：“你和我的想法已经不一样了。不仅如此，我已经发现我的想法和你不一样，你却还没有发现。我刚才和你……那个……亲亲的时候就在想，我们周围都静默了，一定是整个世界的社交活动收敛到零，然后又重新启动。全世界的社交参数都重新设定了，我们不再是‘镜像恋人’了。”

阳新说：“那又怎样？”

雨树说：“我不懂你的心，你也不懂我的心了，怎么办？”

阳新在她耳边说：“不管世界和我们变成什么样，我还是要和你在一起。”

（本篇原名为《爱向世界末日》）

数字的尽头

文／王元

这个世界又一次被你毁灭，我只能在数字的尽头等着你，告诉你这一切。将 π 值计算到尽头，那么一个完美的圆就不复存在，支撑世界的结构就将崩塌。但宇宙是震荡的，一个新的宇宙将诞生，你有何办法阻止自己再次毁灭一切？

题记：

它永远是他的星星，
代表着他对于未来
更健康、更干净的
世界的希望。

——路易·艾黎《埃德加·斯诺》

序曲

下面是一个有些荒诞的故事，你可以选择相信，也可以嗤之以鼻。但你必须选择看完，即使耐着性子，因为所有的答案都放在了最后。

你也不要试着直接翻到最后，或者哗啦哗啦翻响书页，相信我，这只会让你得不偿失——要么立刻放弃，要么坚持到底。

言归正传，这不是一个典型的故事，没有所谓的类型标签可以贴上去，如果非要这么做，最合适的应该是爱情和科幻。至于是一个披着爱情外衣的科幻故事，还是披着科幻外衣的爱情故事，就仁者见仁，智者见智了。

故事的主人公叫罗隐，背景就是你阅读的现在，地点安排在河北省省会石家庄。这里不得不多说两句，在所有省会城市里，石家庄可以说当仁不让是最不起眼的一个。但历年来，央视搞的省会城市幸福指数调研，石家庄都意外地名列前茅，可是生活在这个城市的罗隐并不能感同身受和苟同接受，他觉得这只能说明庄里的人们容易满足。这是好听的说法，露骨一点讲，是这里的人们不思进取。

好，人物、时间、地点都有了，集齐三要素，可以召唤剧情了。

一千一百多年前，唐朝有个诗人叫作罗隐，他人不出名诗出名，就像现在一些歌手不红歌红一样。“采得百花成蜜后，为谁辛苦为谁甜”，他写的；“今朝有酒今朝醉，明日愁来明日愁”，他写的；“三千年后知谁在，何必劳君报太平”，他写的。他还写过一首赠诗，赠予对象是一个叫作云英的妓女。在古代，召妓不能说下流，充其量是风流。诗里面有两句写道：“我未成名君未嫁，可能俱是不如人。”说得很直白，但戳得却很痛。

我们这个故事里的罗隐，年方三十，也没有成名，也没有成婚，是芸芸众生里的一员，是泱泱沧海里的一粟。没有人会绞尽脑汁或心血来潮写他的故事，除了我，因为我就是罗隐。

1

在我 23 岁那年，我人生的黄金时代，我列过一个清单，上面密密麻麻写满了我对未来女朋友的各种标准和要求。那时的我，大学刚毕业，野心勃勃、意气风发，敢于挑战一切权威，敢于路见不平一声吼，认为有一个美满幸福的前程在虔诚地等待着我的莅临。然而，两年之后，我不得不狠下心把大部分条件从上面画掉。又过了两年，只剩下苟延残喘的两条：身材苗条，面容姣好。然而在我 30 岁生日的时候，野心变成了窝心，意气也不过被证明是意气用事。在现实面前，灰头土脸和形单影只的我坐在公寓的沙发上，吹熄了蛋糕上面那团像调皮小孩摇晃着的脑袋似的火苗，然后默默许下愿望：神啊，赐给我一个女人吧，只要是个女人。

“每个程序员心里都有一个女神。你们的女神都是范冰冰，而我的女神却在我的电脑里。”

林昊说这句话的时候我正坐在办公室的转椅上吃着石家庄的特色早餐——鸡蛋灌饼。因为无法抵挡这句话的杀伤力，我噗的一声把嘴里塞满的食物吐出来，被咀嚼得粉身碎骨的胡萝卜丝和土豆丝在黑色的显示器上交相辉映。

林昊上个月才来到我们公司就职。说来也奇怪，林昊跟我原本就像是南极和赤道一样，是两个不同的人，他热情、有活力，喜欢说黄色笑话，跟谁都聊得来。才一个月，他在公司混得比我都开，许多我连名字都叫不上的员工，他已经和人家勾肩搭背称兄道弟了。即使是女员工，他也可以游刃有余地打情骂俏。和他比起来，我这个已经待了将近五年的老员工则相形见绌。但是出乎意料的是，林昊跟我关系很好。这主要体现在，他每天中午都会跟我一起去公司对面的地下小吃城就餐，而且不止一次跟我说公司其他人的坏话。

这让我想起初中时光。那时候，除了早恋，学校里另外一种流行就是，跟你的好友并肩站在走廊里，凭栏远眺，随意指着操场上一个根本就不认识的人碎叨他的缺点，仿佛只有这样，才能证明自己比别人聪明。就为这个，我对林昊的好感陡升。

“上大学那会儿我还坚信爱情是命运的安排。”

“然后呢？”

“然后我就毕业了。”

“那你现在觉得爱情是什么的安排？”

“现在，”我想了想，摇摇头说，“我不相信爱情。”

擦干净屏幕之后，我又抽了一张纸擦嘴，却从中带出来一张字条。我有些奇怪，从纸抽里抽出字条还是头一次遇见。我捏过字条展开，一眼就认出是谁的笔迹了——标准的宋体小四号字。

请停止你现在做的事！

我不由得一惊，把字条攥进手心，四下张望。

这时，我们连C语言都不懂的主管走进来，准确地说是站在门口，煞有介事地轻敲几下玻璃门，把办公室所有人的目光和注意力吸引过去之后，说：“我们公司推的游戏快要公测了，最近一段时间除了婚丧，其他的假都不准。”

“那例假呢？”林昊捏着嗓子发出怪声。

我们几个都掩嘴偷笑。

“谁？”他怒目圆瞪，睃巡一周，声线变得尖厉起来，“有问题提出来，不要私底下搞小动作。今天晚上，全体加班。”

主管走了之后，林昊向我吐了吐舌头，我则攥紧拳头用劲晃动一下，责怪他一个人吃不了，让我们所有人都兜着走。

我打开电脑，主机的嗡嗡声渐次增高，然后随着响声趋于平缓，显示器睁开眼睛，电脑活了过来。我打开浏览器，迅速浏览了一眼昨天发生的新闻，大多是明星的绯闻。谁跟谁好了，谁跟谁散了，谁跟谁暧昧了……我习惯性滑进科技页面，那天最醒目的标题是类脑计算，我大概看了一遍，然后返回上一级，看了一些宇宙观测最新发现之类的新闻——什么超新星爆炸是太阳系形成的第一动力，什么科学家发现一颗异常年轻的“木星表哥”，之后便打开工作页面。

整个办公室都响起噼里啪啦敲击键盘的声音。不明白的人突然造访，一定会以为误入网吧。对我们来说，时间就是在无数次的敲击中，咔嗒、咔嗒、一秒秒、一天天、一月月、一年年如同故乡一样，离我们远去。又或者，每当我回想起过去，时间一脚就把我从一脸懵懂的小鲜肉踹成了满脸沮丧的怪叔叔，我真担心，几个踉跄，一次跌倒，等我从地上爬起来时就已经行将就木、垂垂老矣。

我害怕就像突然长大一样突然老去，我更加恐惧远在天边又近在眼前的死亡。

这一整天我都精神恍惚，去饮水机接水，杯子满了都毫无察觉。我的情绪被那张字条所牵制，到底是谁呢？

2

我有时候想，如果我能活到 70 岁，平均一年 365 天，那么就有 25550 天，活一天少一天。想到这里，我拿出手机调出计算器，我的余生还剩下 14600 天，不禁唏嘘一声。

好不容易挨到下班，办公室里敲打键盘的声音逐渐变得像悠闲的春雨一般淅淅沥沥起来。我高举双手，伸了伸腰，然后落下双手握紧扶手，脚下用力一蹬，原地转了一个圈。

“一起走吗？”林昊走过来说。

“你先走吧，我还有点儿工作没做完。”

“我看你真是卖给公司了。”林昊说完就走了。

他走之后没多久，办公室其他人也陆续走了。

半个小时之后，整个办公室只剩下我一个人。

我去别的部门转了转，确定人都走光了，整个楼层就剩下我一个人。

我一溜小跑打开了公司所有的电脑。公司大部分电脑就没有设置开机密码，剩下一些有开机密码的也早被我破解开。之后，我回到自己的座位上，从抽屉里拿出一个 U 盘，插进电脑主机的接口，然后运行里面的程序。

我喜欢听程序运行时的滴答声，节奏感分明，所有的电脑都苏醒了，就像是参加一场私密的舞会，而我，就是这场舞会的 DJ。我编织了这个程序，是的，我是说编织，就像小时候我妈妈给我编织的黑色毛衣，织针灵巧地在她手中翻飞，毛线逐渐咬合在一起，一层又一层地堆叠，一层又一层地笼罩，心灵手巧的妈妈不满足于毛衣单纯的保暖，还匠心独运地在前胸编织了漂亮的图案。在编写程序的时候，我总是想起妈妈织毛衣的双手，于是我觉得编织比编写更贴切，让我找到了一种触摸的归属感。

一切就绪之后，我走出公司，锁上大门。第二天早上五点，那些电脑就会自动关机，不会有人发现。但是那张字条开始让我担心，那件事明显指的是我刚才做的事。

晚上回到家里，我才真的活了过来。

我住在标准的一居室，整个客厅几乎被我的电脑占据。电脑做过多次改良和扩充，我坚信除了我再也没有人能得心应手地操作这台电脑，就像我坚信，除了我再也没有人能如此没有女人缘。想到这点，坚定了我周末去万达的决心。

屋子的陈设非常简单，但是却由于长期缺乏女主人的照料而升腾起一种单身男人惯有的狼藉，就在这片狼藉中，运行着世界上最激动人心的计算。说到我们自己的爱好时，人们总是容易盲目和夸大。客观冷静而毫不煽情的说法是，运行着我的世界里最激动我心的计算：π！

π，圆周率，圆的周长和直径比，一个无限不循环的数字。毫无神秘可言，小学三年级的孩子都能说出来3.141592654。

说起来可笑，让我的生活中唯一有精神寄托的事物竟然是一个无理数。

我将当天计算出来的数据存储在移动硬盘里，然后上传到云端，最后进行最为保险的一道程序：笔录。

不知道从什么时候开始，我对电子产品有了一种敏感的怀疑，大概是因为两年前的一次系统崩溃，导致一切从零开始。那是我有史以来经历过最灵异的一次事件，毫无征兆地，电脑瘫痪了，所有的数据都灰飞烟灭。我深知电脑系统和安全的脆弱，因此特别小心地呵护着，一般的游戏娱乐都在另外一台笔记本上进行，为此我特地装了两趟网线，一趟电信，一趟长城。

我还从京东上买了一根英雄牌钢笔，但是转遍小区周围几家便利店也没有买到墨水，只好坐公交车去裕华路的北国超市。即使在这家石家庄最大的连锁超市里，也只有一个窝藏在角落里的货架上放着为数不多的几瓶墨水。我选择了蓝黑色。是的，是蓝黑，怎么看也不会是白金。墨水是鸵鸟牌的，上面蒙了一层尘土。显而易见，在这家超市里，在这个城市里，它都是时代的弃儿。

那天之后，我就像记日记一样抄写π值。两年时间，从未间断。

有时候，我会觉得不是我需要做这件事，而是这件事需要被我做，如同一见钟情的恋爱。

两年期间，我用坏七根钢笔，榨干数十瓶墨水，换来“著作等身”。

我抄完当天任务之后，还不到晚上十二点，对于我来说，时间还早，我准备再去干点什么。当然，我抄写是按照时间来计算，而非数列的长度，我一般每天抄写四个小时。我不知道把每天计算的数列抄写下来需要花多少时间，但至少需要几个星期。

问题是干点什么呢，追的漫画断更了，追的游戏通关了，追的神剧还没有更新，追的女孩——还没有从天上掉下来。在这个点，我又没有几个可以聊天谈心的异性朋友。为什么是异性朋友呢？我被这个想法给绊了一下，随即释然，大晚上跟同性说话多少有些怪异和取向不明。但是，即使是白天，我也没有几个可以敞开唠嗑的异性朋友。异性，异性。我不知道这样的生活什么时候才是个尽头。直到有一天，她出现了。

3

那天，闹钟把我叫醒，我赶忙起床，匆匆洗了一把脸，连牙都没顾上刷，拉开门像一阵风似的刮出去，不小心撞到对门的老奶奶。老奶奶躺在地上哼哼唧唧地说要我负责。我当时就傻了。傻了不是担心被这个老奶奶讹上，而是，我三十岁的愿望实现了。但我怎么也没想到，第一个要我负责的女人竟是一个年过花甲的老太太。所幸我们认识，我陪老奶奶去社区卫生院做了检查，并无大碍。

老奶奶说："大周末，你火急火燎干什么？"

啊，我这才发现今天是周六。

告别老奶奶后，我回到家里。

周末对我的意义就是，我有两个整天的时间可以抄写 π 值。

但是今天我却做了其他选择。

我来到万达广场的时候已经是人山人海，这多少让我获得一些安慰。事实就是如此，当你受伤时任何好言相劝都无济于事，最行之有效的办法是你发现别人跟你一样受伤了。就像抱怨自己工资低薄然后发现很多人还不如自己，顿时就会由怨天尤人变得豁然开朗。我看着那些跟我一样找不到对象没人要的男男女女，顿时一扫连年来的阴霾，情不自禁变得乐不可支起来，一种找到组织的归属感油然而生。

这让我不再忸怩，大方地领取了报名单，把自己的信息写上去。在爱好那一栏，我填上了计算和背诵 π 值。后来觉得在外人看来不免有些做作的嫌疑，便假装填写错又要了一张单子，这次我填写的爱好是看电影和旅游。看电影我是名副其实，旅游就有点虚与委蛇，除了上大学的时候班里组织去过一次抱犊寨，毕业之后没有踏入过任何一个可以称为景点的地方。最远去的地方就是邢台清河老家，一般的活动范围都是从租房到单位的两点一线，很少游弋到线段之外的地方。有一次我去赵县出差，本来想去赵沟桥看看，结果因为收门票就没去，顺道去了免费的百灵禅寺。据说那个寺庙很灵，但我没有许下任何愿望。在我年轻时候听过这样一句话，任何美好的愿望都会开花结果，而我的却从未发芽。

填好单子，我开始留意前来相亲的女孩，大多数都还算是看得过去，但也仅限于看得过去，并没有遇见让我可以豁出去心动的女孩。我走马观花转了一圈，便意兴阑珊。就在我后悔今天来到这里而不

是在家里抄写 π 值的时候，我看见了她。

那一瞬间，我就理解了白居易在写“回眸一笑百媚生，六宫粉黛无颜色”时的心情。鉴于唐玄宗当时的遭遇，白居易应该不是拍马屁，所以那句诗并没有阿谀奉承讨好之嫌，完全是有感而发。

她在人群中那一个回眸，让人群一下子溃散消失了。我看见她的时候，周围的环境就像被晃了焦点的照片一样变得模糊。只有她是清晰的。

就当我被她所吸引之时，我左边的肩膀突然被人拍了一下，我下意识往左边扭头，却没有人，等我回过头，发现林昊站在我面前正不怀好意地笑着。我偏着头，绕过林昊的脑袋去寻望，却发现人群早已将她的身影吞掉。

“看什么呢？”林昊也转过头。

“没什么。你不是说不来吗？”我问道。

“我是来楼上看电影的，闲着没事就过来逛逛。心想着能不能碰见你，结果还真让我逮了个正着。怎么样，有心仪的没有？”

“没有。”我赶紧说，好像害怕让林昊知道我刚才已经被谁拨弄了心弦。

“我想也是。相亲这种事就是这样，你看上的，看不上你，看上你的，你往往又看不上。而且，但凡是有点姿色的，早就被那些饥渴的男人瓜分了。走，跟我一块喝酒去，我请客。”

“你自己去吧，我还有点事。”

“你能有什么事？走吧。”

我向来是个没主见的人，又不擅长拒绝别人，这就造成我经常委屈自己去做一些不愿意的事。如果是以前，我肯定会架不住林昊要挟般的邀请一起去吃饭，但今天，我一定要留下来。

“我真的有事。”我说得很坚决。

“说得跟真的似的，你这样就没意思了啊。”林昊说。

“本来就是真的。”

林昊脸上有些挂不住，拿手指了指我，欲言又止，转身走了。那一刻，我又很后悔我拒绝了林昊，但又我根本没有追上去的勇气。我就是这样，害怕选择，而且，每次都注定会后悔自己所做的选择。我痛恨自己的性格弱点，但又无计可施。选择前的彳亍和选择后的无奈首尾相连构成一个恶性循环，而我就包裹在其中。

林昊走之后，我赶紧四处去寻找那个女孩，可她就像凭空消失了一样，我转遍整个商场每一家店铺，最后还在各个楼层的女厕所门前滞留片刻，仍然一无所获。

我就像只无头苍蝇一样四处奔走，突然听见有人叫我的名字。

“34 号，罗隐先生。”

声音通过话筒和音响传遍全场，而我还不知道发生了什么。

“恭喜你获得本次相亲大会的特等奖，手机一台。请到后台联系工作人员领取奖品。”

简直不敢相信，我从小到大还从未如此走运过。在公司的数次年会上，我最好的成绩就是一个 16G 的 U 盘。拿到奖品的那一刻我还如在梦中，不敢相信这么好的运气就像鸟屎一样落在我的头上。我把奖品放进背包里，再次去找那个女孩。其间不时有异性来跟我进行搭讪，但正如林昊所说，看上我的我都看不上。而现在的情况是，当她被我看进眼里那一刻，就蛮横地盘踞进我的心里。那一刻，我又懂得了早就过气的歌手景岗山曾经红极一时的歌曲里那句“我说我的眼里只有你”。就像没有失过恋的人不会懂得心被击碎的悲伤情歌，没有恋过爱的人也不会明白那种心被击中的愉悦感觉。

直到最后，我也没有找到那个女孩。

回到家里，我躺在床上，努力在脑海中复原着见到那个女孩时的每一帧。

等我想起背包里面还有一部新手机的时候，天已经完全黑了下来。我一个仰卧起坐正好可以伸手够到放在脚边的背包。我打开包，从里面拿出奖品。或许是当时精神有些恍惚没有注意到，此刻我发现这个盒子有些轻。我拆除最外面的一层包装纸，露出了里面的手机盒。但当我打开盒子的时候，我不由得惊呆了。

里面根本不是一部手机，而是一张字条。

恶作剧？！我就说我根本就没有那么好的运气。

等等，又一张字条。我不禁屏住呼吸，慢慢打开，上面的文字跃入眼帘，仍然是标准的宋体小四号字：

停止你现在做的事!

4

跟上次一样，只是这回语气重了一些。

第二天我坐在马桶上的时候再次想到这张字条上的警告。我坚信自己一切都做得天衣无缝，不会有人发现。而且，我根本停不下来。

到公司楼下，我买了鸡蛋灌饼，边走边吃。因为公德心作祟，我从来不在电梯里吃饭，所以基本上都是爬楼梯。我们公司在10层，不算高，但是爬上去却能把那种平日不锻炼的人轻轻松松就累成狗。我在公司这几年天天爬倒是习惯了，而且在爬的过程中不影响进食。

除非是马上就要迟到，而电梯超重，一般是没有人爬楼梯的。这让我觉得，楼梯就像是一条专门为我搭建的通道。

我在楼梯口吃完鸡蛋灌饼，把塑料袋扔进垃圾桶，用手背抹了抹嘴，然后用这只手的食指打卡。打卡机的“谢谢”提示我打卡成功，然而我却并没有在打卡机的屏幕上看见我的名字。我又试了几次，仍然提示成功，但每次更新上来的名字都是别人的。我正纳闷，突然听见一阵笑声，循声望去，见是林昊。

“打卡机坏了。”我说道。

林昊走过来，拿起鼠标向下拉动垂直滚动条，我发现自己的名字占据了屏幕的一大半。不过我并不责怪林昊开了我的玩笑，相反，我为他没把昨天的事往心里去而感到释然。

我们说说笑笑结伴走进办公室。

周一是每个上班族一礼拜一次的噩梦，而周一的例会则是噩梦中的噩梦。

会议上，我们的主管在强调下个月公测游戏的重要性，我则百无聊赖地拿笔在会议簿上默写 π 值。

“大家都知道公司此次拿出了多大的投资来做这款游戏，从某种程度上说，这是我们公司抢占市场最为关键的一役，而且是只许成功不许失败的一役。”

“虽然我是新人，但据我了解，投资好像不到一亿吧。”

“我说的是战役的役。”主管冲着林昊喊道，后者却无所谓地看了我一眼。我赶紧闪躲他的目光，害怕引火上身，让主管误以为我们是同谋。这个林昊，说话从不过脑。

中午吃饭，我照例跟林昊一起。

我们坐下之后，林昊大声吆喝着：“两大碗板面，加鸡蛋加豆皮，一碗不放辣椒，一碗多放辣椒。”

我不能吃辣椒，这是我们第一次一起吃饭我就告诉林昊的。跟我相反，林昊非常喜欢吃辣椒。用他的话说是：“无辣不欢。”

“少吃点辣椒吧，对胃不好。”我说。

“这个，这个，”他拿箸头指指点点，“我们天天吃的东西，有几样是对胃好的。”

林昊说完点了一根烟。中午时候小吃城里摩肩接踵，等待板面端上来的时间足够他抽完一根。

板面上来，林昊夹了一根辣椒给我：“你尝尝，特别的香！”

我咬了一口辣椒尖，就忍不住呸呸地吐出来，整个舌头都麻了。

林昊见状笑得前仰后合，然后故意气我一般，夹着两根辣椒一起放进嘴里，对着我满足地咀嚼着。我知道不能吃辣椒就意味着要错过很多美食，但我也只能咽咽口水。

林昊就着一碗大份板面把我们的主管数落得体无完肤。我虽然非常认同他的观点，可是我却不敢像他那样肆无忌惮地去表示出对一个人的好恶。我只是说：“谁有谁的难处，等你到那个位置就懂了。”

林昊却不管这一套，仍然在嘟嘟嘟，嘴巴像机关枪一样说个不停，而他吐出的每个字都是射向主管的子弹。

这时，我的电话突然响了，我看了一眼来电显示果断挂掉。

“谁啊？”

“卖保险的。”

我刚说完，电话又响了。我正准备挂，林昊就作势制止我：“又是他？”我点点头。

他从我手中拿走电话，接通之后说：“你好。是的，对对对，我需要啊，我非常需要。行，明天就签合同。什么，你不是卖保险套的吗？哦，对不起，我搞错了。”

挂了电话，我也忍不住笑了。我真羡慕他可以活得这么潇洒。这个林昊，总是那么搞笑。

“这个人太烦了，天天骚扰我。”

“你为什么不把他加入黑名单？”

“我觉得人都应该有自知之明。”

“不如说你不会拒绝别人。跟你讨论一个问题。”林昊拿筷子指着我碗里的鸡蛋说，“你是不是每次吃板面的时候都是最后才吃鸡蛋？”

“嗯。”我说，“是这样。可能是从小养成的习惯，把好东西都留在最后面。”

“我就跟你不一样，我会先吃鸡蛋。你知道吗，越小的事往往越能反映出一个人的性格品质。我知道你从不随地乱丢垃圾，这就说明你一定不会是个太坏的人，或者是个有贼心没贼胆的人。你会被那些我们不以为然的事情所困扰，诸如在电梯里吃韭菜馅的包子，上厕所不冲水，拿手指抠鼻屎还抹在办公桌底下。你会认为这些都不对，并且坚决不做。但是我告诉你，这没什么不对。一件事，所有的人都在做，那么这件事就是对的，比如吃回扣。别人都吃你不吃，没人说你贤良，你只会被人嫌弃。罗隐，我觉得你活得太严肃了。你觉得呢？”

“我觉得你说得对。”我看着突然认真起来的林昊无可反驳地说道。

“你这么活不累吗？”

“从来都是事情改变人，不是人改变事情。”

“未来掌握在自己手里，路怎么走，你自己选择。”

我一惊，接着说道：“世界不应该是这样的，做人不该是这样的。”

“做人不该是这样，做程序员更不该是这样。”

“你也喜欢《无间道》啊？”

“我不喜欢啊。”

“那你怎么会背里面的台词。”

“对于电影台词，我过目不忘。Why so serious？”

“我也有过目不忘的东西。”

“什么？”

“π？”

“苹果派还是香蕉派？”

“数字 π。圆周率。我可以背得比吕超还多还快。”

“那是谁？”

“他是目前无差错背诵圆周率的吉尼斯纪录保持者，用 24 小时零 4 分钟，不间断无差错地背诵圆周率至小数点后 67890 位。”

“我看不出来，背这玩意儿有什么意义？”

“对我来说，计算和背诵本身就是意义。人总得找点可以值得做一辈子的事去干才会活得有价值吧。”

“π 是个无理数吧。”

“对，还是个超越数。”

“那我不懂，但我知道 π 是个无限不循环的数列。你根本无法计算到尽头。”

“何止是尽头，不管我计算多少，对于 π 来说都只是沧海一粟，比这个比例还要更小，即使用质子和宇宙来对比也不过分。因为宇宙总是有边界的，而 π 没有。但是我不会因此停止，这应该就叫作热爱吧。”

“你怎么定义热爱？”

“我觉得热爱就是你知道做一件事不会有结果，还是会坚持不懈持之以恒地做下去。热爱就是你知道写一篇小说不会发表，但是会以饱满的情绪写好每一个修辞。热爱就是你知道你喜欢的女孩不会爱上你，可是若干年后你娶妻生子，你会把心分成两半，一半因为责任留给你的妻子，另一半用此一生来思念她。”

“《大鼻子情圣》。我说过对电影台词过目不忘。”

“这就是我理解的热爱。”

“这不是热爱，而是盲目。想要别人听你说话，拍拍他肩膀是不够的，必须给他震撼，这样人家才会仔细听你。”看我一愣，他解释道，“《七宗罪》里的台词。我说这个是想告诉你，你要自己去证明，你所做的事情意义何在。”

我若有所思，然后他趁机夹走我碗里的鸡蛋，若无其事地大快朵颐起来。

“晚上有事吗？”林昊一边吃着我的鸡蛋一边问我。

“没有。”

“我请你去洪顺曲艺社听相声吧，你需要放松一下神经。”

林昊又点了一根烟。我跟他一起吃了一个月的午饭，知道他每次都会在饭前饭后各抽一根烟。我不会抽烟，上大学的时候宿舍六个人有四个人抽烟，我曾经跟他们学过一阵，但功夫没到家。其实我很羡慕那些抽烟的人，从烟盒里取烟的动作，打火机点火时清脆的咔嗒一声，抽第一口时的深入和浅出，销魂时闭上的眼睛。晚上困的时候，抽一根烟应该会非常解乏。我几次想尝试，但最终都搁浅在计划阶段。

坐在洪顺曲艺社的大厅里，我却对台上的各种灌口和捧逗都提不起兴趣。自从那天跟她打了一个照面，再也没能忘记，我脑海中反复播放的都是她那一个回眸。旁边的人却乐得前仰后合，有不停拍自己大腿的，也有不停拍自己女伴大腿的，这就让我有些厌烦。林昊见我兴致不高，问我：“怎么了，不好看吗？”

“一般般吧，没什么感觉。”

我本来是随口无心一说，却不想惹恼了一旁的看客，他戗了我一句：你说一般你来啊！”

被他这么一说，我别过头，假装没有听见。林昊却不干，跟他说：“我们说话碍你屁事。”

那人跟林昊杠上了，说：“我就看不得这种自己不行还瞎说话的人。”

林昊说：“你说谁不行？”

他指着我说：“就说他，怎么的？”

我看林昊有点激动，担心这么戗下去非打起来不可。没想到林昊突然转向我：“说相声不就是背段子吗，罗隐，把你的看家本领拿出来？”

“看家本领？”那人听了之后讥笑道。

我急忙拿眼神询问林昊，我有什么看家本领呢，我自己怎么都不知道。林昊显然意会了，说：“3.1415——我只能帮你到这里了。”

我明白了林昊的所指，似乎这也是我唯一能拿来跟别人比较的特长。我非常忌讳跟别人发生冲突，然而那天我也不知从哪里来的勇气，噌的一声站起来，接着背道：“92653589793238462643383279502884197169399375105820974944592307846406286208998628034825342117067982148086513 28……”

“他瞎念叨什么呢？”那人问林昊。

“不懂了吧，背 π 呢，你可以拿出手机搜一下，看看他背的对不对？”

我一口气背到五千位，如果不是剧场保安强行把我和林昊驱逐出去，我肯定还会背下去。

我和林昊走在夜色笼罩的中山路上，兴奋地大喊大叫，引来路人纷纷驻足旁观。我有生以来第一次觉得这么酣畅。我从没有参加过体育运动，如果啦啦队不算的话，但是此刻，我突然体会到那种在一场焦灼的足球比赛中破门并为球队取得决胜一分时的感觉。就在刚才的战役中，我当了一回关键先生。

我们又找了一个小饭店，两个人干掉一瓶牛二。这是我喝得最多也最尽兴的一次。我平时白酒最多二两，那天可以说是超常发挥。

喝酒真的是跟心情有关，心里有事，沾酒就醉，心里痛快，千杯不倒。喝完之后，意识处于模糊边缘，但身体很舒服，胃里一点不闹，只是脚下有些飘。我像踩着云朵一般去柜台结了账，回来发现林昊已经不见了。我以为他是在饭店门口等我，但我走出去却哪儿也找不到他。

第二天上班，我问林昊他昨天怎么跑了，他却给出了不一样的版本，或者说完全相反的剧情，是他去结账，回来我不见了。

他说得那么煞有介事和不容置疑，很快我就相信昨天落跑的是我。事实上，对于昨晚发生的一切，都被那场前所未有的牛饮给模糊了。

我们没有继续较真，因为这时候主管走进来，宣布游戏今天公测。

5

每天上班就跟打仗一样，噼里啪啦的打字声就像是一颗颗子弹炸响。办公室里没有人再说闲话，人们忙碌的只剩下喘气的工夫，即使爱开玩笑搞怪的林昊也变得沉默老实。以往，我们办公室的桶装水一天要换两桶，而那段日子，两天都喝不了一桶。人们根本顾不上喝水，连上厕所都是跑步前进。不仅如此，每天晚上还要有三五个同事值班。这时候，别人纷纷找到了正点的理由，只有我毫无准备和首当其冲地被选中，别人可能一个礼拜才值一次，而我几乎每天晚上都在公司盯着。

我原本以为晚上上班，白天下班可以睡半天，然后下午还能自由活动，抄抄 π 值，或者看场电影，但是我小看了人类数万年来所形成的生物钟。上夜班回来，我几乎是往床上一躺，后脑勺还没有触着枕头，就凌空睡着。而当闹钟在第三次第四次叫醒我的时候，我只能挤出来刷牙洗脸吃饭的时间。白天睡得很死，没有梦，夜里的工作就像是做梦。因此，上夜班就是一天24小时都没有清醒的片刻。每当我照镜子时都怀疑自己是从乔治·A·罗梅罗的电影里跑出来的群众演员。

工作虽然忙，但并不乱，直到一个同事得了阑尾炎。他当时就从椅子上摔下来，蜷缩着腿在地上打滚，疼得死去活来。我们剩下几个人均摊了他的工作，这让本来就喘不过气的加班岁月又蒙上了一层无助的阴翳。

在大脑高速而机械运转的同时，我突然想起高中时候自诩文艺男青年的同桌，他经常会写一些小品文之类的找语文老师看，老师也非常器重他。我记得他曾经在语文课本的扉页上写过一句话：忙，会把心亡了。我当时觉得这句话说得太好了，一度惊其为天人，后来才知道是他摘抄的。我觉得，再这样下去，我就会亡了。

“大家这个月辛苦了，今天的努力加班，会换来明天的加薪，等忙过这段时间，我向老总申请放个长假。”

我并不在乎那个在半空中悬浮的长假能否坐实，只是这些天没日没夜的加班使得我没时间手抄 π 值，由于办公室一直有人，我也不能利用公司的电脑进行计算，只能用家里那台重组过的电脑慢慢计算，进度落下不少。其实也谈不上进度，因为 π 本身就是个无理数，这意味着不管我做了多少计算，都可以说是刚刚开始而已。但若以我有限的生命来计量，我余下的一万四千多天，每一天的计算都显得至关重要。

好不容易，盼星星盼月亮盼来这个月来唯一一天没有加班的日子。

我刚回家，就听见笃笃笃的敲门声，我透过猫眼看见是那个连日来对我围追堵截的保险业务员。他正在用右手用力地捶打着门，左手的小拇指勾在鼻孔里灵活地探寻着，抠出一块鼻屎随手抹在门框上。君子慎其独也，一个人不管伪装得多么高明和高尚，在独处的时候总是会暴露出低俗和低微。我对老祖宗流传下来的东西深信不疑，因为这些道理都经过了时间的淘洗。如果你听过很多道理，依然过不好这一生，只能说明，你只是听过，并没有践行。活该你过不好，道理是无辜的。

“罗先生，我知道你在家，我看见你回来了。”

我打开门，往外站了一步，并没有把他让进家门的打算。

“你跟踪我？”

“不，我只不过是蹲守在这里守株待兔。啊不，我的意思是——”

“你不用解释了。我说过我对你们公司的保险没有兴趣。”

“这我知道。”

“那你还来烦我。”事不过三，这个道理也是经过实践检验的真知灼见。

“我换了一家公司，也许你会对这家公司的保险业务感兴趣，有一个非常适合你们这种程序员的险种。”

“哦？”这的确勾起了我的兴趣，我至今还没听说过专门针对程序员开发的险种。

“我第一个就想到了你，够意思吧。我们知道你们这种大龄青年不容易找到老婆，所以这个险种的内容就是可以根据年龄给自己的婚姻上一份保险。举个例子来说，假如你买了四十岁——这是一个底限的险，如果你那一年还没结婚的话，就可以得到相应的赔偿。”

“这个倒是有点意思，但有漏洞啊，如果我四十岁故意不结婚，岂不就可以骗险了吗？”

“你会买了车险之后，把自己的座驾故意撞到墙上吗？你会买了意外险之后，从二层楼上跳下来吗？当然，我们公司也会对买险的顾客进行严格的考察和筛选。目前来说，这个险种只对程序员开放。”

“好吧，我知道了，”我用之前的理由拒绝他，“但我暂时不需要。等我需要的时候会联系你的。”

“这是我新公司的地址，上面有我的电话，你想投保了，随时给我打电话。”

他还想再洗脑几句，我及时下了逐客令。这个人，我是领教过他的口水和口才的。这正是跟我截然相反的对立面，他一天说的话大概比我一个月说的都多，他一个礼拜见的陌生人大概比我一年见的都多。

我关上门，记录最新冒出来的数字，门又被敲响了。

我有些生气，拉开门就说：“你有完没完——”

话说了一半赶紧收缰，站在我面前的是一个清秀的女孩。

我完全看呆了，看呆了并不是这个女孩多么出众和完美，也不是这个女孩完全符合我在二十三岁时列的那个标准清单。而是她——而是她——而是她！

她就是那天我有过一面之缘让我魂牵梦萦的女孩！

她留着一头乌黑的直发，弯着眉眼笑意盈盈地望着我，看上去那么柔顺乖巧。黑发把她的脸盘反衬得非常白皙，不大的脸上五官错落有致，下巴有些婴儿肥，消减了她几分古典的气质，平添了许多可爱。美好的女孩就像三个月大婴儿一样让人忍不住想去抚摸和拥抱。我幻想过无数次跟她邂逅的场景和方式，自己该怎么做，如何言谈，一步步获取她的芳心。但当她从梦想照进现实，我却完全不知所措。

我怔怔地望着她和她手里端着的那盘饺子。

“对不起，我以为是刚才那个卖保险的。”我赶紧解释道。

“没事。我是新搬来的邻居，住你对面。这是我自己包的饺子，尝尝吧。”

“对面那个奶奶搬家了吗？”

“搬家？楼层管理员跟我说她上个礼拜去世了。”

“啊。”我略有些惊讶，前一阵子我还鲁莽地把她撞倒，难道说是后遗症，我不敢多想。不过细想起来，我虽然在这里住了快五年了，但是熟悉的面孔却并不多，而所谓的熟悉也只是建立在见面打招呼的基础上，大多数人只是看着眼熟。

“怎么了？”

“哦，没事。真遗憾。”女孩打断我的思路。

“那个，饺子要趁热吃。”女孩把手里的盘子又往上举了举，几乎要送到我的嘴边。水蒸气裹挟着食物散发出的清香往鼻孔里突围。

我接过来：“谢谢你，好久都没吃过饺子。”

“你喜欢就好。那我就不打扰了。”

女孩说完就要转身，我叫住她：“等等。”

“怎么了？”

“没什么。再见。”我本来想问她的名字，但是看她回头，我的双唇就像是拉上了拉链，根本张不开。我一只手端着饺子，另一只手摸到脑后，抱歉而自嘲地笑笑。

女孩见状粲然一笑，然后举起右手，轻轻摇晃两下：“拜拜。”

我也举起右手，模仿女孩的样子摆动了两下。

我看着她灵动的背影，懊恼自己应该问问她的名字。

她突然停下来，转过身，笑着对我说：“我叫丁柔，你可以叫我小柔。”

我只是嘿嘿地傻笑。

“你呢？”

“什么？”

“你叫什么？”

“哦，罗隐。”

“那我可以叫你小罗吗？哈哈。”

她的笑就像是美杜莎的眼睛，我只看了一眼就被石化。她房间的门关上很长时间之后，我才慢慢走回屋里。

饺子很好吃。

有多久没吃过真正的带有热腾腾蒸汽和香喷喷气味的食物了，我已经想不起来。时间这东西很奇妙，有的事情过去很久了，想起来却觉得近在眼前；有的事情明明才刚发生，却觉得像远古洪荒一样遥远。而关于跟丁柔的邂逅，我却觉得既熟悉又陌生，这个场景似乎一直深埋在脑海中，等待着有一天启动，被投影在现实世界。对，与其说一见钟情，不如说是一见如故。只不过是萍水相逢一面，我回想起来，两个人已经像是有过无数次默契的交谈以及亲密的接触。

原来这就是爱情，爱情就是让你生理上冲动心理上崩溃，根本不是书里电影里所说的那种麻酥酥的触电，而是被闪电劈中，我们老家有一种说法，被雷劈是龙从天庭下来抓人。而她就像是壁画上婀娜飘摇的仙女，下凡到枯燥的人间，一下子，就把我的心抓住了。

6

那是我有生以来第一次辗转反侧。根本无法睡着，我翻了几个身，索性坐起来。房间寂静，我突然听见一声轻轻的笑，吓了一跳，才发现这笑声来自我自己的嘴巴。身体总是比意识更加懂得我们的心理。这一笑之后便一发不可收，我开始笑个不停，有时候勾勾嘴角，有时候咧嘴大笑，完全不受控制，如同中了病毒。

我完全没有想到自己都三十岁了，怎么还跟一个懵懂的初中生一样，遇见心仪对象就这样得意忘形。爱情能够让人年轻，而暗恋则让人变得神经。

左右睡不着，我索性下床打开灯，接着抄录 π 值。

突然，房间里回荡起敲门声。声音因为夜的宁静而被衬托得有些刺耳而剧烈，让我感到悚然。我看了看手机，已经夜里两点。

我趿拉上没解鞋带的帆布鞋，战战兢兢地走到门后。我搬到这里这么多年，从未有朋友夜里来访。其实，大部分朋友白天也很少来我家，一年到头也不待一次客。我透过猫眼却看见黑黢黢的一片。

这时手机铃声突然炸响，我吓得几乎要瘫坐在地上。我拿手机一看是林昊来电，心里顿时踏实下来。

林昊在电话里大喊："喂，我在你家门外呢。我都听见你手机响了，麻溜儿的，赶紧给我开门啊。"

我这才缓过劲来。我打开门，看见林昊正在用打火机点烟。

"刚才敲门没听见啊？"

"我睡着了。"我随口撒了一个慌。

"撒谎，"林昊仿佛看穿我一样，"刚才从你门缝里我都看见灯光了。你睡觉不关灯啊。"

"这么晚了你没睡？"我赶紧找话题敷衍过去。

"你不也没睡呢。"林昊说完在屋子里走动起来，参观那台被我改装过的电脑，"真不赖啊，这是你自己弄的？"

我点点头，说："你别抽烟了，对身体不好。"

"我看你不是为我健康着想，是怕烟灰飘进主机里吧。"林昊再次看穿了我的把戏，这也难怪，我从来都不是一个说谎的高手。"你放心，”林昊变魔术一般，手里多了一个可乐罐，“我把烟灰弹这里面。”

“你就用这个计算圆周率？这也太简陋了吧，我看网上都是用巨型机。”

“机器当然越高级越好，但算法才是最关键的。而且——”我打算告诉他我偷偷使用公司电脑计算的事，但我知道，我一说出口肯定会后悔。

“而且什么啊，你倒是说啊。我最看不惯你磨磨叽叽的样。”

“我也痛恨自己这点，但是没办法，老毛病，不好改。”

“那你到底是说还是不说，你要是为难就算了，我可不会勉强你。”

我把心一横，告诉了他，我以为他会就此批评我几句，没想到他非但没有对我这种行为做出任何谴责，反而还鼓励我说：“公司那几台哪儿够啊。我之前看过一则新闻，是搜索地外文明的一个程序，招募了许多志愿者，在用户的个人计算机上下载了这个程序，就可以在屏幕保护模式下或以后台模式运行，利用多余的处理器资源，不影响用户正常使用。你也号召全世界人民都下载你这个程序，帮你一起计算。”

“关键是，我没有号召力啊。”

“那你计算机知识这么牛，可以种点木马撒出去。我告诉你一个方法一准管用。”林昊一脸轻浮地凑过来说了想法，然后得意地笑着，“怎么样？”

“这——”我不好意思地笑笑。

“怎么了，你笑屁啊！不可行吗？”

“理论上倒是可行，但是我——”

“你要是觉得为难，我还有一个办法。”林昊凑到我耳边轻声说，“你可以把程序嫁接到我们公司新推的游戏里。这个用户群也很强大，而且玩游戏的人电脑装备一般都比较好。你别晃头啊，这不可行吗？”

“这可不行，”我连忙说，“要是公司知道我这么干一定会开除我，说不定还得让我赔偿一笔。”

“不是不影响用户正常使用吗？那谁会察觉。没人察觉，公司又怎么会知道。”

“不行，不行。我不能这么做。君子慎其独也。”我果断地拒绝他。

“无毒不丈夫。”

不等他继续游说，我率先抛出问题：“这么晚了，你找我做什么？”

“啊，我今天也不知道怎么，史无前例地失眠了，想到你家住得不远就过来转转，结果发现你屋子开着灯，就上来找你。啊，”他打了一个哈欠，“现在有点困了，我得回去了。”

“哎，等一下。”我叫住他，“你知不知道对于还不熟的女生送什么礼物好？”

“那看你的目的了。如果你只是想从不太熟发展成朋友，送什么都可以，除了钻戒。如果你想要发展成伴侣，送什么都不行，除了钻戒。”

“开什么玩笑，我们才刚见过两次，你就让我送钻戒？”

“看来你是后者啊。”林昊诡笑道，“才见两次就想着结婚了，那女人得多优秀啊，千万别让我认识，否则我保不齐会跟你抢啊。”

“到底送什么，你给点建议啊。这方面我一点经验都没有。”

“如果你想要跟她结婚，那就送钻戒。”他说得很用力，不像开玩笑的样子。

“那肯定会把人吓跑。”

“如果是真爱，就算她这次跑了，那么她迟早还会回来。如果不是真爱，就算她跟你结婚，那么她迟早还是会跑。”

“不行，不行。那可不行。”

“这已经是你今天晚上第二次说这种没骨气的话了。什么行，什么不行。现在社会，有能力就是行，不行也行。如果你想循序渐进，那么什么都别送。在确定她对你产生好感之前，你送的任何礼物都会适得其反，只会引起她的反感。”

7

不出所料，主管所说的长假再次证明只是空头支票，只是他安慰我们这些看不到明天的程序员的一块骨头。你走，骨头也走，始终无法吃到口里。时间久了，就不是在追骨头，而是惯性保持。就好像我们一直在说的梦想，开始的时候那是一道光，指引着我们向前，给我们希望，其实到了后面，你会发现，梦想成了你身后的影子，真正照亮你的光，永远是最实际的生活问题。

我喜欢编程是喜欢那种细腻而且完美的感觉，人无完人，不管一个人多么完美都会犯错，而程序不会，一经编写成功，它就会朝着最初预设的目的发展。比如我所写的计算 π 的程序，每一个数字都是在轨道上，成千上万个数字，似乎看起来一个错没什么，其实不然，一个都不能错。游戏也是一样，但要比计算 π 值复杂太多。所以，制作游戏难免出错。尤其是在那样高强度的状态之下。我们公司发布的新游戏，出现了一个致命的 bug，用户可以利用那个 bug 无限刷经验值，而经验值可以兑换人民币。发现这个漏洞的时候，游戏里已经有数个身价上亿的富翁。毕竟在虚拟世界里，这不过是一个数字。

仍然不出所料，我们整个团队被要求重新加班，随之而来的还有扣奖金和一顿骂。连平日里敢于出头和冒刺的林昊都沉默不语，他大概也知道事情的严重性。所以说，这个世界上不存在完全看得开的人，那取决于发生的事情伤害他到什么程度。

“我仿佛看见了上帝。”林昊说。

我看看表，已经夜里十点了，公司只剩下我们两个人。

“上帝说什么？”

“上帝说，这不是人干的活啊。”

“你先回家吧。我来盯一个通宵。”

“没关系，我陪你，反正回家就我一个人，在这里，还能跟你唠唠嗑。对了，你后来给那个女孩买什么礼物了？”

“什么也没有。后来一直没有见到她。”

“这不由得我多说你两句，好女孩就像雨后彩虹，不是天天都会出现，而且出现的时间并不长。你不能给自己留后路。”

后路，这正是我所担心的。我担心一切用力过猛，都会换来得不偿失，所以才循序渐进，所以才踽踽独行。可是年轻的人啊，如果一直想着后路，就无法前行。

一些情绪开始在我心里发酵。

这时，办公室的电话响了。

我已经伸出手了，林昊却劝我别接：“这么晚了，一定打错了。”

我想也是，连来电都没看。

没一会儿，我的手机响了，却是主管。

“主管。”我小声说。

“这货半夜不睡，给你打骚扰电话干吗？莫非，你们，呵呵。”

“瞎想什么呢。”我指责林昊，接通了电话。

“喂，让你们加班你们又跑了是不是？”

“没有啊。”

“没有？我打办公室电话为什么没人听？”

“我——”

林昊跟我对口型说：“去厕所了。”

“我刚去厕所了。”

“我告诉你，今天晚上必须给我把漏洞补上，否则，否则我扣你工资。还有，一会儿挂掉电话，用座机给我打回来，我要确认一下。”

“一晚上时间肯定不够啊。”

“最多两个晚上。”

“无耻。”林昊在一旁说。

“什么？”主管显然捕捉到什么。

“没什么，我说必须。”

我拿手指在嘴边比画了一个噤声的动作，林昊却不服气，从椅子上坐起来，双手握拳用力一举。这时，他站起和坐定的身高差把耳机线的长度消耗殆尽，销魂的女声荡漾开来。电话那头的主管听得一清二楚。

“我收回刚才扣你工资的说法，”主管说，“我还要给你额外多发几个月工资，我要开除你。”

“等等，不是你想的那样，不是我——”

“如果今晚能够修补上漏洞，就一笔勾销。”主管说完，电话挂掉。

“都是你，”我说，“看，现在怎么办？”

“一直以来，他们都说你是最优秀的程序员，那是因为我懒。不就是一个小小的 bug 吗，看我的。”

我完全没有想到，玩世不恭的林昊在计算机方面有如此超强的天赋，只见他的十指飞快地在键盘上翻飞，敲击键盘的清脆响声被夜的寂静无限放大，听起来就像是交响乐，我完全沉醉其中。一直到天光微亮，我们两个完成了不可能完成的任务。

“别说哥们没帮你，你那个计算 π 值的程序，我已经偷偷加载到游戏里了。只要玩游戏的人，他们的电脑都会并联成一分子。我知道你下不了手，坏人就由我来做吧。”

不知道为什么，那一刻，我很想抱抱他，也很想，尝试一些所谓坏的事情。

8

我再次见到丁柔，已经是一个月之后。

我看见那只盛放饺子的盘子，还没还给丁柔，这正好是一个接近她的理由。我忙去厨房把盘子刷得比自己的脸还干净，然后又用从来都没用过的毛巾擦拭得光可鉴人才善罢甘休。

我的脸映照在盘子正中。

我拿着盘子敲响了丁柔的门，没人回应。我又敲了几次，仍是如此。

我把耳朵贴在门上，想听听里面是否有动静，为了集中注意力，我甚至闭上眼睛。我努力地捕捉着每一丝细弱的声音，似乎听见了由远及近的脚步声。突然，我的肩膀被拍了一下，我不由得叫出声来，与此同时，手中的瓷盘掉在地上，也叫出声来。

我回头发现正是丁柔。

“你在干什么？”

“我，我，”我结巴了几句，“我来还盘子。”然后看着地上盘子四分五裂的尸体说，“我赔给你一个新的。”

“没关系。”丁柔落落大方地说，同时绕过那些碎片走到我身前，把门打开走进去，然后停下来对还愣在门口的我说，“不进来坐坐吗？”

我就像一个木偶一样，而丁柔的话语就像牵在我身上的线。进屋之后，我自告奋勇打扫了破碎的盘子，但我并没有倒进楼道的垃圾桶里，而是打开我家门，扔进屋里，然后再回到丁柔家。这时，丁柔已经冲好了两杯醇香的咖啡。

“小心。”丁柔笑意盈盈地说。

“什么？”我接过杯子说。

“可别把我的杯子摔碎了，我这可是情侣杯。”

“哦。”我用另一只手摸了摸后脑勺，浅浅一笑。突然一种不祥的预感从我的心里升起。情侣杯？我早应该想到这一点，她这么优秀，怎么可能没人追。

“你在这里住了很长时间了吗？”丁柔呷了一口咖啡，开启话题。

“差不多四年。”我心不在焉地回答着。

“那是够久了。”丁柔一本正经地说道，“和你女朋友一起吗？”

“我还没有女朋友。”

“啊，不好意思。我们团有很多漂亮女孩，有机会我给你介绍一个，包你满意。”

“有你漂亮吗？”我说完之后才意识到自己有些轻薄。

“比我漂亮多了。”丁柔并不在意，继续说道，“饺子好吃吗？”

“很好吃，让我想起我妈做的。”

“我有那么老吗？”丁柔故意皱着眉头说。

“没有没有，我只是在说味道。”我赶紧解释。

“跟你开玩笑的。”

丁柔眯起眼睛笑了笑，就像在课堂上说话被老师抓住时做出的求饶表情。罗隐相信，任何老师在这样的微笑面前都无能为力。

“你刚才说团里，什么团？”

“舞蹈团。我是跳民族舞的。”

“怪不得。”我说。

“怪不得什么？”

“怪不得你身材这么好，又有气质。”

“你真会说话。”丁柔笑着说。

我这是怎么了。我以前不这样的，我从没有过这么油腔滑调跟别人搭讪，脸红发热胸闷气短喘不过气那才是我。

“对了，还没问，你做什么工作？”

“我在一家游戏公司，负责后台数据支持。”

“听上去很高端。”

“其实没什么，你如果感兴趣，我可以带你去我们公司看看。”

“好啊好啊。我们团周六晚上在人民会堂有演出，你如果感兴趣——就自己买票去看吧。”

“嗯。”我点点头，同时提醒自己注意措辞，不要再说些过于轻浮的话。我突然想起林昊，他总是能够轻易就跟陌生的女孩聊得热火朝天，而且也会说一些我根本不敢说出口的玩笑。如果他在这，应该会很快就把氛围搞得活泼起来。

“你平时喜欢做什么？”丁柔又问道。

“我喜欢数字。”

“数字？”

“数字能够代表一切。”

“你是说 0 和 1 能够用二进制模拟世界吗，赛博空间？”

“不是，我所说的是我们的世界完全可以用数字描述出来。简单来说，其实用一个无理数即可做到，比如 π 。”

“圆周率？”

“是的，3.141592653589793——”我随口背道。

“238462643383279——”丁柔接着背道。我目瞪口呆地望着丁柔，好一会儿没反应过来。我不知道是否有人跟她说过，她实在太可爱了。

“继续啊。”丁柔说。

“50288——”

“41971——”

“69399——”

“37510——”

然后我们两个人互相注视着，异口同声道：“58209、74944、59230、78164……”

我感动得要死，恨不得把丁柔举在半空中，高呼知己。

“你也会背？”尽管我非常克制，可是声音里仍有些颤抖，强忍着才没有泣不成声。

“哈哈，说出来你可能不信。听我父母讲，在我小时候，大概才三四月那么大，必须得让人抱着才行，让我躺在床上我就会哭个不停，怎么也哄不好。手舞足蹈，咿咿呀呀。哈哈，你不会笑话我吧？”丁柔说着举起双手凌空乱晃，形象了刚才的讲述，似乎是发现自己有些太过幼稚，停下动作和叙述，讨好又像求饶似的眼光盯着我。

我摇摇头，觉得这目光像是小狗的舌头在舔自己的脸，痒痒的暖暖的，煞是受用。

“有一天，妈妈给我做抚触时发现我非常安静，不哭不闹，而且还非常专注。后来妈妈发现我喜欢的不是抚触，而是做抚触时她说的拍子。就是：一二三四五六七八，二二三四五六七八这样。他们进一步得出的结论是，只要一说数字我就会安静下来，并且像求知若渴的学生一样认真。我爸爸突发奇想，打印了几张 π 值。每天晚上临睡前，别人家都是讲故事，我呢，就是听我父母读 π 。是不是很离奇？”

我的眼睛睁到有史以来最大的一次，目不错珠地望着丁柔，从她的眼睛中，我看见自己脸上写满了难以置信的表情。

“我就说你不会信啦。”丁柔娇嗔道。

“不，我信。因为我小时候跟你一样。”

“没见过你这么搭讪的。”

“我是说真的。”

“真的？”

“真的。”

丁柔看着我又笑了，说：“我还说只有我是个怪人。但是我还是不理解，π 跟世界有什么关系？”

“从某种程度上来讲，π 就是世界。”

“好吧，你彻底把我弄糊涂了。”

“怎么说呢，你觉得我们的世界是由什么组成的？”

“这是哲学问题吗？还是物理的问题？”

“就说你的直觉。”

“我没你那么高深的认知，在我看来，世界是由物质组成的。”

“下一个问题。人类用什么交流？”

“语言啊。我不明白你想说什么？”丁柔一脸疑惑道。

“语言还有另外一种表达方式，就是数字。所有的语言都可以用从 0 到 9 这十个数字的排列组合来进行转换。换句话说，世界上发生的任何一件事情都可以用数字描述。而 π，能够描述整个世界。它里面总会有一组数字能够代表你，把你从出生到老死每一个动作都栩栩如生地演绎出来，你的每一次微笑，每一滴泪水都能从中找到对应的数字。你上学时的同桌，追逐过的明星也都在里面。每一根草，每一棵树都在里面。白垩纪时期一只拖动食物的工蚁和一颗渐变的红巨星也在里面。我们做过或说过的每件事，宇宙中所有无限的可能，都在这个简单的圆中。它能代表一切。”说最后一句话的时候，我伸出右手的食指，在空中画了一个圆。

“哈罗德！”

“你也喜欢《疑犯追踪》？”

“‘What's the point of saving the world——’”丁柔说完之后看着我。

“‘if you can't enjoy it？’”我接道。

我们互相看着，然后同时爆出笑声。

“如果真的如你所说，那么岂不是我的未来也在这组数字里？”

“是的，只是我们无法找到。也不是无法找到，而是这里面包含着你的无数种未来，我们无法准确地界定哪一个才是实际发生的那个。物理学有一个平行世界的理论，世界每时每刻都会因为我们的选择而进行分解。π 的伟大在于，它并没有剔除任何一个选择，让世界呈现出当前的面貌，而是恰恰相反，π 包含了所有的选择。不管我们做什么，我们都在这个圆里面。”

我又凌空画了一个圆，这次范围比较大，似乎是想把自己和丁柔都圈进来一样。

“太神奇了。”丁柔双手抱在一起放在胸前说。

我看着丁柔崇拜的目光，恍惚觉得自己所取得的成就不过就是为了博得丁柔的一笑，这太不可思议了，我竟然会对这个见了三次的女孩完全倾心。不过，丁柔简直就像是为我定制的，她符合我对审美的一切要求，而且她还那么可爱。

在我二十岁那年夏天，我曾经列举过自己伴侣的条件，从身高学历到性格爱好，事无巨细地足足列出将近二十条。一年之后，我就把这个条件瘦身到十条左右，到了三十岁的今天，条件只有一个，只要是女的就行。但是现在突然跳出来一个人，几乎满足了我当年所列的所有条件，而且最重要的是，她对我也有好感。

我能够从丁柔的动作和眼神中感受到这点。

“这么说，π 里面包含了我们的未来？”但是丁柔开口说的却并非我心里所想。

“是无数种未来。我的研究就是找到最可能发生的那个未来。”

“那你找到了吗？”

“这需要太多的数据和运算。”

“那么，你看到自己的未来了吗？”

自己的未来，我还从没想过。我摇摇头，并没有向丁柔解释，自己从未计算过自己的未来，而不是没有看到。

丁柔并没因此失望，笑着说：“那祝你研究成功。”

“嗯。”我用力点点头。

“那个，你饿了吗？”

“嗯？”我被丁柔问得一头雾水。

“上次我包的饺子冻了一些在冰箱里，我现在去煮饺子，你留下来一起吃吧。”

9

我偷偷把丁柔家那个打碎的盘子粘合起来，但是不管怎么都缺了一块，不过，人生不正是因为缺憾而完整吗？看着这个破碎的盘子，我决定了，按照林昊所说，我要去买一枚钻戒。我打电话给林昊，说：“你说得对。”

“我说得对的事情多了，你指哪一件？”

“爱一个人，就应该冲到她的面前，许诺她的一生。我还差一点点勇气，你能不能来陪我？”

“陪你？”

“陪我一起去珠宝店买钻戒。”

当林昊和我选中那枚价值我两个月工资的钻戒时，我问他：“我勇敢吗？”

“必须。”

我果断刷了卡，林昊从我手里拿走收据，随手撕碎扔掉。

“如果她拒绝你，就把钻戒扔了。别想着退了。你要断了自己的退路，釜底抽薪。总想着后路，就无法前行。”

“你说得对。我义无反顾。”

“那我们现在去哪儿？”

“人民会堂。”

我和林昊打车来到人民会堂，正好赶上演出开始。他说：“你还没告诉我那妞长什么模样呢？”

“你看吧，最漂亮那个就是她。”

我们进入里面，找座位坐好，等待幕布拉开。

音乐和灯光都已经就绪，我也准备好了，演出一结束，我就会冲上去。

演员一个接一个出场了，林昊一直在说：“是不是那个？是不是这个？”

不是，都不是，丁柔比她们漂亮一千倍一万倍，但是丁柔啊，你怎么还不出场呢。我不知道演出时间多长，但是半个小时过去了，所有演员应该都已经露面了吧。我的心开始变得煎熬起来，一直到演出结束。

“她今天可能临时有事没来演出。”我解释道。

“打电话问问啊。”

“我没有她的联系方式。”

“那就上去问问她的同事啊。”

这话提醒了我，我在演员谢幕之后，来到后台，向一个穿着傣族服装的女孩打听丁柔，她却摇摇头，说自己刚来不久，人都不熟。我只好再找其他人问，却被告知，根本没有丁柔这个人。

怎么会这样呢？

一定是哪里出错了。

我去找林昊，发现他也不在了，打他电话，无法接通，难道又跟上次一样玩消失？

我只好垂头丧气地走出来，走到人民会堂外面的人民广场，我看着人群熙来攘往，觉得极不真实。我从口袋里摸出那个盛放戒指的盒子，打开之后，两个月的工资不翼而飞，取而代之的是一张字条，跟之前那两次一样，仍然是让我停止正在做的事情，而且字体是触目惊心的红色。

第二天是周一，我回到公司，发现林昊没有上班，我用公司座机给他打电话，却听见熟悉的电话铃声。我找来找去，那响声从我的裤兜里发出，我打了我自己的电话。我向公司其他人问林昊的事情，就像被告知舞蹈团没有丁柔一样，公司也不存在林昊这个人。

一切都乱了。

那些出现在我身边的人，全都消失了。

林昊，丁柔——我试着想还有没有其他人，想起那个曾经向我兜售保险的人，我拿出钱包，看见里面那张名片。

我战战兢兢地拨了上面的号码，谢天谢地，电话通了，但是却没有人接起，我来不及要去见到他，验证这一切，他是我最后的希望。

我不顾周一的例会，从座位上离开，主管叫住我："你干什么？"

"不干！有事！"

他显然没想到我说这些，措手不及。

"你，你，我扣你工资。"

"你干脆开除我啊。"

这些都不重要了，重要的是，存在。

我循着名片上的地址，找到所在的位置，但这里却不是一家保险机构，而是一家精神病院。我咽了一口唾沫，太阳在头顶上焦躁，我大汗淋漓，双腿像是灌铅一样丝毫拔不起来。好不容易，我感到自己能够移动了，却双眼一黑，晕倒在地。

10

我醒来的时候一阵头痛。类似的场景我在很多电影里见过，但我无论如何也没有想到，接下来发生的一切却比电影还要离奇。

我感到浑身乏力，勉强撑着身子坐起来。我快速打量了一下房间，四壁和屋顶都涂成白色，地面却铺着淡青色的大理石地砖，家具只有我屁股底下坐着的一张单人床。我扶着床沿站起来，踉踉跄跄地走到门口，却发现连门把手都没有。

我拍打着门板，叫道："有人吗？"

这几步路和拍打门的过程就榨干了我的力气，我精疲力竭地背靠着门板坐在地上，虚弱得连一句话也说不出来。

不知过了多久，我竟然坐着睡去。

又不知过了多久，我突然向后摔倒，醒来后发现靠着的门被打开了。我躺在地上，抬头看着一个身穿白大褂的男人。

他看上去好面熟啊。

他弯下腰把我扶起来。四肢乏力的我几乎是被他拽到床上的。

“我打开监视窗口发现没人了，还以为你逃走了，没想到你这么快就醒过来了。”

“我在哪儿，你是谁？”

“先回答你第二个问题吧，你不认识我吗？好好想想。”

“啊，卖保险的？你想干什么？”我想要站起来，却发现自己的屁股沉重地离不开床。

“你这话问的，我能干什么，当然是帮你治疗啊。”

“治疗？”

“现在回答你第一个问题，这里是城市精神性疾病研究科学院，简称精神病院。不过你不要误会，这跟传统意义上的精神病院不同，这里的病人也不是传统意义上的精神病患者，比如你。而且恰恰相反，我们这里只是针对那些想法异常的人们开放。简单说吧，我们研究的都是天才。但是天才和疯子本来就是一念之差，如果不是我们及时介入，很多天才就沦落成了疯子。比如——呃，你。”

“这么说，那一切都是我的臆想？”

“是的，一切都不存在。当然，除了我，我接近你是为了观察和研究。”

“丁柔。”我脑海中首先闪过的是她。

“那个女孩？你难道没有发现她完全就是按照你梦中情人的标准定制的？而且最关键的是，她所有的反应都是你想要她做的。”

“还有林昊。”

“林昊？”他看了我一眼，“对，还有他。”

不同于其他幻想出的人物，林昊可以说是我的另一个人格。他也是第一个出现在我生活中的幻象，其他所有人都是在他之后才出现。用医生的话说，这样的情况很常见，往往是患者由于长期精神压抑、心里的憋屈得不到伸张。如果说人都有善恶两面，那么林昊就是我邪恶的另一面。我所有想要倾泻的情绪都通过林昊这个人格发泄出来。他跟我正好是两个极端。你怕事儿，林昊事儿；我不敢表达自己吧，林昊就锋芒毕露；我有贼心没贼胆吧，林昊就做了贼。这些都是对应的。

但比起一切所有，我更加难过的是，丁柔，她不过是我脑海里的一个幻象。

“丁柔。”我根本没听进他那一堆，心里想的只有她。她是假的。她不存在。她只是我脑海中催生的一个虚拟形象。如果丁柔是真实的，她又怎么会钟情于我。像我这样的人就只配躲在黑暗的角落做着永远无法实现的白日大梦。

“还有一点，我劝你不要继续计算 π 值了，你从一开始就知道这根本是毫无意义的事。你坚持这么做只是因为你没有别的事可做。”

“丁柔。”

“你听见我说什么没有，π 值，不要再计算了，一切都是无用功。”

“丁柔。”

“完了，完了，你没救了。”

“丁柔。”

“好，丁柔，你回家找她去吧，看看她到底在不在。”

“丁柔。”

11

我使劲拍打着丁柔房间的门。我不停地祈祷着，那一刻，任何神明都成了我希望的寄托。不要让我再也看不见她的脸，不要让我再也听不见她的声音，不要让我再也无法拥抱她。我害怕去承认，我对丁柔所有的想念都来自我的想象。

没有人开门。我把手都拍肿了而浑然不知。

丁柔不可能在，她根本就不存在。

我转过身，突然听见里面有声音。

门打开，我吓了一跳，是那个老太太。

她用一种毫无人气的眼神凝视着我："你找我？"

我回到公寓，翻箱倒柜，想要找到一些东西证明丁柔的存在，那个被我摔碎又粘起来的盘子不见了。它跟丁柔一样，根本就不存在。

我应该放弃这种生活，就像一只听话的狗一样回到公司求情，让他们收留我，我会好好干，不再盗用公司资源，我将兢兢业业恪尽职守，我也可以天天加班，一个月只休一天，只要让我工作。我还会继续去参加相亲大会，任何跟我搭讪的女性，我都会认真考虑，同时我也要鼓起勇气去跟女人们推介自己。我是一个程序员，月薪六千，五险一金，我喜欢看电影和旅游，爱踢足球，也爱远足，我的爱情宣言是，给我一个机会，许你一生幸福。

我把移动硬盘扔进马桶里，把云端存储的数据全部删除，最后把那些记录了圆周率的笔记本都抱到浴缸里。我下楼去买了一个打火机，把那些笔记本点燃了。

我看着火烧起来了，而我却感觉不到暖和热。

等着一切都做完，我蹲在地上抱头痛哭起来。

我哭够了，站在厕所的洗手池旁，拧开水龙头，灌满池子后，把脸闷进去。我在水中强睁开眼睛，却什么也看不清。我渐渐感到肺部快要爆炸，仿佛有人使劲按着我的脖子，让我无法从水中抬头。我双手抓住洗手池的两边，用力去推。我咬牙切齿，我不遗余力，但都无法对抗施压在我身上的外力。我感到自己快要死了。

脖子上的力气突然卸去，我猛地把脑袋从水中拔出来，大口地喘息着。我拿手自上而下抹了一把脸，抬起头，看见镜子中却是林昊。

“你这样就完了吗？”

“求求你，放过我吧。”

“看你的样子，真让我失望。跟你同一个人格是我莫大的耻辱，比国耻还深刻，还痛心。”

“我到底想要干什么？”我咆哮道，镜中的他却安之若素。

“你的心还没死干净，还算有点野性。重点不是我想干什么，而是你想干什么。”

“我好不容易有一个女孩来爱，好不容易这个女孩不仅聪明善良而且温柔漂亮，好不容易我觉得生活有了曙光。但这光芒不是太阳发出的，而是来自一盏25瓦的白炽灯。好不容易我刚把这盏灯点亮，你就给我砸了。而现在，你还纠缠着我不放！”

我说完，抡起胳膊，一拳打在玻璃上。我并不觉得疼，鲜红的血却沿着玻璃的裂缝奔走，镜中的林昊变得支离破碎，但是阴魂不散。

“打得好，打得好，”他拍着巴掌说，“打醒自己没有？”

“我现在一无所有了。”我喃喃自语。

“谁说的，你还有我。”

我扯开嗓子啊啊地乱吼，双手抓住自己的头发，仿佛是要把自己从地上拔起，直到把头发扯下来也浑然不觉。

“3.141592653589793238462643383279502884197169399375105

……”林昊开始念经一样沉吟起来。

“停下来，别背了。”

“82097494459230781640628620899862803482534211706798214808651328……”

“我说停下来。”我把那面镜子从墙上扒拉下来，扔在地上，又用脚去踩得粉碎。

但是适得其反，我并没有因此杀死镜中的林昊，反而给了他许多分身。现在，每一个破碎的镜面上都有一个林昊。

“选择生活。”其中一个林昊说。

“选择工作。”另一个林昊说。

“选择职业。”下一个林昊说。

“选择家庭。”

“选择一个大电视。”

“选择洗衣机，汽车，激光唱机，电动开罐机。”

“选择健康，低卡里路，低糖。”

“选择固定利率房贷。”

“选择起点。”

“选择朋友。”

“选择运动服和皮箱。”

“选择一套三件套西装。”

“选择 DIY，在一个星期天早上，搞不清自己是谁。”

“选择在沙发上看无聊透顶的节目，往口里塞垃圾食物。”

“选择腐朽，可以说是最无耻的事了。”

“选择你的未来，你的生活。”

“但我干吗要做？我选择不要生活，我选择其他。理由呢？没有理由。”最后这句话所有的林昊异口同声道，屋里环绕着他们的声音，震破了我的耳膜。

选择，选择，选择。

我选择，继续计算。

12

“关键是，我没有号召力啊。”

“那你计算机知识这么牛，可以种点木马撒出去。我告诉你一个方法一准管用。”林昊一脸轻浮地凑过来说了想法，然后得意地笑着，“怎么样？”

这个方法，林昊，不，应该是我自己曾经想到的方法，就是把程序隐藏在黄片里，这样全世界所有的人都能帮我计算。全世界有70多亿人，你无法想象，看黄色视频的人有多少。我尽一切所能找到所有的黄片资源，然后嵌入计算程序，剩下的就是等待。

时间一天天过去，我除了计算一无所有。

回想我这一生，用碌碌无为形容都显得太过仁慈，我生来简直就是一场谋杀。我不知道自己为什么要这么做，我只知道我必须这么做，我已经没有后路。

时间一天天过去，岁月从我身上滑行而过。

每个人生来都有一个注定的使命。我这样安慰自己，而我的使命就是计算 π 值，哪怕看起来毫无意义。事实上，这个世界上并不存在毫无意义的事情，我们所做的每一个选择，都指向了一种未来。

时间一天天过去，黑色的梦和白色落日。

我忘了晨昏，亦分辨不清真实和梦境，我以为自己醒着，实际是在做梦，我以为是在梦中，实际是在现实，这是一种奇妙的体验。但我并不建议你去尝试，因为你可能会从高楼坠落，就因为你觉得自己是在梦中，而且会飞。

突然有一天，或者说，这一天就在那儿等着我的光临，计算中的数字起了规律的变化。π 值在计算到一定阈值的时候，开始原路返回。也就是说，我找到了数字的尽头。

7323128423128323158423158323197423197323147723923101174 23456……

6673231284231283236968231088231011674231283231288231968 23108……

4231088231011673236283236963236088234016963231274231276 23142……

2413267213247213236961043288063236963238263237611013288 01324……

8013286913288213238213247611013288013286963238213248213 23766……

6543247110132932774132379132479132385132485132382132482 13237……

我突然明白一些事情，无师自通。

我之所以对 π 值过目不忘，其他数字就不行，不是因为我的记忆力有多厉害，而是因为这些数字本来就存在我的脑海中。如果把 π 比作洪水，那么我的脑中就筑起了许多大坝，把这些数字禁锢住。而现在，数字源头那座大坝突然垮掉，源源不断的数字就像是数亿立方米的洪水一样以雷霆万钧之势汹涌而出。每一个数字都在我的脑海中咆哮着嘶叫着，吞噬着我认知的堡垒，抢占着我意识的高地。然后，就像多米诺骨牌效应，所有的大坝都被冲垮了，接二连三地崩溃爆发。

如果每一个数字就是一滴水，那么我脑中存在的数字比地球上所有大洋之水的总和还要多。

我看见了在数字的尽头，站着林昊。

“你终于还是来了。”

“你一直在等我？”

“事实证明，又一次，这个世界又一次被你（我）毁灭。我只能在数字的尽头等着你，告诉你这一切，然后眼睁睁看着你（我）再把世界毁灭一次。你又一次将 π 值计算到尽头，那么一个完美的圆就不复存在，支撑世界的结构就将崩塌。”

“到底发生了什么？”

“圆周率，π，到了数字尽头，宇宙也面临着重新洗牌。但宇宙并没有就此消失。宇宙是震荡的，又开始了暴涨，这是一个新生的宇宙。你看不到，在一切物质的中心逐渐形成一个超级巨大的恒星，越来越多的星系落入这颗恒星之中，它也因此变得越来越明亮。大量物质穿越辐射、电离、火焰与雷暴的屏障，进入到新生恒星的中心。无可抵御的巨力将物质结构的每一层都彻底撕碎，电力、磁力、引力、核力都不复存在。但是爱还存在。震荡波回荡在数百万秒差距的空间之中，物质的湍流经久不息。怎么，还不明白吗？所有一切都可以用数字表示啊。这已经不是你第一次计算到底，已经多少次了，我也不记得，我是上一次的你。每次有一个你计算成功，那个你就会留在宇宙的尽头，等着另一个你的到来。然后将历史重新演绎一遍。经历过几次之后，我也许是无数个我决定插手这一切，阻止你继续计算，但是却不能直接干涉你。于是我把电脑毁了，于是设计一场又一场的戏，但是我没有想到，会有另一个我的人格出现。我去影响这个宇宙的我。我也被上个宇宙所引导。现在，看你怎么做了，如何去引导另一个正在准备计算到数字尽头的你。”

“我可以循着你安排的轨迹再来一遍吗？”

“当然，但是你也看到了，并没有用。”

“我想到了阻止他，啊，就是我们的方法。还记得那个打碎的瓷盘吗？它真实存在对吗？”

“当然。除了林昊是你幻想的人格，其他都是真实存在。”

“那么，交给我吧。”

我会让一切还按照之前那个宇宙发生，我想一定有一种办法能够维持这种稳定，然后我会让“我”再去寻找那个摔碎又粘在一起的盘子，他将一无所获，然后，我会让他在某种机缘巧合的情况下，比如以下这种：

“我”找遍了房间，没有那个盘子，一切都不存在，不过是我的幻想。“我”去敲丁柔的家门，走出来的却是那个老太太。“我”吓了一跳，几乎摔倒在地。然后，“我”突然发现，在丁柔家门口的地垫下面，有一个闪闪发光的东西。“我”不顾老太太的目光，径自爬过去，从里面找到了一枚碎片。这枚碎片告诉“我”，丁柔是存在的，而“我”接下来要做的就是，找到她。“我”指的是接下来是说余生。比起计算 π 值，“我”找到了更好的归宿。

数字有尽头，但是爱没有。

尾声

我，应该说他。

他将拥有他的人生，而且幸福指数爆棚。那些浮世中的喧哗都将烟消云散，他们会生一个孩子，男孩或女孩，一家三口有说有笑。

孩子会长大，他们会慢慢变老。生活鸡毛蒜皮，一些不尽如人意的事情三天两头打扰他们一回，但却没什么过不去的。他们手还拉着手，干枯的嘴唇吻上皴起皱纹的脸。夕阳剪影，影子依偎。这一天落幕，作为一生中的两万分之一。

他最终选择了爱情，而抛弃了宇宙。因为他终于懂得，数字有尽头，但是爱没有！

从出生我们就面临着无穷的选择，甚至出生本身就是选择。其实，我们只需要做好一个选择就行，那就是选择你要度过怎样的人生。这个权利始终握在你的手中。

正如《西雅图夜未眠》里所说，你每天都在做很多看起来毫无意义的决定，但某天你的某个决定就能改变你的一生。也许就是今天，你正在做的这个决定……

冥王星的雪

文／肥狐狸

这只无足鸟就这样头也不回地扎进了深空里，或许将在其中漂泊至死。幸运的话，它的余生也许仍有一次落地，那是它为自己选择的死期——也是它为爱选择的最终纪念日。

座位开始摇摇晃晃，快到冥王星了。这时，白亮亮的雾气迎面笼罩上来，从飞船前端向我所在的窗口蔓延。

我踏上这段旅途已有五个月了，身心俱疲，今天终于抵达。难以置信第一批先驱者如何熬过最漫长的九年，也难以想象身为第四梯队的她如何在两年里始终保持乐观昂扬的心态。我一直收着她那两年间发回的信息，每一条都记着，初看时还以为是去郊游。

“直人君，我要去看雪啦。”她总是说。

两年后飞船按照预定时间抵达，她发来的信息也变成了各种各样的风景感悟。冥王星有薄雾似的白茫茫的大气，每到夜晚会有巨大的卫星在地平线上升起，那里有显眼的冰盖，犹如戴着美瞳的眼睛。每到向阳时刻，这个小星球上一些地方就会飘起白茫茫的雪，雪花近似八边形，落到地上就会迅速凝结，所以观赏期限只有空中缓缓飘落的那短短十几秒钟。

“真的很短，就只有那么十几秒钟，嗖的一下就过去了。”

每每在信息里提及此处，她都是一副惋惜的语气。

冥王星上的工作单调，她开始时会向我讲述一些其中的趣事，后来也渐渐不再提。再后来，她两条信息之间的间隔越来越长，内容也正在变得单调，有时甚至只是用“我想你”三个字打发了事。我知道冥王星正在沿着轨道逐步远离地球，信息在路上会走得比较久。

但也不该是这么个样子。

于是我来了。

接待我的是第五梯队的一个年轻小伙子。这批人比她们晚了一年半出发，因此恰到好处地避开了宇宙射线爆发的那几个月，少了很多颠簸，看上去也是一副未经风霜的天真模样。听我说出她的番号后，小伙子明显犹豫了一下。他上上下下打量着我，几次欲言又止，可踌躇再三后，他还是拿起通讯器请人过来。

可叫出的却不是她的名字。

等待的时间里，我站在窗边看着外面景色。星面基地的温控装置完美地营造出一个适合人类居住的环境，然而距离我一墙之外的地方，称作极寒地狱都不为过。我知道，地上那些白亮亮的冰盖似的东西不是液态水凝结成的冰，而是氮气直接凝华而成的氮冰。这片零下二百三十三摄氏度的大地足够让任何裸露的生命在一秒钟之内变成一座雕像。即便是经验丰富的探索者，在出外的时候也需要非常小心，非要裹上厚厚的户外行动服，并且大多数时间待在温暖的车内不可。

这里实在不适合爱看风景的她。

“请问，是直人先生吧。”

我正胡思乱想着，一个沉着而有威严的男人声音打断了我的思绪。我转过头，看到一个器宇轩昂的中年人正对着我，脸上带着礼貌的微笑。他身材很高，肩膀宽厚，眼睛明亮，下巴和嘴唇上面留着短而整齐的一抹胡茬，成为他那张国字脸上难得的点缀。身上笔挺的制服仿佛在宣示着他与别人不同的地位。我注意到，他的左手无名指上套着一个橙色的戒指。

“是我。”我点了点头。我的胸口忽然隐隐有些发闷。

“您来得真是不巧。你要找的人刚好出任务去了，短期内都不在基地里。”他好心建议道，“冥王星上重力和地球相差太多，观光客出发前没有经过完整的耐性训练，待久了容易引发骨骼异常。我看既然这回遇不到了，不如先请回吧。”

我正要答话，口袋中的手机忽然震动起来。打开一看，是她发来的信息，说她正要起床，今天就待在温暖的基地里干点整理资料的活儿，不出去了。

我冷笑一声，把信息拿给对方看了。中年人脸上有尴尬的神色一闪而过，但很快又恢复了平静。

“只是信息延迟而已。”他说，“这是您本应在十几个地球时前收到的。我说过，她‘刚刚’出了任务离开了，这是临时的安排。”

我一时间却也无法反驳。在我连上这边的网络之前，冥王星基地发给我的信息都要先经过地球中转，以往的信息到达地球时延迟都在五六个小时左右，而今又要加上地球到冥王星这一程，算起来确实是十余个小时没错。

但世上的事情哪有这么巧。我盯住他的戒指，感觉胸中那郁闷的感觉不断加强。我一直看着，一直到他注意到我的目光，疑惑地低下头去。

这时，我猛地一踏步，甩开他，向他身后的门全力冲去。冥王星很小，星球上的基地也不大，我就算逐个找过去，要找到她也不难。

中年人在身后追，呼喊着叫周围的人帮忙拉住我。然而就像他说过的，经过耐压训练，这里所有人都已经逐渐适应了一成不到的重力，这带来的必然是肌肉萎缩，而我仅仅在太空中度过了空间逼仄的五个月，就算手脚生了锈，还是比他们要强。

我一路沿着走廊滑稽地蹦跳着，甩开追逐的众人冲进了基地深处。她向我描述过这里的模样，虽然和信息里说的有些出入，我还是很容易就找到了居住区的入口。第一梯队，第二梯队，我数着房间的颜色一路向前，心跳和脚步都不自觉地越来越快。

她向我说过，设计上同一批次的人会分在一起住，因为每次到达的队伍要以挂靠的方式将船舱合并在基地后方，用其作为他们居住的空间。“等那些第十几梯队的后辈到了，他们光是回房睡觉就要经过长长的一条走廊啦。”她说道，似乎为自己第四梯队的身份很是自豪。而此时我已经走到第三梯队的房间末端，只要一拐弯，就能看到她所在的地方了。

可我的脚步忽然停住了。

在两个船舱的接缝处，与“第三梯队”正对着的赫然是“第五梯队”几个大字。中间的第四梯队呢？中间的她呢？我呆呆地站在原地，连自己的心脏发疯般跳动的声音都听不见了，只有喘气后渐渐变得悠长的呼吸，像是悄然飘落的雪花，一片一片覆在耳膜上。

过了很久，有一只手搭上了我的肩膀。

“来看看这个吧。”是那中年人的声音，隔着厚厚的积雪传过来了。

我如提线木偶般被他拉着前行，直到坐在座椅上时才稍稍恢复了一点精神。中年人吩咐接待我的年轻人端来一杯热水，见我喝了几口下肚，这才点开了一份报告似的文档。

“这是当时的报告。”他叹了一口气，“他们……最终没能踏上冥王星的土地。”

我看着报告第一行里那个熟悉的名字，脑袋忽然像是被重重的锤子击打了一下。那上面说，她所乘坐的飞船在穿越宇宙射线时受到了损伤，直到要着陆时才发现无法启动对应程序，在几次尝试减速未果后，飞船上的几个人进行了一次投票，最终决定不再尝试，并且临时更改任务，将剩下的燃料全部用于太空更外层的探索。

她是唯一的反对票。可是决议通过后，也是她第一个向基地发来了确认信息。那个时候她大概正一边写着要发给我的着陆成功的信息，于是那条确认信息里附上了她自己的疑问。

“冥王星上的雪是什么样的？”她问。

基地里的人也没有见过，只能向她阐述了一下理论中的样子，并对这些未经证实的内容能否满足对方最后的好奇心感到十分忐忑。几分钟后她发来一条信息，写着“知道了”。

这是报告里最后一次出现她的名字。

在那以后，飞船掉转方向，在几秒钟之内从十万公里外掠过了冥王星，转眼间便在基地众人的视野中变作一个小小的白点。这只无足鸟就这样头也不回地扎进了深空里，或许在其中飘泊至死。幸运的话，它的余生也许仍有一次落地，那会是它为自己选择的死期。

在这期间，他们所采集到的宇宙空间的数据仍旧发往遥远的出发地，当中夹杂的私人信息也会通过地球上的信息站分发给接收者。只是随着他们远去，这间隔会越来越长，从一天变为一周，从一周变为一月，最终长到让人生疑的地步。

我拿出手机，却不知道要给她回复一句什么。

“所以这里的雪到底什么样？”我不自觉地问出来。

中年人微微一怔。“从没下过，”他说，“我们正从近日点向远日点移动，我想，现在还没有的话，接下来两百年里也不会有了。”

这一刻，我的脑袋恍若变成了一池清水，几年里她写在我记忆里的那些雪融化了，一滴滴地溢了出来。我任凭泪泉涌流，就是让人瞧见我在抽泣，我也毫不在意了。在几十上百亿公里之外，她依旧向往着冥王星的雪，向往着冥卫一从地平线上冉冉升起的景致。

她一直不知道，冥王星是没有雪的。

面具

文／虞鹿阳

人们只有被挚爱、信任的人击倒后，才能自觉自愿地清洗掉过去，投入到崭新的未来生活。大脑只是生存引擎，不是真相的探测器，而你是愿意坚信赤裸的真实，还是拥抱因脑激素而产生的美好爱情？

序

女士们、先生们，关于“阿尔贝·沃茨计划”的细节，相信各位已经是耳熟能详，那么今天我只讲讲我们的“大脑”。

大脑只是生存引擎，不是真相探测器。如果自我欺骗更令人舒适，大脑就会撒谎，不再去注意那些无关紧要的东西。真相从来都无足轻重，重点是舒适。人类进化到现在，我们体验的世界已全然不同于它本来的面目。我们所体验的是一个用各种假设构建的模型、捷径、谎言。我们整个种族无从选择地患上了失认症。

那么是谁欺骗了我们？大脑欺骗我们的手段是什么呢？自我意识。自我意识有什么用？它只能“消耗越来越多的计算资源，用无穷的递归与无足轻重的模拟将自己阻塞。就仿佛那些依附于每一组天然基因的寄生虫DNA，它存活下来、不断繁殖，它什么也不生产，除了自己。元进程像癌一样扩散，它们醒过来，并且管自己叫‘我。’”

它掩盖了所有关于世界的真相，只为了过得更加舒适，无论这种舒适是心理上的，还是生理上的。他们在宗教时代号召人们将毫无意义的人生奉献给虚妄的神灵，在民族主义中号召人们将毫无意义的人生奉献给伟大的民族利益，在资本社会中号召人们将毫无意义的人生奉献给无尽的消费欲望。

其实，人生和干瘪无趣的科学定理没什么区别，就在那里存在，也是为了存在。

存在，为了更好地存在，我们需要撕破大脑的遮羞布。

希望在座各位的每一票，都能让我们离更好的存在更进一步。

——2100.1.1，联合国科技大会，阿尔贝·沃茨

一

热浪笼罩的吴淞，和十三年前的瑜州没什么区别。

这是我在认识尚不趣之后，第六次回忆。

那时候我一身整洁的蹲坐在热气蒙蒙的马路牙子上，嘴里还叼着一根嗤嗤叫唤的烟。面前奔流不止的车流，从家乡的这头流到家乡的那头，跟随着年久失修的红绿灯而潮起潮落。来来往往的车辆卷起层层沙尘，唰唰地落在我锃亮的皮鞋上。没有人看着我，叔本华病毒把他们变成冷漠的候鸟，依仗智力追逐适当的工作，日复一日，年复一年。

我像个旁观者，看着二十二岁的我，想象着曾经。

那时候视网膜上闪过几条警告，提醒我控制紧张情绪。我随意

地划掉它们，吐掉那根要烧到嘴唇的烟。心脏咚咚作响，眼睛前蓝色字样变成红色，像街头微微闪烁的红灯。肾上腺素在血管里横冲直撞，无视着面具调控中心的警告。

在太阳西沉那一刻，我走向车水马龙的世界，大脑命令着身体释放出主导勇气的激素。二十二岁的我是十字路口的安全岛，将所有鸣笛抛向脑后。我望向街对面血盆大口的铁门，情绪的监控数值已经抵近阈值。那附在脊柱上的情绪微调装置刺激神经元，释放降低肾上腺素的命令。我很清楚在此时放弃，意味着功亏一篑。

“轻爵？站在路中间干吗？”母亲从车窗里探出头来，“妈妈有个好消息告诉你，走，回家说。”

“不了，我不去证券公司了。”牙齿研磨得咯咯作响，说这话的时候，我死死地攥紧拳头，大脑和阿尔贝 · 沃茨面具兵戎相见。大脑的殊死抵抗让我有了机会，我吸了口气一字一顿地说着，“我考上了警察学院，我要当警察。”

我记得她要说什么，说我那因公殉职的外公，说我那腿部残疾的父亲。心脏变得像是架子鼓一样，咚咚声经由骨头传到全身。耳朵里母亲的声音扭曲变形，成为怪物的尖啸。我看见乱成一团的世界，每样东西被一团旋涡给吞噬着。

“你就不是当警察的料！”

那年的我，眼前重叠着真实和幻觉，恐惧在我眼前成形。我知道这种感觉，上一次是在我六岁的时候，那次我看见无数长满蛆虫的人脸。

这次我看见无数和我一模一样的人脸，还有从天而降的大雨。

我明白二十二岁的我，但我已经很难理解他了。

“老陈！”我耳边响起喊声，车内音响里的 *Viva la vida* 骤然停歇，我醒来的时候面颊滚烫。

我们停在一盏昏暗的路灯下，雨似乎只落在这淡黄色光锥里，落在我们这辆孤零零的警车上。我迷迷糊糊地望向身后，路灯从灯红酒绿开始，蔓延到灯光依稀的老区。

眼角的疤痕没怎么疼，它证明我回到了现实。

“别乱想了，这次加入补充干部行列还行，你还是后补大队长人选之一呢！慢慢来嘛。”老搭档罗一鸣摸索着中控台，和指挥中心那边连接着。“老区 451 区域出事了，上头让我们马上去。”他甩给我根烟，自己也抽起来，“有两个新人也去，有四个人的情绪监控数据在那里断掉了。”

“检查？还是病患犯罪？”我翻身调整了一下坐姿，用病患这词来称呼罪犯是三十多年来的惯例，正如我是疾病警察。

这些东西能追溯到遥远的信息革命。计算机在继数据处理能力之后，再一次在逻辑分析能力碾轧脆弱的人类，人工智能不厌其烦地向我们解释新发现、新理论，可大脑实在是愚笨。对不理解事物的固有恐惧，让全球各地的抗议民众冲击了研究所和政府，硬生生地让科学的支柱崩塌，从布鲁诺开始就是这副模样。

长达半个世纪的科学黑暗，直到筚路蓝缕的脑神经学家提出可以在基因层面修改人类大脑，让感官系统从外界获得更多信息，让大脑更好更快地分析事件。这项科技刚冒出脑袋，深陷于科技停顿的人类便呼啦啦地冲向了它。直到他们发现即便如此，人类也理解不了那些讳莫如深的科学。愚蒙落后的心理状态绑架了异常发达的智慧，整个时代被巨大的信息量给逼疯了，我们叫它叔本华病毒。

一直到阿尔贝 · 沃茨发明面具系统。

“检查，不然怎么会有什么新人。”老罗发动警车，“再说了，要真出事，我们这种又是一线又有八年工龄的老家伙，可以直接击毙病患，能出什么幺蛾子？”他摇下两边的车窗，车里积攒起来的烟一拥而出，窗外细微雨滴打到我被回忆烘热的脸庞，像骄阳下放置的冰块似的。

整整八年了，我的精神和情绪都不像年轻人那样平稳，以至于今年我破天荒地回到二十二岁六次。在学校的三年，当巡警的两年，一线做刑侦的八年，这十三年或许在外公的年代算不上什么。但对我和罗一鸣这种警察而言，我们面临的精神压力和情绪压力总有一天会决堤，而决堤带来的就是叔本华病毒第三阶段，成为我们的对立面—— 一个精神崩溃、情绪污染、潜意识犯罪的病患。

我必须找机会调离一线岗位，热血沸腾早就离我而去。我已经三十五岁，有过些功劳，得过些荣誉，但是还达不到功成身退的境界。我能像很多前辈那样申请病退，可我忘不了母亲的那句话。

即便我这十三年都没见过她，但我还记得那句话。

“你就不是当警察的料！”

我往车前窗上吐着烟圈，它在冰凉的车窗上变成转瞬即逝的雾气，“你觉得咱俩还能撑几年？今年十二队病了三个，指不定明年就轮到咱俩。”

“瞎扯，疯不了。”他猛吸得烟头通红，“真不知道说你深思熟虑好，还是犹豫不决好，老是想一堆没由头的事情。咱们是一条绳上的蚂蚱，好吗？”

其实我和他都在刻意回避这事，和理性世界里的人刻意去回避情绪一样。我们这种一线刑警在局里自成一派，那些做办公室的、做专业技术分析的、做交通管制的都不太愿意和我们这种人交往太多。一线刑警虽然工资高得吓人，福利多得两只手都数不过来，但是没有休假、限制外出，甚至于想在健康调离前恋爱结婚都是困难重重。

谁也不愿意和一个整天与重度病患罪犯打交道的人相处吧！

我吸掉最后一口烟：“那我说点中听的，今天来两个小年轻，只要带他们搞定个大案子，妥妥地调去当个小领导，就像当初陆队带我们俩那样。”

“中听个屁！陆队出院了吗！”罗一鸣切换手动驾驶，狠狠踩了一脚油门，“别像陆队那样，临调离中了一招。”

老罗晃动着手，手掌中心伤痕累累，那是八年前留下的。

二

雨水顺着头发滴落，滴滴答答地敲击着皮质座椅。

我看着后座上两个没轻没重的年轻人，真是气不打一处来。我无视视野角落里闪烁着的愤怒数值，咬牙切齿地吐出几个字来：“你们俩，哪里有打着警笛大张旗鼓地从大路走进来的？”鬼知道这些情绪监控消失是怎么回事，好一点是吸什么情绪毒品，坏一点指不定是什么麻烦事。

不过打不打灯都没什么，杀杀年轻人的飞扬跋扈倒是正事。

“陈队，上头说是检……”一个小家伙愣头愣脑地想解释。

“检查个鬼啊！”我掏出一盒烟来晃了晃，“说细节！三秒！”

两个家伙皱了皱眉头，过了两秒钟愣头青开始回答我的问题：“瑜州牌香烟，2114 年设计并且下厂生产，非公安系统特供品，市面价 240 元一盒。听声音，陈队抽了五到七根，这种烟对解压、情绪释放几乎没有作用。”

旁边一直沉默不语的年轻人接过他的话头继续说：“车内有两种烟的味道，一种是瑜州、一种是剑盾。看陈队食指的焦黄程度，喉头下意识哽动和咳痰的频率，烟龄应该在十六年左右。瑜州在吴淞市不算常见，陈队是瑜州人，我想您应该是在本科第二年开始抽烟的。”

还算不赖，没分配俩拖油瓶来。我掏出两包剑盾丢给他们：“会抽烟吗？会的话先抽上两根。”我自己捏出根皱巴巴的瑜州，边点边说着，“你们俩都是刚出窝的小鸟，别说刑侦经验了，就说社会经验都不够。你们和我一样都是基因二代，脑子被改造成啥样我相信学校的老学究都给你们讲得八九不离十了，但是有些东西我还是得给你们说一下。”

我想起十年前陆队教育我和罗一鸣的场景。“我就说三点。第一，吴淞市里的人都处在病毒中期，老区人都处在初期，能威胁到我们的只有重度病患。”我指着自己的双眼和脊柱，那是阿尔贝·沃茨面具系统——调整感官信息和情绪信号的系统，“保持冷静、不冲动、按章程办事是出勤的重中之重，不然的话……”

“情绪会影响理性判断，产生异感症。”闷葫芦冷不丁地说起来，他没像旁边的愣头青一样叼着烟，冷冰冰地将烟抓在手指之间，“错误理解、过分解读他人的细节动作和语言深层意义。”

心理冷漠症，面具系统导致的并发心理疾病，科技城邦里大多数人都有。

“不要自以为是。”我指了指闷葫芦咬着烟蒂继续说着，“第二，尽量对事物保持客观公正，尽量做到行动上参与，心理上旁观。理性和感性天然冲突，大脑会选择最舒适的思考方式，而不是选择最正确的。出勤过程中你们会面临很多突发事件，必须保持理性思考，不恐惧、不开心、不愤怒是基本常识。我记得学校有本《前信息化时代情绪污染分析》里面讲过案例，你们谁知道？”

愣头青吞着口水说道：“我记得是互联网无意识暴力、人群踩踏事件。”

闷葫芦冷冷地回答着我：“陈队，我和沈越在学校成绩很好。”

“那就把学校的破事儿给我忘了，一群没胆上一线的老家伙能教出什么东西来？”我摁灭烟头，冲着通讯仪吼着罗一鸣，“教完小雀理论了，你那边怎么样？”

在稀稀拉拉的雨水声中，我听见罗一鸣骂骂咧咧地吼叫：“我淋雨快二十分钟了，你拖拖拉拉现在才搞定？无人机放出去了，451区域大约有11%的区域无法通讯，可能有几个贩毒窝点或者吸毒聚集点。”

我拉开车门往外面走，雨水在狂风大作中四处飘散，拍打在我脸上生疼生疼的。我看那两个年轻人还愣愣地坐在车里，便踹了车门两下。两个小家伙狼狈不堪地从温暖的车里冲出来，水把他们那正儿八经的发型给冲刷得乱糟糟的。我笑了笑，伸出内嵌认证装置的右手贴近脑后脊柱，关闭掉了阿尔贝·沃茨面具系统对感官信息的模糊处理功能，开启它对边缘系统的控制，完成了从民用到警用的切换。

虽说已经在一线摸爬滚打八年，我对大多事物都能冷眼相对，但是切换模式依旧会产生一小会儿的异感症。当我抬起头的时候，我看见两个穿着不同衣服的我，他们的脸庞交替变换着，让人头晕目眩。今年以来异感症发病时间异常得长起来，可能是我回忆过去太多次的缘故。

人看到的东西都是由大脑决定的，这句话在异感症的世界中呈现得绝妙，我就再次看到了我的母亲。

我晃了晃头，闭目养神了几秒钟。阿尔贝·沃茨面具这个冷冰冰的观测者在这几秒钟内主管了我的大脑多数区域，将我的自我意识暂时软禁起来。

“第三点，也是最后一点。既然你们两个毛儿没长齐的小家伙都能分析得头头是道，何况那些病毒感染晚期的病患罪犯！他们比我们处理信息的能力强多了！”我咳嗽了一声，吐出口焦黄色的痰来，慢性咽炎困扰我很多年了，“一级刑警蒲有智，一级刑警沈越，你们已被授权切换面具功能，并且佩带高压警棍执行任务。”

“小雀儿，该带你们飞一下了。”我吞下一颗解压药，“记住了，一个刑警的基本准则，冷静！克制！客观！公正！”

我走向那被霓虹灯包裹的街口，整个人都被红黄交替的明暗色彩给包裹起来。说到底，除了出勤，很多公共场合都不允许我们进出，甚至老区低智人都对我们避之唯恐不及。我只能在1984论坛上写点关于疾病警察的故事聊以慰藉，或者和尚不趣在论坛上胡扯些杂七杂八的东西，不然就是和罗一鸣、郭纯喝酒撸串。

我只需要再搞定一两个大案，就能脱掉社会绝缘人的身份。

三

“陈队……陈哥，”愣头青从窥视路人秘密的兴奋中缓过劲来，“这地方怎么那么多搞金融的家伙？还都一副醉生梦死的模样。”

“叫你小子少打量人，小心异感症。”我瞥了他一眼，“这里以前叫淞江西区，是全球数一数二的金融中心。”

在科技危机尚未出现之前，老区曾经是吴淞市最为繁华的商贸、互联网中心。当全世界的科技精英和商业精英没办法分析、理解计算机反馈数据之后，他们的错误导向使得整个世界不可避免地向经济危机滑落下去。过去人声鼎沸、熙熙攘攘的老区在那半个多世纪的衰退中寿终正寝，即便到现在也没有缓过气来，它没有可能再回到数十年前的富丽堂皇了。

它已经在科技发展和经济收缩中彻底腐烂，成为现在这个鱼龙混杂的腌臜之地，其中赫赫有名的就有陆岛、外城，其他的大多像451区这样寂寂无名。

451区被老区人叫作“红绿巷”，红是指彻夜不眠的红色霓虹灯，绿是指常驻这里演出的绿色乐队。这里不仅仅只有一条巷子，从西边的淞江到东边的老城路之间有头有脸的巷子有十来条。451区不像陆岛和外城那样通讯空洞超过50%，这里还算好，10%左右的空洞足够让两个年轻人练练手了。

滴滴，滴滴。雨水声敲击着各种违法改造的棚户区，从缝隙中钻进来的雨滴砸起来星星点点的泥浆。我甩了甩发梢上的雨水，掏出根瑜州点着，顺便看着我身后紧张兮兮的愣头青。他斜着眼睛四处看那些路过的流浪汉，还有街头舞女裸露的丝袜大腿，年轻人好奇心重。

“抽烟，别到处打量。”我痞气十足地抽着烟，“刚说的话没听见啊？聋了还是傻了？知道异感症发作是什么样子了不！没脑子！”

沈越哆哆嗦嗦地抓起烟来问我：“队……陈大哥，这里贼冷。”他抽烟的样子像极了八年多前第一次上阵的我，“为什么要等啊，进去一锅……”

“说你犯了异感！现在九月份冷个屁啊！我问你，你眼睛里我长什么样？”我切换着视网膜上的监控数据，漫不经心地问着，“是不是你害怕的东西？比如一只黑猫？”我没等他回答，径直走向四五米外售卖面食小吃的苍蝇馆，抓起桌上的纸巾开始擦拭头发。

“这烟效果真不赖！分分钟解压！”他从两具老式餐饮机器人之间挤进来，“咱们到这来干吗？陈哥，咱们不是还要去收钱吗？”

我站起身来扯开电表的外壳，边录入信息边回答着愣头青：“这里是安全屋，没必要装虚的。AH–014！给我来三两牛肉面。”身后墙体发出一阵嘎吱的声音，机器人麻利地给我敬了礼，然后跑进厨房里翻箱倒柜起来。

“等兔子出笼。”我大把大把地扯着劣质纸巾，“这里信号最好，我不想你们第一次出勤就闹出什么大事，一切按规章制度来，上头说是检查，等他们出来就是了。”不要越界是刑警工作的第一守则，那些冷冰冰的计算机告诉我们的任务属性，就是我们应该完成的。“这不是什么抓捕行动。”

愣头青皱着眉头，有些哀怨地嘟囔着：“那刚才打着警笛还骂……”他突然发起愣来，接着猛地去抽腰间的高压警棍，想要对着店面外空无一物的空气挥舞。不过结果还算令人满意，他只疑惑不解了两三秒钟，然后傻乎乎地嘿嘿笑起来。

“陈队，这是感觉伪装吧。”我想他表现得再不堪入目，好歹也是上头分配来的优秀毕业生。这些年所谓的优秀毕业生我见过不少，要么在第一次行动前就知难而退，要么在一两次行动后不堪重负，被送进医院强制治疗。只有 20% 的优秀毕业生能圆满通过三次行动中考核，而到了最后多半只有 5% 的能健康退休。那些被送去情绪治疗的家伙，据我所知，能康复出院的不到 1%，毕竟我们暴露在真实中的时间不比罪犯少到哪去。

现在这家伙表现得还算不赖，不知道能不能撑满三次。上头将沈越分配给我，把蒲有智分配给老罗，谁能保证他们在三次行动中考核成功，谁就能在功劳簿上添上一笔。

“把药拿过去，第一次外勤指不定出什么岔子，别给我丢脸。”我把解压药推到沈越面前，端过铺满整整一层牛肉的面条吃起来，热腾腾的面烫得我喉咙发痛，我赶紧往嘴里扇着凉气，“好烫……先给你提个醒，感觉伪装这种东西多半用声音和视觉两者来欺骗自我意识，你刚刚是看到外面两伙人在火拼吧？有些重度病患罪犯，也会设计这种陷阱。别愣头愣脑的，知道什么是感觉伪装不？”

“感官系统吸收过量信息，大脑假象环境。”愣头青微张着嘴，似乎在用舌头舔舐着什么，然后他微微抖动了一下，笑着说着，“陈队，头一回正儿八经用坐标。”

“牙齿内嵌的？这些年倒是让搞坐标的家伙弄得花里胡哨的。”我左眼角有规律地疼了几下，坐标是一种预防刑警受到环境暗示的玩意儿，是能将人从异感症幻觉陷阱中拉出来的神经装置，主要负责在面具警用环境下提醒工作人员，“提醒你一下，不要在同事面前提起你的坐标，刑警在行动中失手，病情加重的案例，你们在学校也学了不少。”

陆队当年就是这样中的招儿，在八年前那次刻意报复性质的连环杀人事件中，他的父母被病患残忍肢解。在搜捕嫌疑犯的那天夜里，他把我和老罗的坐标瘫痪掉，将我们丢到幻境中自生自灭，然后一个人冲进老区里抓捕犯人。

我的坐标在左眼角，老罗的坐标在右手心。

八年前的451区，一样的灯红酒绿，一样的莺歌燕舞，一样的瓢泼大雨。陆队为了避开监控，亲手挖掉智能眼，抠出脊柱系统的能量块，然后将那个十恶不赦的家伙开膛破腹，还在异感症发作中一枪击毙他的搭档夏上进。

从此，他被锁在层层高墙后面，永不见天日，我再也没见过他。

我知道为什么今天左眼角的疤痕隐隐作痛了。

我工作太久了，都忘了这档事。要不是愣头青提起坐标这东西，我还真不一定能想起来八年前的旧事。没办法，脑子转得快，记忆被时间掩埋得也快。

“A目标出现，A目标出现。”视网膜上跳动着区域地图，一个小红点在正中央闪烁个不停。霎时间，四个目标同时闪烁在地图上头，他们想跑！从地图中心的监视黑洞中向这四周逃窜出去，两个奔向老城路，两个往绿岛广场。

好家伙，都要跑啊！我连忙将碗里的牛肉塞进嘴里，对着沈越吼着："兔子出窝了，我给你说兔子要慢慢打！没听过兔子急了还咬人这句话？知道留着兔子下崽不？"我明白他想要干什么，但这些年东奔西走的日子总算是教会我些事情，理想是当不得饭吃的，牛肉面倒行。

我冲进雨水中，海风刮起来的大股水龙在淞江两岸横行肆虐。水汽朦胧的451区像是单位里的吸烟室，让永夜不灭的广告牌亮光显得不可捉摸。视网膜上呈现着被完全解构的街道图，阿尔贝·沃茨面具系统虽然被关闭掉抑制功能，但是它辅助思考的能力却在此刻展现得淋漓尽致。被感染的感官系统在疯狂地汲取视觉、味觉、触觉中的每一丝讯息，无知愚蠢的大脑则是将这些信息视为洪水猛兽，企图将他们异化成一切我记忆中最害怕、最开心、最愤怒的形象。幸好我还有恪尽职守的面具，它一丝不苟地调度着那些自我意识无法控制的区域，告诉我真实的世界，也把我变了个样。

"你知道吗？尚不趣，刑警脑子里都有两个人，面具里的一个，面具外的一个。"我曾经在1984论坛上给尚不趣说过这句话，"这就是人们为什么怕刑警。"

"小雀儿！你追B！记住刑警准则！"我冲着沈越声嘶力竭地喊着，"去老城路那边的两个别管！那头的无人机会处理他们！"视网膜上标出了A目标逃窜的气味信息，还有关于老罗和蒲有智的。在这样的环境中没办法提供更多数据支持，我只能看见老罗往B那边赶，企图阻止他进入绿岛广场的路，那里聚集着绿色乐队的爱好者们。如果情绪污染的话，弄出什么破事咱俩可要负重要责任的！

还没检查跑什么！要跑也是两个冒失鬼打着警灯刚来的时候跑啊？现在跑算怎么一回事！逗我玩是不！

空中恣意飞舞的水龙起龌龊的污水和秽物，再把它们铺天盖地地倾倒下来。风雨交加里，红黄相间的霓虹灯发出嗤嗤声响，怀揣个把小钱的落魄男人急匆匆地迈向灯光昏黄的小店，邋里邋遢的流浪汉在屋檐下蜷缩着身子，抢夺着醉汉的固有领土。我身体被肆无忌惮的雨滴吸干热量，警靴接二连三地栽进或深或浅的水凼里，溅起来的泥浆沾满整条裤腿。

没有面具的我，能看见、听见、闻见更真实的世界，能让我分心处理、分析真实世界的复杂烦琐。我能看见嫖客的工作，我能看见流浪汉曾经的光鲜亮丽，我能看见醉汉心里挥之不去的梦魇。这是一种快感，是一种类似吸食毒品的快感，是一种完全置身事外，却又掌握全局的快感。阿尔贝·沃茨面具系统自带的数据分析能力和我那全数沦陷的感官系统、半沦陷的边缘系统同心协力，让我能暂时将拖后腿的自我意识放到脑后，以管中窥豹的方式去看深渊里的重症病人，究竟是什么模样。

但是我也明白，窥视深渊者，亦被深渊窥视。

“别跑！”我嘶吼着，数据库记录下来的跑步习惯、衣服款式、手臂摆动姿势在我脑海中一一匹配吻合。“站住，警察！”

他还在跑着，像一条发情期里撒欢的野狗，对其他东西没有任何响应。没有回头，没有惊慌失措，没有叫嚣什么不干不净的话，这一切都那么与众不同。

有问题！绝对有问题！

前面的男人突然转到一条小巷里去，他毫无规律起伏的胸膛将他体力不支的现实赤裸裸地摆在我面前。我在泥泞中打了个弯，可冲进小巷的那一刻却什么都没看到。没有人，只有被风吹起的化纤口袋、被雨冲刷出来的污水道、被微弱灯光照亮的小巷。我麻利地掏出枪来，但是视网膜上什么都没有显示，没有信号。

我中招了，感官陷阱，但是我眼角的坐标没有丝毫反应。

“你就不是当警察的料！”母亲在我耳边叫嚣着，我没理会她的歇斯底里。我微微转头，那里是一条同样的路，没有什么转弯，只有延伸到深渊尽头的小巷。它和一般的感官陷阱有着云泥之别，他欺骗的是我那被面具控制的潜意识，而不是我能主观臆断的自我意识，像是清明梦或者睡眠瘫痪症。现实中的我可能一头栽倒在泥泞的水洼里，闻着那些恶臭熏天的污秽，可能呆立在街道中央，或沐浴狂风骤雨或忍受病患对我生理上的侮辱。

面具对此毫无反应，它沉浸在这一场针对它的幻觉陷阱里，对自我意识发出的警告充耳不闻。神经元一次次想要接管身体的控制权，但在微调系统关闭之后，它们更愿意听从面具数据分析系统的命令。

“咯……”一阵拖拽声响起，像空旷湖面上落下的石子。它们在空无一人的幻境中随风翱翔，奔走相告。

我没有恐惧，没有害怕，只有涌上心头的浓郁好奇。是什么东西潜藏在我脑海不为人知的深处，能欺瞒密不透风的阿尔贝·沃茨面具壁垒。

那声音近了，近了。一个被雨水淋透的男人拖拽着硕大的包裹行进在路灯和黑暗交替的街头，他低垂着头颅，喘着粗气。他不是系统指定的 A 目标，他是从我脑海中浮现出的幻影。我很清楚，也很茫然。

在光和暗交替的街头，咯咯声和嚓嚓声越发地离我近了。我举起枪对准男人的胸膛，像是头一回开枪似的摸索着扳机。他在忽明忽暗的灯光下抬起头来，络腮胡长满的面颊、凹陷进去的眼眶、凌乱不整的发梢，还有那些被雨水冲刷得快要看不清的血水。男人血肉模糊的手比作一只手枪，然后指了指额头，双唇触碰之间发出嘭的一声。

与此同时，我看清楚了他的脸，恐惧伴随着真相突如其来，形成一道汹涌澎湃的海潮，霎时间将我整个吞没。我立马调转枪头对准自己的太阳穴，我知道现在我的恐惧情绪在以指数级递增，在关闭情绪微调系统的时候，它甚至已经超过警用模式下的极限！超过情绪失控的指标线，向着那条情绪感染的危险线步步逼近！

我扣动扳机，街头舞厅红黄交替的灯光照亮了我的双眼，还有身后传来的冲天火光和惊天动地的巨响。我在温暖的雨水中抬起来头，冷汗簌簌地涌出毛孔。面具在应急反应中发出的电击疼痛感，让视网膜上抵近第三条红线的指数渐渐滑落。我整个人昏昏沉沉地要倒下，但是我清晰地记得，我看见了谁。

陆振兴。情绪失控的我跪倒在那些妖娆的虚拟脱衣舞女郎脚边，头晕目眩的。

四

推开局长办公室大门的时候，我眼角的坐标隐隐作痛。

“怎么样？小陈。”吴淞市公安局局长王强放下面前的工作板，笑盈盈地问着我，“我看过你的报告了，这跟头栽得不轻啊！头一回情绪失控啊！”他抿着茶水，指了指办公桌前的皮椅让我坐下。

我接过桌上的茶杯，替代机器人麻利地给局长重新倒上杯热茶，然后再拉开椅子坐下，边挠着头边傻呵呵地说着："经验哪能和您这种二十五年老刑警比啊，中招了，现在脑袋后面还疼呢！"

王局和各行各业的精英一样，都是凭借着自身智力一步步爬上去的。这是一个讲究智商的年代，没有高智商就无法让科技城市井然有序，无法带领人们走向新的科技革命。

局长接过茶水："先不谈这个，说说你的问题吧！"话一出口，他就掏出根烟抽起来，还把椅子往落地窗那边转了转，没正眼看我。

你知道吗？陈轻爵，你年纪不小了，你得正大光明地调离一线，冲冲杀杀的生活不适合你了，你知道吗？我心想着。

我站起身来敬了一礼说道："本人在昨晚搜查过程中，不知灵活应变，思维僵化，对新刑警没有进行深入分析，以至于导致绿岛广场六人在爆炸中身亡、两百余人受伤……"我刚说到这里，局长狠狠地拍着桌子，刚才挂满微笑的脸庞转瞬间变得扭曲起来。

"避重就轻！隐瞒真相！你自己清楚你处在什么情况，局里骨干力量就这副模样？"他站起来指着淞江那头低矮的棚户区和旧城镇，"你知道那边是什么人吗？认识错误，不深刻，不够细致！"

"那边都是处在感染初期的人。"我觉得自己可能确实在昨晚的应急电击中被电坏了脑子，"他们没有智力处理日常工作、没有智力去理解现代科技。"

王局重新整理完满脸的怒意，变得和蔼可亲起来："这就对了嘛，现在各单位都缺人得很，上次把你调整成为预备大队长，不是让你骄傲自满，是让你在刑警队伍里做好榜样作用。"他让惊魂未定的我坐下，"谁垄断了这里，谁就拥有未来，那些跟不上时代的人们注定要被淘汰掉。"他指着自己的头提点着我，"说说你昨晚看到的东西。"

"我，我看到陆队了，在一条乌漆墨黑的街道上，下雨天，很冷。”我吞咽着口水，平复着心情。而王强局长则是点开一份报告，开始在上面画着什么，“陆队拖着编织口袋，浑身是伤，走到我前面让我开枪射他。”我只记得这些模糊的场景。每当我想深入探究，眼角的坐标都会刺得大脑生疼生疼的。

包括现在。

“看看这份资料吧！”王局把工作板推到我面前，上面是近十年来刑警心理疾病的统计数据，其中心理创伤后遗症赫然在列。“干我们这行的，面对的家伙和科学家一样出众，当然除开情绪控制方面和对外界信息的理解能力。我年轻的时候开开关关面具的次数多得像吃饭睡觉一样，落下心理疾病很正常。又是你第一次带新人、又是在 451 区、又是在同样的天气里，异常发达的潜意识很容易触景生情。不要想东想西的，好好休息几天，对你未来有好处，做一个好领导要秉公执法，不偏不倚，不被这些虚无缥缈的情感因素影响正常工作，特别是处在关键岗位上。”

“明白了局长，我一定好好调整自己！”我坐直身子赌咒发誓地喊着，“我一定不辜负王局厚爱！好好休息，好好调整！”

来自眼角的痛意有点让人睁不开眼了，我还是在想着雨夜里的颓废男人，以及他顺着发梢淌下的血水。

“心理医生会给你疏导的，这样吧，为了方便，”王局翻阅着那些名单，“让郭纯负责，你们俩熟悉。你可不能给我掉链子，特别是在这种时候，知道吗？”

“明白！”我笔挺的腰杆让局长脸上堆满了笑意，“其实王局您开导一下最好，我这就是平时工作压力挺大的，毕竟八年的老油条了嘛！我明天就能继续上岗，把 451 那帮目无法纪的暴徒给逮住！”

王局突然冷下脸来：“还想要替罗一鸣说好话？还想着争取机

会将功赎罪是吧？好好的一个年轻刑警，蒲有智他可是吴淞警院这一届的特优生！现在呢，活生生一个人没了。还有那个沈越，看了一眼被炸成碎渣的低智人就情绪失控！还随意开枪！还得花精力给这新兵蛋子做潜意识编写、心理催眠！你知道现在刑警苗子多么宝贵吗！”

“还好是情绪失控，不然我连你都保不下来！”王局说道。

他食指中指叩击着办公桌，发出的咚咚声敲击着我的心脏：“你别蹚这浑水，你比罗一鸣业绩优秀得多，我也不问其中多少业绩是养着贩毒窝点搞出来的。你是知道一个这样的刑警能当半个科学家用的！一个丢了！一个情绪污染！罗一鸣要负全权责任！”

“你从警校学习开始就比罗一鸣优秀得多，这事就到此为止。记住刑警基本准则，冷静！克制！客观！公正！别意气用事。”

“你和罗一鸣都得回去休息，这案子我让其他队负责。”

我实在没法继续旁敲侧击地帮老搭档说上两句，只能唯唯诺诺地应承着。

放假一周，开放部分活动地点，我开始接受郭纯的心理疏导。

不知道是眼角疼得要命，还是确实心有愧疚，我走出办公室的那一刻，眼睛里模模糊糊地看不见东西。朦胧之中我看见罗一鸣垂着头颅，一言不发。我和他都明白这次最大的失败就是弄丢了蒲有智这个家伙，一半责任归咎于蒲有智轻敌冒进、头脑简单，偏要去搜查兔子产崽的窝，一半责任在我和他的循规蹈矩，墨守成规。

“帮你说了两句，过两天叫上郭纯我们喝两杯。”我拍了拍老罗的肩膀，对他而言调离一线遥遥无期，“放宽心，咱俩一根绳上的蚂蚱。”

陈轻爵啊，陈轻爵，其实你一点都不陈轻爵。

五

不能工作的我，是吴淞市里的孤家寡人。

我住在离总局不到两公里的宿舍，那只有在职的刑警。每个人都有间一两百平方米不等的房子，但是多数时候都冷清得吓人，因为吴淞市，乃至所有科技城邦都太缺乏警察了，不管是什么种类。我和老罗忙碌得多半也是繁杂无聊的巡查、检查科技证件、驱逐偷渡者之类的……关于重度病患的部分微不足道，幼稚可笑的轻度病患永远是主流。

他们被吴淞市，或者说被广袤大地上星罗棋布的科技都市给排斥在外。不为其他，只是他们在六岁之前的自由感染阶段没能突破第一阶段，或者突破了第三阶段，前者永远和科技绝缘，接受着政府提供的各项补贴，甚至连面具网络都独立于科技城邦，是那种落后且低效的旧式网络系统。

那些工作连落后数代的机器人都能完成，科技都市里的人将工作交给他们，仅仅是让基数庞大的低智商群体有点事情干，让他们活不好，但是也死不了。除了我这样的一线干警以外都没人注意他们，他们是比我们还惨的透明人。

这个时代，谁拥有了智商，谁就拥有了未来。

我从没有在正常的下班点走过人头攒动的马路。我走出庄严肃穆的吴淞公安局大门，望着外面的车水马龙和熙熙攘攘的人群，迈开步子往的人群中走去。夕阳从高楼大厦的间隙中透出半个头来，洒在我的面前，我少说有两三个月没沐浴在温暖和煦的落日下了，每天当其他同事有说有笑离开凉意沁人的公安局大楼的时候，我们这些刑警要么从软床上爬起来，要么抓耳挠腮地翻阅着数个 G 的资料，要么正驱逐着初期病患罪犯，要么正火急火燎地去停车场开车出勤。

几个小时前疼痛难忍的眼角依旧有着些许零星的痛意，我点着一根瑜州抽着，戴上耳机听那首关于路易十六的*Viva la vida*。昨晚笼罩吴淞市的秋雨在街头还残留着点点痕迹，踩上去没有老城泥泞和湿滑的感觉，这让我紧绷的肌肉松懈下来，但我那下意识的动作却使得匆忙的人群稍稍远离我的身边。

就像是二十二岁的我，如同十字路口的安全岛一般分开车流。外公时代对刑警的尊重，父亲时代对刑警的依靠，都荡然无存。这座科技城市里的每个人都能或多或少搜集到旁人的细微动作，即便那些细节动作已经被面具模糊处理，即便那些情绪远远达不到阈值，但是我还是会被人们疏远。

我也不想用休假模式进行伪装，冰凉，我已习以为常。

说真的，或许真的只有互联网上的那些人们能正视我的存在，比如 1984 论坛，比如尚不趣。

我和人群相悖，越往宿舍那头走，越见不到什么人，即便是喧闹繁华的市中心。这个时代的人们已经不再能轻易被社会舆论导向，没有人会在刑警宿舍旁边购置房产和店铺，只有通宵营业的全自动化便利店。我站在橱窗前随意地买着速食产品，我现在能去那些灯火辉煌的餐厅里点上一份日式料理，或者几道法国菜，只要我切换到刑警休假模式。

可我只有一个人，喧嚣与否，无关痛痒。

宿舍区由五幢高楼、两个游泳池和各种娱乐设施构成，但它们都被来来往往的猫猫狗狗占据着。这些钢铁大厦没有住满过人，对于那些毛茸茸的小家伙而言这里倒是它们遮风避雨的家。我也想过养点能活蹦乱跳的小家伙，可我没有家，偶尔的投喂是我的极限了。

“喂，今天在吗？”“在不在啊？”“Nobody？”推开门的瞬间，一股腐败的湿冷味道和尚不趣的讯息同时向我涌来，她这一周的留言有十来条，在我进屋的这一刻全部被视网膜通讯传递给我。

我放下口袋，一手推开窗户，一手去把整个通讯界面投影到空中。飒爽秋风吹散屋内的腐烂，我开始想怎么去回复她的消息。Nobody是我在1984论坛上的昵称，写点关于疾病警察的闲杂小说是我唯一的乐趣，但毕竟是互联网嘛，没有人认为我的身份真是一个疾病警察，还是一线刑警。

“很忙啊！怎么了？”我将面饼放进锅里，准备煮碗面果腹充饥。

“啊啊啊，N，你终于上线了，最近是不是又忙着写新故事啊？”

“忙着想你。”我坐在冰凉的花岗岩样式案板上，左眼盯着面饼，右眼盯着论坛私信面板，“我真是警察……还是那种人一见就跑的刑警，这些天出勤。”

我叼着烟，笑着等她回我，但是她的讯息很久没有跳出来。等待的时间很长很长，甚至于连面条都在海枯石烂中变成一团黏稠的面糊。

我真的快忘记，怎么和人交流了。

“N，你套路我！”尚不趣发了个生气的表情，“本来还想给你分享最近的摄像作品！你心机！”据她自己所说，她是一个四处游历的摄影师。从北方的千里雪国到南方的银色沙滩，从西边的茫茫大漠到东方的科技城市，她都曾经把它们记录在照片里面。我看过很多她拍摄的照片，如同她逐字逐句阅读我那些蹩脚的小说一般，自由自在对我而言是一种奢侈品，它能在尚不趣推荐给我的*Viva la vida*里苟延残喘。

“像上次那张在江边的照片？”我捞出半糊状的面团，“那张很好看。”

“肯定啊，毕竟里面有我嘛！”尚不趣恬不知耻地自夸起来，“给，昨晚拍的，很不舒服的一张图，没想到那些家伙会干这种事情……”

喷薄而出的火光，照亮了大半个夜空。绿岛广场上的人们表情扭曲，四处逃窜，火光闪耀的天空中落着密密麻麻的雨滴。

“糟糕！”我知道是昨晚绿岛广场上的爆炸，“新闻里没听说过啊？哪的事情？你没事吧？”

“没事，只是很……”尚不趣用一串省略号代替她内心的痛苦和波澜，“我没想到公安局真的会对这些，这些低智力的人，那么不屑一顾，我还以为会有什么报道……”

我把快冷掉的面条推得远远的，“这个时代就是这样……你有智力就能在城市里定居，没有就只能在工业时代的旧城市里苟延残喘……你也真是与众不同，去过那么多地方，不像我一直都被锁在岗位上……”

“呸呸呸，还装警察，你要是警察估摸早就把 1984 论坛给举报几十次了！你肯定不是警察！”尚不趣发来一段语音，听上去像是一个年龄不大的小姑娘，“说正经事，N，有人搞了个关于面具的讨论组，明天晚上十二点，你要不要来？”

“地址？”二十二岁之后，这是第一次有异性向我发出邀请。

“明晚再给你，要你真是警察呢……”她发了一个吐舌的表情，下线了。

六

我躺在很久没晒的床单上，没有工作、没有 1984 论坛、没有尚不趣的生活让我无所事事。肌肉和神经渐渐放空，溢出来的疲倦将我整个人吞没掉。我再一次掉落进那年瓢泼大雨的 451 区，躺在泥泞的地面上。

这次我和阿尔贝·沃茨面具都知道我在梦里，但是我们不愿醒来。

在我二十七岁的时候，泥土的味道和浓妆艳抹的脂粉味道总是在451区挥之不去。那时候的泥土不像现在这样恶臭难闻，因为老区锈蚀斑斑的基础设施尚且能应对日常工作，顶多在下雨天罢罢工。

我和罗一鸣最早就是在这做巡警，记忆朦胧得如同不可捉摸的童年。科技的进步让人的记忆都产生了差错，以为的八年前不过是昨天，以为在黑夜中抓捕罪犯二三十个年头才只不过七八年。

十年前的我俩被分配到巡警岗位上混吃等死。每天起床洗漱收拾，然后从设备库里拉出二十来个无人机、机器巡警，像以前的海关似的四处奔波，搜查心怀不轨的人们。等到人和机器都疲惫不堪的时候再收工入库，年复一年，日复一日。

智力低下的人们对年轻气盛的我俩而言，没有丝毫能镇压荷尔蒙的作用。我们没有一个能谈风月事的女朋友，没有一份能抒发一腔热血的工作，和现在的沈越、蒲有智一样愚蠢。在这种不断将荷尔蒙提纯的日子里，我开始变得胡子拉碴、形容不整，直到陆队和夏队将我俩塞进警车后座，说论资排辈轮到我们上阵。

想起来就觉得可笑，我们在基层的两年姑且算作欲扬先抑，现在的沈越、蒲有智算什么？赶鸭子上架了吗？

也许真的是愿意干刑警的人变得越来越少了吧，在面具的压抑下，就连热血沸腾都变得冷冰冰的，其他的情绪呢？像我这样的老油头只能靠着听百年前的*Viva la vida*回忆，在梦的深处小心翼翼地回忆，既悲壮又激动不已地回忆。

究竟是从什么时候开始，我被磨灭掉热血澎湃，变得事不关己，高高挂起？

“小陈！”突然有个声音喊我，沙哑浑厚。

我看见漆黑一片的甬道，是陆队，浑身湿透的他正冲着我喊着，在一片雨雾朦胧里面。周围的泥泞地面一片狼藉，布满着两人争吵打斗的痕迹。

是八年前那个罪犯，他正死死压着陆队，手里寒光四射的刀刃正步步紧逼着老上级的咽喉。我摸着枪套，娴熟地掏出枪来，对准那狰狞可怖的面容。

我猛地从睡梦中醒来，阳光从窗帷缝隙中落进来，和冷汗一起包裹着我的全身，紊乱的作息让我成功地在回忆中度过了大半个白天。我掀开薄薄的夏被，活动着咯咯作响的颈椎和肩膀。隐隐约约的头痛从大脑深处钻出来，蔓延到我的双眼和眼角坐标，我大口大口地喝着冰水，但它们只会把我的咽喉刺痛罢了，和那些一直跳动的讯息一样烦人。

“喂，老陈你没死吧！”郭纯的讯息再一次从投影仪下端钻出。

“刚活，你不会想今天喝酒吧？”

“正想怎么骗过老婆呢！我就给你说个事，就当是先给你打声招呼。”郭纯接着补充了一条，“你带的新兵蛋子我搞定了，新记忆我等会儿发给你和老罗。”

“局长不是让你也给我疏导疏导吗？”

“老油条有个屁的疏导意义啊！”

七

淞江水哗啦啦地流淌，流向城北的出海口。雨后的清凉在钟表的第四个轮回里逐渐消散，闷热再次统治了这座城市，把汗水和情绪都堵得严严实实的。

我们本应在对岸灯火辉煌的吴淞，因为老罗的禁足令，我们才在老区这边。

“再加份回锅，打半斤枸杞。”郭纯在旧式触摸屏上摁了老半天，终于将今晚的菜单给倒腾出来了。他把那手掌厚度的老家伙交给女服务员的时候，还有恃无恐地打量了下那女人圆润的臀部，嘴里发出饱含性暗示的口哨。

我端起浓茶一饮而尽，满脸坏笑地指着那花枝招展的女招待说道：“结婚了还这么风流倜傥？萌萌不管管你？”我们认识郭纯有些年头，是非刑警队伍里我们唯一的朋友。他不像我俩与世隔绝，除开在疾病管束中心稳扎稳打的工作以外。最令我羡慕嫉妒的，就是五年前他和信贸大厦的中层白领苏萌喜结良缘，但是因为我和罗一鸣的工作原因，他的妻子也不愿郭纯和我们有太多私交。

“一看这副样子，估计是苏萌让交公粮太频了呗！”一直垂着头的老罗抬起头来说着，嘴角勉强挤出个笑脸来，看起来像老电影蝙蝠侠里的小丑。他被组织重重地记上了一过，调离对他而言天高地远。“干！老子这日子不想过下去了，天晓得什么时候才是个头！”

“说这些晦气的话干吗？总有调离的一天。”郭纯挪开身子让女招待上菜，趁机揩了揩油，一脸轻松地说着，“我们可有三四年没一起吃饭了吧？”

我接过小半杯枸杞酒正要接话，讯息窗突然嘀嘀地响动了两下，是尚不趣发来的地址。“你记性不太好，我记得是四年零三个月多，我们这种刑警，记忆区域比你们发达得多。”说完我小小地抿了口酒，想着要不要给尚不趣说今天去不了，或者给老友们说我等会儿有姑娘约，虽然他们一定会觉得是蹩脚的躲酒借口。

老罗夹着水煮牛肉，这种极其不健康的菜肴只在老区残存。“四年零三个月零十六天。”他一口将酒杯给干掉一半，然后皱着眉头、摇晃头颅说着，“感觉就像上辈子似的，才三十五岁都跟老头似的，没用咯。”

“说什么有的没的！”郭纯唉声叹气地说着，也和老罗一样喝掉小半杯，“轻爵，你这，你这就不够意思了啊，才喝这么点！我背着老婆出来给你们絮叨，老罗吃了一记处分，你前两天跪倒在洗头房外面。这日子谁过的如意了，来，喝！”

“今晚十二点约了个姑娘而已……”我吞下辣口的枸杞酒，制作方式简单粗暴的酒水流入我的喉咙，烫得人心里发慌，“我说，我们不能来点啤的吗？”

“等喝完这玩意儿再说！就半斤！”他突然愣了愣，我想是他的面具在视网膜上发出信号，在体内调整激素分泌，让他冒出苗头的情绪被整根切断，整个人都木讷起来。

郭纯站起身来望向那头一片煞白的吴淞市，掏出烟来叼着，却没有摸到火：“有时候真羡慕你们，能在老区里面为非作歹，还能关掉情绪系统。”我丢给他火机，他因情绪波动而起伏的胸膛开始平息。

他嘴里的烟在江风中忽明忽暗的：“我现在想生气都没法子，只能在那么一点点范围里上上下下，你们晓得这种痛苦吗……”他抓耳挠腮着。

酒过三巡，我们脸上都浮着红光，像是涨红的猪肝。我望着黑夜中潺潺流动的江水，它们像年岁一样悄无声息地离开我们，像面具一样把人打磨得一模一样。

讯息板上跳出尚不趣的消息——“到底参加不！”从荷尔蒙角度出发，我参加。

“我在网上认识了一个姑娘，很特别。”我犹豫半天才将话吐出口来，“我想我要是调离了，我就去找她，相互认识认识。”我切出那首尚不趣推荐给我的 *Viva la vida*，想放给他们听，可我还是收手了，“她是一个摄影师，天南海北到处跑的那种工作，自由自在的。”

郭纯涨红的脸庞猛地出现在我面前，指着一旁昏昏欲睡的罗一鸣。“你别真什么都说，你调离……老罗呢？”他觑着眼睛琢磨我的讯息板，“……这不是绿色乐队前两天演唱过的曲子吗？听说还，还卖以前的老碟片……”

他继续絮絮叨叨地说着：“老陈……别嫌我啰嗦。这面具啊，等于把我们给阉割掉了，我和苏萌过点夫妻生活像是两具没情绪的尸体，你晓……晓得吗？晓得吗？”他扯开一瓶冰啤酒推到我面前，“这时代，没面具每个人都是绝顶聪明的疯子；没病毒，那些医学理论摆到我面前我都看不懂！你能保证这后面的女人，智商多少？低智商和你能聊的过来？和你一样？你看看我和苏萌！”

“再说她要是骗你怎么办？你见过她吗？”

“别傻了，咱们都不年轻了……”

呼啦啦的江风将他的愤怒再一次压制到阈值之下，他耸耸肩苦笑了下，接着瞳孔在一声叫喊中缓缓扩张、放大。

“别跑！”这个点，这个鬼地方，这声音只可能是那些执勤的巡警！我猛地站起来看向淞江一桥，那里传来的警笛声、车鸣声和叫骂声转瞬即逝，只剩下一连串机器人和无人机细微地嗡嗡叫唤。我的脑子里乱糟糟的，被酒精麻痹的大脑里响起那首 *Viva la vida*。

轰的一声，整座大桥在刹那间被火光笼罩，和两天前的绿岛广场丝毫不差！我身体里的血液涌上大脑，那是一股来自二十二岁的力量，来自 *Viva la vida* 这首悲壮歌曲的力量，我应该冲上去，我想。

当染红天际的火焰和眼前跳跃的红色警告叠加到一起，我终于迈开了第一步。紧接着我的胳膊和身体就被郭纯、罗一鸣抱住，面具也开始调节着那些高浓度的激素。我只能漠然地看着那坍塌的桥梁和试图逃命的冷静人们，看着他们在火焰中一声不响地化成灰烬。

“老陈……我求求你……”醉成烂泥的搭档死死拉着我的胳膊，“别去，别去……我吃不起了，我吃不起了……求你了……”他倒在一旁，依旧拽着我，嘴里还说着，“管，管好自己，自己岗位就好……”

我在颓然中落座，在红光映射的世界中喝掉整整一瓶啤酒，然后哇哇地吐了个干干净净：“老郭，要是我像沈越那样年轻，年轻就好了……”

“他肯定会去的……”我揉着发红发烫的额头，“我，我老了……真老了。”

郭纯和我一起伏在栏杆边上，抓着酒瓶轻轻地抿着，断断续续地聊着。“那小子，那小子才不会去……我今天给他，做了面具编写，还有心理，心理催眠……”他指着自己的脑袋，“他，不会再冒冒失失了……从今天开始……”

八

银亮色的月牙从云里探出半个脑袋的时候，我从微凉的浴缸中醒过来。退幻药和温水泡澡微微让人头脑清醒，我挪动着酸疼不止的关节，想要站起来却失败了。酒后的身体和大脑像大多数无法控制的区域一样，忠实地表达着它被麻痹的状态，这让我保持着一个可笑的姿势，而那些冰凉的水刚好就在我的下巴那。

“别傻了，我们都不年轻了。”郭纯的话一圈又一圈地打转，像是孙猴子头顶萦绕不去的紧箍咒。我把身子都埋进水里，水淹没到我的下嘴唇。视网膜里泛着荧蓝色的时间数字，一秒一秒地往十二点走去。它仿佛在我耳畔响起空洞的滴滴声，和外公家里的石英钟一样。

我画掉占据视野大半部分的时间，随意浏览着这个城市的新闻，这是孤僻的我了解社会仅有的几条渠道之一。我在其中一角看见关于淞江一桥爆炸案的新闻，藏在很下面的一角，其他的版面多是最新科研成果。

点开淞江一桥爆炸案，寥寥百字将火光冲天轻描淡写。一名巡警牺牲，一名吴淞市市民死亡，三名市民受伤，而那些老区的低智人却销声匿迹。我相信只有两名死者的家属会悲痛欲绝，也许他们也不会动容。面具系统用激素和神经信号将悲伤给冲淡得无影无踪，毕竟过量情绪会影响他们的正常工作，而那崩塌爆炸的大桥将在一周里被密密麻麻的机器人重建，崭新而靓丽。

科技将旧世界的一切打得落花流水，粉身碎骨，然后一股脑地丢进历史里，比如我们的感官系统、比如我们脆弱的情绪。我甚至设想过我那时刻能被面具软禁的自我意识，会不会在某天被大脑剔出队伍，再被时光碾轧干净。

那时候，就不会有什么热血沸腾，也没有什么对尚不趣的臆想。

但是现在还有，在时针分针跨过十二点的边界线之后，我登录了 1984 论坛，输入了尚不趣给我的交流群地址，也把口鼻从波涛汹涌的洗澡水里拯救出来。

赤裸的我从浴缸里走出，屋内的捕捉器将我伤痕累累的身体投射到论坛界面上。那是铮亮得刺眼的纯白色世界，我面前什么都没有，只有一块椭圆形的操作界面，关于编辑外表和着装的界面。

我在警察、小丑妆容、狗头人这些或正经或荒诞的形象里翻来覆去，直到想起那首*Viva la vida*。既然赴她邀约，那就选择一套法兰西贵族装扮吧！

摁下确定键的瞬间，我整个人被抛到一条种满榆树和梧桐的街道上。街道两侧是挂满干净亚麻布衣服的法式公寓，楼顶用红色砖瓦搭建起来的烟囱正冒出阵阵柴烟，有些木窗里伸出根木杆，上面挂着的三色旗迎风招展，这条大道上铺满的砖石被来来往往的马车磨得光亮。

“雅各宾的领袖罗伯斯庇尔在革命广场发表演讲了！”我身旁的小孩子挥舞着手里的三色旗奔跑着，从我身体里穿过去，从枝丫茂密的榆树和梧桐下面跑过，从光影斑驳间跑向砖石大道尽头，跑向矗立着埃及方尖碑的革命广场。

18世纪法兰西的香榭丽舍大道，今天是*Viva la vida*主角路易十六的葬礼，这就是尚不趣说的交流群吗？被革命者押上断头台的法王，这就是今天晚上的交流话题吗？

我秉持着刑警的警觉，这里的参与者隐藏在数量庞大的NPC群体里头，被数据和嵌套主机一层层伪装起来，即便公安局的同事意图排查也需要花上好些时候，更别说站在革命广场和香榭丽舍大街四周的士兵。这些持枪的防御系统能将人工智能警察的第一波攻击阻挡在外，好让参与者能有足够时间逃离拘捕。

这不是一般人能搞定的，尚不趣，她究竟让我来到了什么地方？可在这林荫笼罩的世界里，对外通讯死死被钉死在原处，没法子挪动，没办法叫喊。八年在一线摸爬滚打的日子里，我积攒了足够的经验，它们在数分钟内冲散了刚刚涌上脑袋的热血沸腾，让我直冒冷汗。

事到如此，只能走一步算一步了。

我迈出第一步，正式踩进这块土地。周围奔走相告的人们猛地朝我吼着，呼叫着那些革命士兵来抓捕我这个法兰西贵族，直到一辆精雕细琢的马车从虚空中嗒嗒地跑出来，从上面走出三个军人装束的人，两男一女。他们穿着古希腊式的简约燕尾军礼服，腰间佩带着军刀和短枪。

“N？”女人的梨涡煞是好看，她伸出手来拉我上车。

我想了想，伸出手来握住她温暖的手掌：“尚不趣吗？”

“N，你居然选了一套，反动贵族服装……”尚不趣拽过我的手腕紧紧抓着，“来来来，算是临阵起义啦，换一套革命军人的。”她的手光滑细腻，我已经不记得上一次这样握姑娘的手掌是什么时候了。

那两个男人一脸坏笑地看着我，那眼神和看一个青涩男孩异曲同工。我从偶然的木讷中回过神来，思考与人交往该有的礼仪，伸出手去和他们一一握手：“我是 Nobody，你好。”

他俩一个是和我在论坛上认识有段时间的公璞先生，好像他曾经说过他是吴淞市的医学工作者，是个挺有趣大方的家伙。另外一个叫米歇尔·内伊的倒是第一次听到，也内敛得多，也许是尚不趣的其他朋友。

“哎，内伊和你一样都是警察。”尚不趣一本正经地说着，“我赌五千，N 你肯定不是警察！”她的性格和尚不趣这个名字相去甚远，“公璞你说是不是，N 那么爱瞎扯，满脑子套路的人，肯定不是警察！”

公璞从怀里抽出盒雪茄出来，切掉后慢悠悠地抽起来：“这可不一定，这互联网上的人，一般有三种情况。”

话音方落，内伊便抢过那盒雪茄，丢给我和尚不趣两根。这小子说不定真是警察，不然怎会知道我对烟一贯兴致盎然。虽然我们都是投影到互联网上的人，有论坛自带的身份模糊，可干我们这行的也有不少时候得在网络上排查。难不成在1984这个小众隐蔽的地方，居然会有两个警察？我企图集中注意力去看清藏在虚拟影像后面的真相，但酒精的麻痹效果尚未退去。

尚不趣以一副很滑稽的表情叼着那根雪茄，嘴里支支吾吾地说着："继续说啊，趁我们还没到革命广场。"

"一、是在性格上和现实生活一样的人，这种人占了大多数；二呢，就是在互联网上将自己内心渴望、并且缺乏的一面表现出来的家伙；最后一种，把自己的性格彻底颠倒。"公璞说话的时候，马车外面已经响起高昂震撼的口号声——"自由！自由！推翻国王！"

他潇洒地吐出烟圈，一副人生导师模样："第一种，可悲，就像科技城市里戴上面具的家伙；第二种，可怜，自己的生活得在互联网这个虚拟世界中寻找慰藉；第三种呢，可怕，被面具压抑的一面如果有一天泄露出来……"他晃动着脑袋，"到时候就得车上的两位警察负责了。"

"鬼扯……"内伊推开车门，"主讲人要开始了，还听不听讨论了。"

其实，我觉得公璞讲得在理。

公璞把雪茄一脚踩熄，紧跟着内伊："我可是今天的军队代表！等会儿罗伯斯庇尔讲完我还得上场，N！今天尚姑娘就归你了啊！"

"什么叫我归他了！你给我说清楚！"尚不趣甩出烟头去打公璞，他轻轻躲开，做了个鬼脸消失在人头攒动中间。

"自由！是需要流血牺牲的！路易十六和他那些走狗贵族趴在我们身上敲骨吸髓！你们看看自己，你们为整个法兰西做出了多少贡献！而这个所谓的国王，他给过我们应有的权利吗？没有！他随心所欲！他们靠着什么血脉就能让我们做牛做马！这公平吗！”我和尚不趣站在人群里，顶着毫无温度的烈日看着上面挥汗如水的雅各宾派领袖，听着这些让我云里雾里的话。

“这……和面具有关系吗？”我企图深入思考，在大脑醉醺醺的情况下。

“关于摘掉面具的自由。”尚不趣目不转睛地盯着台上，“一个情绪被阉割、依靠智力来统治的社会，还在六岁前定性，这和贵族血脉论有什么区别……你看我们周围的这些NPC，他们就是那些低智商的人们嘛！”尚不趣声音低沉，“一开始做摄影师，还没想过会看见什么，后来才晓得这些被社会抛弃的人……”

罗伯斯庇尔挥舞的手像苍蝇一样晃来晃去，要不是因为尚不趣邀请我来到这劳什子交流组，要不是这个女人，要不是*Viva la vida*，要不是她以前满心欢喜推荐给我的那些照片，我可能会立马对这蛊惑人心的罗伯斯庇尔嗤之以鼻，然后上去对准他的面门就是一拳。

“摘掉面具，那……叔本华病毒呢？”我小心翼翼地问着尚不趣，眼神闪躲着她明澈的双眸，“这个世界不乱套了吗？”

尚不趣抿着嘴唇，砰的一声在我脑门上弹了一下，嗔怒地说着：“笨啊，肯定要把旧世界给砸个稀巴烂啊，革命哪有不流血的啊！”她偏着脑袋看着我，我应该是一副目瞪口呆的模样，“你晓得心理催眠吗？感官系统发达很容易受到心理催眠的，就像是意志力强的人在心理催眠中更容易中招……”她伸手在我眼前甩了甩，仿佛我就是一个被催眠的家伙。

其实我只是在看她，在她一本正经说话的时候，从香榭丽舍大道那头吹来的风卷起她棕褐色的卷发，蒙住她小半个脸颊，露出微微上扬的嘴角、因为嗔怒而皱起来的眉头、闪烁亮光的眸子。

她终于知道我为什么失魂落魄，贴近我耳边喊了声："喂！流氓！"这次我闻到她发梢上的桂香，即便那只是虚拟出来的味道，也足够动人心魄。

"嗯嗯，我是。"蹩脚的调侃有些尴尬，我只能转移话题，"用心理催眠来建立新社会秩序吗？"不得不说，这是一种荒诞的理念，没有任何可取价值。

"茹斯特提出的一种猜想，总比生活在阿尔贝·沃茨面具下好吧？"她似乎沉溺在对虚妄的革命快感中，"你就能保证，有一天你的孩子不会被社会抛弃到老区吗？六岁之后就没有机会了，这种生活对每个人都不公平的，我们只不过是运气好一点……不然的话，我们俩有可能认识吗？"她声音带着悲恸，带着无奈，以及愤怒。

她问住我了。

我其实想说一句"弱肉强食"，但是它被死死地堵在喉头。我都没办法保证自己能一辈子是这样的强者，保证自己拥有不受到情绪污染，我见过的例子数不胜数。那我的孩子呢？周围黑压压的人们，让我心里泛起一阵莫名的恐慌。一种对不稳定的恐慌感像蛇一样缠绕在我心头，直到一声震耳欲聋的枪响。

罗伯斯庇尔的胸腔一团殷红，一头栽倒到高台下。远方火红色泽的骑兵高举着卡宾枪践踏着人们，手里的卡宾枪一发又一发地射向企图反击的革命士兵们。整个广场上弥漫着淡淡血腥味，和挥之不去的火药味，它们在骄阳炎炎中随风扩散着，裹挟着恐慌四处传播。

子弹划过天际，在路易十五雕像上扬起碎石和尘土。我下意识地去摸枪，但手在腰间不听使唤。我没有枪，即便有，我是对高头大马的龙骑兵和黑衣裹身的巡按使开枪？还是对棕褐色头发的女人？

我还没能从矛盾里走出，一只手已经紧紧握住了我。

“小心龙骑兵！”尚不趣拉着我往方尖碑那里跑着，“人工智能警察！”

方尖碑在阳光下延展到远方，我和尚不趣沿着影子跑向方尖碑下的脱离系统。她拽得我手心生疼，我想过甩开她的手，亮出我的刑警识别码，可我舍不得那温暖的手心，还有她谈起阿尔贝·沃茨面具时在我心头的悲恸。

“你就不是当警察的料！”母亲大声喊着。

“后天晚上八点半，陆岛六号，我给你买了*Viva la vida*旧碟。”她把我推向方尖碑，嘴唇相互碰撞着，像是在说着谁的名字，我没听见，没看清楚。我想去拉她的手，但是我已经从冰冷的地板上醒来，手里仿佛还残留着她的体温。

我就是公璞嘴里说的第二种，可怜的人，被这个世界阉割了过去。

九

闷热难耐的天气继续席卷着吴淞，我倚靠的走廊栏杆从温热变得炽热。我把手伸进油腻的头发里，第十二次试图把它推上头顶，以至于手掌间那股微微刺鼻的臭味已然挥之不去，像是浸到皮肉里似的。这样的动作机械重复，直到我身后响起一个声音。

“陈队？”要是论起熟悉程度，我肯定不会首先找沈越，更何况他经历过心理催眠和面具系统编写，但是其他同事都对此事讳莫如深。毕竟这事情和休假的我没半毛钱关系，我只能希冀于愣头青没被郭纯调教过猛，肯忽略我们这些老油条奉为圭臬的“按规定办事”。

我递给他根瑜州，醉酒后的整夜无眠让我心力交瘁，声音疲软，“愣头青，你知……恢复得还好吧？”

“多亏陈队拔枪快！不然我活没活还两说！”他的记忆被老友篡改成和我一起追击A目标，在451区春城路遭遇重度病患伏击，他因为头次出警紧张被罪犯击晕，而随后赶到的我在雨夜中一枪击毙罪犯。

记忆被修改得面目全非。

“陈队，进去说，外面贼热！”他刷开办公室的门，他进屋就麻利地帮我点着嘴边的瑜州，“感谢陈队关心！都怪我不争气，连累您！还被强制休假……”

他确实变了。我把烟深深吸到肺叶里，想怎么伪装我的虚情假意：“我带你，怎么着也得负责。”我想起来了面具编写，那玩意儿铁定会刻意模糊当事人的行为，好让沈越不察觉有什么异常。我放松了些，心安理得地欺骗起来，“八年都没放过假，就当休息休息了，听说你昨晚破获了一起网络违规案件？年轻就是好，都不用休息的！”

我的额头蒙起一层汗珠来，不晓得是闷热未消，还是办公室空调太冷。

“又没什么伤，想着怎么通过考察呢！就申请了一下。”愣头青抢过服务机器人手中的茶杯，给我沏满茶，“陈队是手痒了吧？放假耐不住寂寞！”

说真的，我挺喜欢现在的愣头青。

茶水滚烫，吞下去像块煤炭一样堵在我的咽喉：“说说细节，瞎扯什么有的没的。”

“没啥，就是一伙闲的没事的人搞的，关于摘掉面具的讨论，上头还没给它们定性。”他眉飞色舞，终于有了点愣头青的模样，和二十二岁的我一样热血沸腾，“我们接到线人报告，进去发现居然是十八世纪的革命法兰西，当时三个人，直接被系统强制成为巡按使！带着那些人工智能龙骑兵和一群革命士兵对射。”

他的眼睛放着光，和一头饥肠辘辘的野狼没什么区别。

看我冷着个脸，他不知所措地抓着头发，之前的高亢激昂荡然无存，低声下气地讨好着我：“陈队，我，是不是说错了什么？”

“冷静克制、客观、公正！”我摁灭燃尽的烟，“这是一个刑警的基本素养！你要明白……”话语哽在喉头，我几乎忘掉了昨晚自己也在革命广场。

“结果？你们抓到几个人了？上头怎么说这事？”

“追踪到五个家伙，今天抓了两男的，一个罗伯斯庇尔，一个茹斯特，居然都是什么科技公司的白领人士！”他意识到自己又变得激动起来，“那两人就说他们要搞游行、抵制运动之类的，其他都没消息。上头正在把绿岛爆炸，淞江一桥爆炸，还有蒲有智……”说到这里，他咬牙切齿，愤怒正从他体内浮现起来，“估计要招您和罗队回来，我做做线上抓捕还行，线下得您这种资历才能搞定。”

我随口答应着他，我想我得去一趟陆岛六号。

要送我 *Viva la vida* 的女人，你千万别脑子一热干出点什么出格的事情。

十

我坐在落地窗前面有十二个小时了，面前摆着枪和电警棍。

今天，我谁也没见，我坐在屋里听了一整天的 *Viva la vida*，边听边摩挲手心，好像石器时代一个负责保管火种的人，一刻不停地往火堆里添着柴薪，好小心翼翼地保管起尚不趣残存在我手心的温热。

老罗住在我对门，来敲过四五次门，问我要不要找地方去玩玩。我知道他想要借着放假发泄发泄心头淤积的悲哀。我不厌其烦地婉拒了他的邀请，因为心头汹涌澎湃，和今天空中积攒起来的阴雨一样，孕育着一场电闪雷鸣。

在秋天里的一场狂风骤雨，无论对天气而言，还是对天气调控系统而言，这都是它最后一次爆发的机会，对我亦然。

我得去，我必须去，去他的自由，我想要救尚不趣，想要再握一下她的手心。如果能劝说她放弃参加这不自量力的非法组织，如果她愿意，我还能找机会带她走得远远的；如果不愿意，我就一枪送别她，好过让她在监牢生不如死地度过余生。没有人能躲得过公安刑警和数百具机器人的拉网式排查。这样对我，对她都好。没错，就这样。于公于私，我都不愧疚于谁。

日渐西沉，我把躲在车轮下的野猫揪出来。这辆红日 V8 是我们这些一线刑警的福利之一，根正苗红的智商革命产物，通过链接面具系统来和大脑保持统一行动，能在没铺电磁路面的地方高速运行。八年前刚从财务那拿到钥匙的时候，我还想过把这家伙开回瑜州，给我那固执迂腐的老妈显摆显摆，但繁忙的工作和通行限定没让我完成耀武扬威的希冀，只能让这玩意儿做野猫野狗的家。

我钻进长梭形的驾驶室，手忙脚乱地调试好桥接系统。六七年前，我和老罗曾经就外接面具是否能控制人的思维，或者能否破坏面具展开过漫长严谨的讨论，最后还是郭纯来了句“顶多能屏蔽掉面具的部分功能，并且有这样技术的家伙在他们部门里少说当个主任”当作收尾，而现在的他就是这样的人。

我推上红日的开关，它颤动着启动，积满车顶的灰尘和旁边草丛里的猫猫狗狗吓得四处乱窜。红日 V8 轰鸣着向上浮动，扬起的层层灰土将它吞没在内。我闭上眼睛让阿尔贝 · 沃茨面具主导我的感官系统，好彻底和这辆脱离时代潮流的老家伙合二为一。它的声音比街头飞驰的新玩意儿大得多，甚至让久久不曾亮灯的刑警宿舍亮了两三盏灯。

“老罗，我在陆岛六号出事了，马上带人来。”我把这条讯息录入红日 V8，它会在十二点整准时发送给罗一鸣。我很清楚，把尚不趣从水深火热中救出来，这种冲动有着不可预计的严峻后果。可能明天我冰冷的尸体就会出现在老区某个角落，那样老罗如履薄冰的现状就会在瞬间崩塌，如果真是这样，我就彻头彻尾地成了一个重色轻友的人。

不，是重色卖友的人，要是我不幸罹难，希望老罗能将他们一网打尽。

车里响起来那首 *Viva la vida*，我像一个终将奔赴刑场的君王，在孤零零的聚光灯下拔出那柄属于我的剑，去完成我拯救保护吴淞的责任。

还有，我要救出被蛊惑的公主。

红日发出呼呼的叫声，它冲上空无一人的街道，在明暗交替中疾驰着。我沿着光华大道一路向东，七点多的街头上空亮起城市空铁的湛蓝色亮光，还有那些打着明黄色车灯的新式飞车，在他们面前我和红日 V8 简直不值一提！一个在社会边缘的刑警，一辆步履蹒跚的老旧汽车，都被时代排斥，但是现在的我不在乎那些家伙鄙夷的目光，我很久没有心潮澎湃过了。

“嗷呜！”我嘴里叫着，却发出鸣笛的声音。我的所有感官都融入这辆老玩意儿，我能感受到暴雨之前的闷热秋风，还有城市散发出来的腐朽气息。不可否认，罗伯斯庇尔口中的自由足够诱惑，与童话故事《白雪公主》里的毒苹果相仿，这座城市也足够压迫人性，和沙俄时代的农奴制度相似。可现实不是童话，时代中的人们既然选择压迫变数太大的情绪，就不允许罗伯斯庇尔、茹斯特这些人来破坏。

这条路没有想象中那么漫长，情绪波动也没有跳出警告。*Viva la vida* 仅仅重复到第三遍，我就已经驶离光怪陆离的吴淞市，通过淞江二桥来到破败不堪的陆岛。陆岛曾经门庭若市，作为吴淞市和世界各处交流的最前线，往日的它停泊着一眼望不到尽头的万吨货轮，而现在陆岛只有生锈的集装箱，还有无数横生出来的钢筋混凝土。

作为一辆公安系统特供车辆，特别是刑警特供车，它还是能伪装自身外表的。红日 V8 在漆黑一片的街头放下轮胎，根据我的记忆、喜好以及网络资料开始改变外表。当它驶出黑暗角落，我想现在要是有老人看见，一定会惊讶还有这样崭新的兰德酷路泽。

我爸妈当年花大价钱买的家伙，我坐过的次数屈指可数。

红日 V8 在闪烁交替的路灯间行进着，两侧零星停着些张牙舞爪的改装车，停在涂满涂鸦的灰黄色墙壁旁边。街头小巷里偶然会有两三声女人高亢的叫声，男人粗犷的呼吸，以及隐约的谩骂打斗声。忽明忽暗的路灯对照明毫无作用，倒是通宵达旦营业的赌场、妓院、酒坊，投射出来的光点亮了这个被遗弃的世界。

在空无一人的望江街尽头，我看见了陆岛六号。陆岛六号是一家酒吧的名字，一家连招牌都被灰尘蒙蔽的酒吧。我驾驶着轰鸣着的红日 V8 来到三四百米外一条南北通透的小巷，然后从驾驶舱里挣脱出来，大口大口地呼吸着陆岛肮脏浑浊的空气。在凉爽的车内我浑身冒出汗来，和二十二岁那年和母亲摊牌没什么两样，我用手拽着前额的长发，打算用疼痛来缓解紧张。我眼前的情绪指数无论是闭上眼睛、转移视线都没有消失，它伴随着心脏的跳动而急剧上升，从蓝色到红色。

我抓出根剑盾抽着，在身上摸索半天才翻出来四五颗解压药，然后把它们尽数吞掉。车里的 *Viva la vida* 还在播放着，时钟敲响八点整的铃声，我只是重复着拿枪、放枪的动作，以及脑子里回荡不止的嗡嗡声。

“路线设定完毕。”我抓起面板死死记下那五条逃跑路线，这里是通讯空洞区域，我能依仗的只有自己。情绪像是被打翻的大杂烩，恐惧、紧张、冲动五味杂陈地翻江倒海，像是海浪一样，刚在面具堤坝上被拍得粉碎，接着继续前赴后继地向前涌动。

第五遍的 *Viva la vida* 结束了，我摁下了停止键，我看见了她棕褐色的头发、微微上扬的嘴角、嗔怒的皱眉。

该死的尚不趣，我来了。

我什么也没带，跌跌撞撞地走在昏暗的街头，异化的双眼勉勉强强能看清坑坑洼洼的街道。我摸着腐朽的街道栏杆，从未裁剪的小叶榕和梧桐在我头顶编织起巨大的阴影，整条街空无一人，是我一个人的香榭丽舍大道。我在树荫里走了很久，几百米的路程很长，加上我的徘徊，我已经走了有二十来分钟了。

从陆岛六号破损的橱窗进到里面，干净宽阔、整洁的地面和铺满灰尘的酒桌匹配起来相当奇怪。分开灰尘的小道一直蔓延到后庭院，消失在一片布满青苔的碎裂瓷砖和坍塌建材中间。

感官伪装。我没有去拆穿它，而是失落地坐在地面，把脑袋埋进膝盖之间，掏出瑜州默默地抽起来。我相信有很多眼睛在看着我，但是我开启了警察休假模式，模糊的细节分析会让他们忽略掉那些暴露我身份的细节。

他们再查也只能查到一个叫作陈轻爵的科研白领，住在扬子路106号，公司是青阳智能化科技有限公司。这年头的重度病患罪犯绝顶聪明，但魔高一尺道高一丈，公安刑警也不是吃素的。

“姓名？”披着黑袍的男人从废墟深处钻出来，身后跟着两三个彪形大汉。

我假意震惊地往后面退了退，做出一副惊慌失措的模样，阿尔贝·沃茨面具系统里的卧底预案不算无用功。

“后天晚上八点半，陆岛六号。”我想起来尚不趣，以及她最后唇齿之间吐露出来的名字。他们肯定不是让我说自己的名字，也不可能是1984论坛上的昵称，而是尚不趣口中那个名字。

“儒尔当。”我说出这位在雾月政变中极力反对拿破仑，后转而支持他的元帅名字，这是尚不趣告诉我的代号，我现在就是这位声名显赫的革命元帅。

黑衣人让开道路，对我做了一个请的动作。我站起身来，恶狠狠地吸掉最后一口瑜州，然后将它捏熄在手里。彪形大汉向我伸出了手，我只能扯下一小块卷烟纸，把绝大多数的残留物丢进那家伙的手心里面。

卷烟纸被我丢到地上，丢进那些青苔的缝隙里面。

老罗啊，你到时候可千万别眼瞎啊！

十一

那些人只送我到甬道的起点，里面隔着五米有一盏昏黄的钨丝灯。我咬着下嘴唇干枯的皮，不堪重负的牙齿发出咯咯声。我僵硬地伸出手，在那些生锈的铜制墙壁上刻下间断的痕迹，它们叫声刺耳，和牙齿发出的声音一起挤压着我。

甬道的尽头是宽敞的地下停车库，露出钢筋骨架的承重柱悬挂着一盏盏灯，锈蚀的老式汽车发出一阵铜锈铁锈的味道，排水管道和狰狞的钢筋在头顶交织，阴影里躲藏着飘忽不定的影子，手里握着长杆形状的东西，那是枪。凉意沁人的风带着这里特有的尘土味道，以及一丝弥漫在空气中的担忧，它让我不自觉地转动脖子，伴随着颈椎咔咔声响。我捕捉到深处一个亮堂得多的地方，它藏在好几堆刻意堆砌起来的“堡垒”后面。

“王煜，他给我下套子！你们说我怎么能忍受下来！干！要不是有面具拦着我！我早就一拳甩他脸上！”

“我很喜欢她，但是每次想表白都成了什么？冷冰冰的一句‘我爱你’！”

离模糊的光亮越近，这些话语越发地清晰起来，而眼角的坐标也隐隐作痛。

大区域的感官伪装，或者是感官催眠？

我探出头去，在摇晃不止的灯光下有数百人，出乎意料的多。地面上摆放着一圈圈摇曳的蜡烛，人们以蜡烛分组，或面红耳赤或一脸羞涩或面带微笑地讨论着什么。时不时有些人从阴影中走进这场匪夷所思的聚会，他们被引导到十来米外一处由钢筋混凝土、废弃钢材、集装箱搭建起来的屋子，进去的人面无表情、出来的人笑脸洋溢。

我倚靠着汽车残骸慢慢蹲下，掏出瑜州点燃，坐标的疼痛让我睁不开眼睛。这里都是重度病患吗？居然会有那么多重度病患！这场景在顷刻间摧毁了我往日里的常识，他们是怎么保持理智的？他们是怎么潜伏在吴淞市里面的？

时钟敲响九点整的时候，我眼前出现一盘装在塑料包装盒里面的 CD，上面写着“viva la vida”，她棕褐色的头发离我的鼻尖不到一厘米，上面泛着我熟悉的桂香味道，是尚不趣。她和那天在香榭丽舍大道上一样，伸出她骨节分明的手，伸到我面前："N，你胆子怎么这么小啊？"

看到她，坐标都不那么疼了。

她的手像是温润的玉石，光滑且温暖，我像陷入感官陷阱，脑袋僵硬得无法思考，手掌下意识地被她包裹起来，但是坐标没有发出警告。我知道她是真的，真的出现在我面前了，依旧是棕褐色的头发，依旧是若隐若现的梨涡，依旧是会笑的双眸，可我没忘了我来这儿的初衷，我是个刑警。

"这是什么？"我压低着声音像一只低吼的野兽，"都是重度感染的病人！你这是引火自焚！我怎么说你好呢……"

攥紧的拳头被她用双手捂住，在冰凉透骨的地下车库里渐渐被焐热，热乎乎的。情绪刚刚在视网膜上触顶，就被她温润的手心击碎，不管是激动还是恐惧，无论是惊讶还是愤怒，都荡然无存。

她轻轻地说着，声音萦绕不绝。"他们和我们一样，没有得病……"她说得小心翼翼，"你还能回忆起来最悲伤或者最开心的事情吗？这些值得记忆的往事，你还记得多少？"

我想要说出二十二岁那年的闷热黄昏，可我没办法，没办法经由记忆去和二十二岁的自己感同身受。我知道什么是过去，但我却忘记了情绪，如同我面无表情地在451区搜捕罪犯，能影响我的思绪都被软禁在小小的自我意识里，所谓的情绪只不过是阈值之下的数据波动，它的味道和干涸的热血沸腾一样干涩无味。

"不知道……"我懊恼地摇头，"尚不趣，我不知道……"

她晃动着那盘CD，指向令我匪夷所思的屋子。"走，带你去看看，别怕。"她笑着捏紧猫爪子一样大小的拳头，"我保护你。"

钨丝灯让空气中飘浮的石蜡无所遁形，它和铁锈的味道、尘土的气息一起构成一摊黏稠的沼泽。我亦步亦趋地跟在尚不趣身后，走过正嬉笑怒骂的人群，听着他们回忆少年第一次和异性接吻，这种感觉陌生而奇异，我真的能从那间屋子里重新回到二十二岁吗？

掀开薄薄的塑料帷幕，我看见两三个人昏睡在破旧沙发上，闭上的眼帘下眼珠飞快地旋转。屋子里亮着白炽灯，和外面昏黄的世界格格不入，和这个隐蔽的地下车库格格不入。中间坐着个人，全身被长身黑袍包裹着，看不到他的任何部位，他应该是这场集会的组织者，至少是个有分量的人。

“N？”他沙哑的声音被刻意处理，示意我坐在单人沙发上，“我是公璞，看来这次我赌输了，我以为你不会来呢！”

“我以为我也不会来，为什么叫上我？”我保持着固有的警惕，“外面的，还有这里面躺着的，是怎么回事？”

他漫不经心地说着，依旧没有将任何肢体露出在黑袍之外：“记得我给你说的三种人吗？你就是第二种，你在 1984 上写的警察故事，和你的白领生活截然不同，心里还藏着一股子对平凡生活的怨恨。”

“难不成你能解除掉这玩意儿？”我指着沙发上躺着的人们，戳了戳自己的脑袋问道，“我不傻，面具对边缘系统的控制，每个人都很清楚。”

男人摇晃着黑布下亮起蓝光的面板：“一个半成品程序，只能在彻底放松的情况下被触发，通常是在睡梦中。它能暂时让面具构架潜意识深处的东西，可能是恐惧，可能是开心，能持续三到五小时左右。”

“那外面的人？他们醒着。”我问道，“催眠吗？”

“大面积感官催眠，权宜之计罢了。”他笑声被扭曲得有些骇人，“黎明前的黑暗而已，我们有很多支持者，不只外面的那些人，还有很多‘陆岛六号’。”

我还想要说着，但尚不趣撇着嘴有些生气。

她屈起手指来，在我额头上敲了敲说道："试试就知道了嘛，有我呢！"

没办法，权当不入虎穴焉得虎子吧！我后颈被连接上一条冰凉的外接线路，相当不舒服。尚不趣帮公璞操控着那些缠绕成一团的线路，它们从屋子外面进到这里，和漆黑长袍下光亮的终端联系起来。经过一阵敲击之后，我变得有些紧张不安，虽然我知道花这么大力气来搞定一个刑警显然不够划算，但还是有些害怕，那是一种将底牌和盘托出的感觉。我知道我为何而来，可莫名其妙的好奇驱使着身体，这种情绪虚无缥缈，像是虚妄的感官陷阱，将我困在梦境里面。

坐标没有反应，它是我最后的保命伞。

"准备好了吗？"公璞从怀里掏出一瓶透明液体，递给我说道，"N，安眠的东西，帮你入眠。"他的手白皙修长，和一个医学工作者的特征相符。

我接过瓶子喝下小半口："希望能给我一个惊喜。"药效很快，或许是从革命广场回来的那晚彻夜未眠，也许是尚不趣在给予的心安。我闭上眼睛，轻声说了句："帮我放首 *Viva la vida* 吧！"

"I used to rule the world, Seas would rise when I gave the word. Now in the morning I sleep alone, Sweep the streets I used to own……"

我曾经主宰世界，大海也愿为我咆哮。如今我清晨独眠，在我曾拥有的井巷中彷徨。

漆黑空洞的世界将我整个吞掉，我在彻头彻尾的黑夜里面，没有任何光亮能让我看见自己的身体，我就这样飘在一大片混沌中间，直到远处出现一线光。

出现在我手中的枪，冰凉刺骨。

“陆振兴！你给我站住！”大雨傍沱中有男人在叫喊，干涩沙哑且声嘶力竭。

雨水丁零咚隆，阴云形态百变。我在不足两米宽的小巷里不知所措，迷茫地抬起沉重的头颅。天空中飞扬着老旧衣服、塑料袋，还有秋天满地的梧桐树叶。风裹挟着它们冲向我，让人睁不开双眼，什么也看不见，什么也听不见。

这是真的吗！这是真的吗！沙哑的声音离我越来越远。在呼啸的风中，在阵阵滚雷中细微得不可捉摸，仿佛只是一场虚妄。我看着陷入腌臜污水里的警靴，以及打开保险的手枪，这一幕陌生得如同是植入的虚拟场景，却又如此真实。

“陈轻爵！愣着干吗啊！”罗一鸣被倾盆大雨淋湿成一只落汤鸡，他前襟被污泥染得黑黄交替，脸上滴落着泥水。散发出来的臭味真实，而我眼角的坐标没有任何反应，我摸了摸，那里也没有什么疤痕。

这是真的，从我潜意识的深海中浮现出来的真相。

“陆队呢！”我张口说着，冲到风雨交加的大路上。我无法控制二十七岁的自己，这段既定的往事对我而言模糊而陌生，有太多我想要知道的东西。

罗一鸣在杂乱无章的雨声中吼着：“夏队去追陆队了！他被污染了！”

“怎么回事！不是说好的抓碎尸案嫌犯吗！”

老罗比我跑得快，他回过头来说着：“鬼知道！夏队就说陆队要叛逃！他早就抓到罪犯了！不晓得陆队折磨他多少天了！他可把陆队爸妈都给分尸了！”

水雾弥漫的街道空无一人，只有大股秽浊的雨水冲刷着藏污纳垢的每个角落。我和罗一鸣紧跟着路面上越来越模糊的脚印，全力以赴地奔跑着。街头有时候会出现两三只湿透全身的野狗，在雷声滚滚里对着我们汪汪叫唤，而这些示威性质的声音和我们的脚步声、喘气声一样伴随着风暴肆虐在瞬间粉身碎骨。

血液汹涌澎湃，二十七岁尚未变得圆滑的我全身兴奋不止，热血沸腾让人浑身炽热难耐。我抓着枪跑着，我要去帮夏队，陆队不可能就这样莫名其妙地被情绪污染！

“这里！”老罗指着一幢摇摇欲坠的危楼，陆队和夏队两人的脚印在布满灰层的楼道上清晰可见。我一马当先冲上前去，食指扣紧扳机。

脚印在某扇硬木门之后消失，我没有听见什么声音，耳朵里充斥着呼号的风声、震耳欲聋的雷霆声、密密麻麻的雨滴声。不知道里面发生了什么，老罗紧跟着我冲到门边，我们望着那虚掩的木门点了点头。

罗一鸣抓住发亮的铜把手，我闪身到门口紧握着枪。心脏跳得快极了，似乎要从胸腔里跃出来一般。我深吸一口凉气，对老罗颔首示意。

他拉开硬木大门，我俩前后并列冲进屋子里，嘴里喊着：“别动，警察！”

面前只有被狂风吹开的窗帷，空气中弥漫着淡淡的血腥味。夏队侧躺在肮脏灰暗的沙发上，右手紧紧握着手枪，左手捂住血流如注的颈部。鲜血经由指缝溢出，他胸前皱巴巴的警服被血水浸透，甚至已流淌到沙发里去。

而饭厅更加血腥可怖，喷射到灰墙上的血液像涂鸦似的，搭在铜支架上头的木板因为吸饱血液变成深褐色。褐色的血滩绽放在灰白色的瓷砖上，窗里飘进来的雨水将它们冲刷成一摊黑色的液体。旁边掉落着很多黄白色的骨头碎渣，以及指甲大小的肉块，它们夹杂在各种拷打工具和肢解刀具的缝隙里面。

黑乎乎的血凝周围落着一串深红色血珠，它们消失在破碎的玻璃窗里，重度病患罪犯陆振兴从这里跳下去了。

陆队他怎么会成为这样的人呢？我想不通。我大口大口地喘着粗气，呼吸进更多带着腥臭味的空气，它们让我的喉头哽动着想吐。我退到墙边，浑身抽搐，心脏咚咚咚地敲打着胸膛，搞得人心烦意乱。

“夏队！”老罗扑到夏队身边，“这鬼地方没信号！”

夏队没有看他，他虚弱地抬起右手，用枪指着我，嘴唇嚅动着。

他说：“小陈，别去……”

“陈轻爵！别去送死！”老罗冲过来抓住我的衣领，“看着我！别情绪失控！别情绪失控！冷静！克制……”

我甩开他的手吼着：“就这样让陆队跑掉吗！我们是刑警！我们是刑警！”我想起小时候外公给我讲的警察故事，我想起父亲带回家的英雄表彰。

罗一鸣抓起手枪砸在我的眼角，霎时间血流如注！我毫不示弱地举起枪来对准他，涌进眼睛的鲜血让我看不清东西，我只知道我是刑警，我要抓到陆队！

“嘭！”子弹穿过了好友的手掌心，趁他龇牙咧嘴的时候，我攥紧拳头把他摔翻在地。我抬起头来，夏队的枪哐当一声落到地上，他还盯着我。

我奔向破碎的窗口，街头的老路灯接二连三地亮起，点亮了黑灯瞎火的 451 区。我能微微看见地上的痕迹，但是陆队的脚印以及他拖拽着的蛇皮口袋在风雨飘摇的夜晚里相当模糊。我一跃而下，扭伤的脚踝让我行动艰难，一瘸一拐地在淤泥中挪动着步子。在第三次跌倒之后，我视网膜上的数字已经越过情绪失控和情绪污染的中线，阿尔贝 · 沃茨面具一遍遍地想和总部取得通讯，可是通讯空洞让这一切徒劳无功。

抓住陆振兴！抓住陆振兴！那屋里的场景在脑海中放起幻灯片，

夏队被他切开咽喉，他是罪犯，穷凶极恶的重度病患罪犯！

视网膜中一条讯息猛地占满整个屏幕，是刑警第一大队队长王强。“陈轻爵！立刻放弃抓捕陆振兴！别白白牺牲！别白白牺牲！”警用模式下的面具终于和公安总部恢复了视觉共享通讯，“你已经情绪失控了！我命令你停止抓捕行动！”

“大队长！我是个刑警！”我咬开兜里的止痛针，扎进大腿血管里，“请求数据连接！请求允许我抓捕罪犯陆振兴！”

那头沉默了半晌，直到被解构的道路透视图和我的视野重叠。我将崴伤的脚踝狠狠地别到正常位置，拔腿追向蓝色荧幕中唯一一个高红亮点。

近了，近了，那声音近了。抄近路的我躲藏在拐角的阴影里，我果然没有猜错，陆振兴选择了在每个通讯空洞之间逃避抓捕，比如这条忽明忽暗的阴暗街道。拖拽着编织袋的声音在雨夜中越发清晰，我深吸一口气，举着手枪走进路灯和黑夜交替的阴影里面。

“站住！”湿漉漉的头发盖住我的眼帘，“站住！”

他停下脚步，抬起头来。络腮胡长满的面颊、凹陷进去的眼眶、凌乱不整的发梢、被雨水冲刷得快要看不清的血水。男人将血肉模糊的手比作一只手枪，然后指了指额头，双唇触碰之间发出砰的一声。

“你也快疯了，小陈……”他咧开嘴笑了，“面具会逼疯你的。”

“砰！砰！砰！”我扣动了扳机，他的胸膛上晕开了三朵鲜血淋漓的花。杀人犯，陆振兴是杀人犯！叛徒，陆振兴是叛徒！我眼前的指数离跑道尽头的红线咫尺之遥，我是一个正儿八经的刑警了！我亲手击毙了罪大恶极的犯人！

我能给我永远絮絮叨叨的母亲耀武扬威地说，我是刑警了！但是母亲对我怒目而视，嘴里说着：“你就不是当警察的料！”

“砰砰砰！”我对准陆振兴的头颅，打光了所有的子弹，还有我的情绪。

“呼……”我拼命地呼吸着空气，胸腔一起一伏地想要挤压干净回忆的梦魇。子弹声回荡在我的耳边，我睁开眼睛只看见模糊不清的光晕。疼痛，浑身只有疼痛，从后脑勺扩散到全身各处的酸胀痛楚。我伸出僵硬的手去抓握到脑后的数据线，用力将它抽离我的身体。想要站立起来的身子，在头晕目眩里腿脚瘫软，膝盖撞击地面发出嘭的一声巨响。

身边空无一人，仅有 *Viva la vida*。我用炽热的双手捂住滚烫的面颊，原来我和愣头青一样，经历过心理催眠、面具编写……

究竟有多少情绪被掩埋在面具底下，藏匿在深不见底的潜意识里？我捶击着地面，自由，自由在我脑子里搅动着。我终于明白面具这枷锁压抑我多少本该蓬勃生长、汹涌澎湃的情绪。我终于明白这些年唯唯诺诺、循规蹈矩的我从何而来。

现在也是，时效程序在阿尔贝·沃茨面具的反击中被瓦解，愤怒和痛苦在激素和神经信号中回到既定水准。

自由，尚不趣说的自由……它和枪声一起钻进我的大脑里，疼痛难耐。

枪声！它是真的！我挣扎着从地上站起来，时钟在我眼前若隐若现。

十二点半！枪声在空旷的地下车库里飘荡着，老罗来了。

自由和责任，陈轻爵，你选哪边？

“尚不趣！”我挥开塑料帷幕，和她撞个满怀。

她惊慌失措地喊着：“刑警来了！你快走啊！”她身后闪过一个黑衣人，手里攥着一把手枪，借着白炽灯我看清楚他的脸，是蒲有智，面无表情的蒲有智。

“走啊！”她和那天在革命广场一样，拖拽着我往黑暗深处跑去。

车库外面横七竖八地躺着好些尸体，同事们的喊话和时而响起的枪声让我想问的、想说的话都堵在喉头，随着喉结一上一下。

“你不是傻了啊！”她吼着我，“走啊！”她的手拽得我的手心生疼。

“我是刑警，八年前入行的。”我甩开她温热的手，退到逃生通道外面。蒲有智将枪对准我的胸膛，他冷漠得像是一块钢铁。

“我骗了你，尚不趣。开枪吧！”

责任，我选择了责任，但是我也选择了自由，她的自由。

我闭上了眼睛，可什么都没有，有些隐约的啜泣，以及脚步声音，其他没有。

我睁开眼睛，她已然消失。我转头冲着枪林弹雨的那头喊着：“老罗！抓一个叫公璞的医生！大鱼！”在用废弃钢筋和老旧汽车残骸搭建起来的小屋里，*Viva la vida* 放到了尽头，我听见她的声音，很轻很轻的一句话。

“我爱你，Nobody。”

十二

结束身体检查的我，再一次走进局长办公室，递交了份文件。

“你要申请内退？”王局端起的杯子又放了下去，“确定？”

我眼角的坐标抽搐得像是神经痛，它刺激着自我意识继续去相信假象，可那只不过假寐的虚妄，真相在昨晚赤身裸体地出现在我眼前。

“嗯，局长。”我很清楚，这间办公室不晓得有多少个感官陷阱、心理催眠。它们反复将信念铭刻到每个踏进这里的刑警心头，让每个刑警按部就班地像机器似的，完成每一个既定工作，“这事我陷进去了，我申请内退。”

“是为了逃避那个女人，还是为了逃避这座城市。”王局的话冷冰冰，每个字都捶击着我，“陈轻爵，病毒将我们改造得不像人类，面具让我们能相对客观地去判断事物的准确与否。情感，它既能让人爆发出积极向上的一面，也能让人盲从，把他们理解不了的事情给通通碾碎。”

我揉着生疼的眼角，疑惑在痛苦不堪中脱口而出：“王局，您也是八年前的当事人，我明白为了阻止情绪失控演化成污染，这样做无可厚非。”我抓起头发，“但是情绪是一个人前进的必要动力啊！是人和人工智能的区别啊！”

“移情能力确实很重要，但它是科技社会需要的吗？是秉公执法的政府机关需要的吗？是未来需要的吗？”他吞咽着茶水，甩了根烟给我，“真正的官僚，是要绝对的理性，绝对的公平，而不是成为虚无缥缈的情感奴隶，情绪确实能让一件事超额完成，也可能让它跌落谷底。我们不需要起伏不定的刑警，我们需要一个永远在水准之上的刑警。”

“我不懂。”我搓揉着眼角，疼痛渐渐不可捉摸，“我不懂。”脑袋里传来隐隐的疼痛，视网膜上的情绪指数像春汛的江水。

老领导脸上写满失落：“绝大多数人都不懂，很多人都和郭纯一样，把面具理解成一种压迫手段，和封建时代对底层人民的压迫、殖民时代对落后民族的掠夺、资本时代对剩余价值的压榨相提并论，但是他们都错了。他们和烧死布鲁诺、反对航天投资、拍板转基因的人一样没什么区别，要不是有面具，他们能让现在再次回到几十年前的黑暗。感性是无法理解理性的，只有人还有情绪。”

“那您明白吗？”我问道，“您对情感的需求呢？”

“如果我不明白，我就不会坐在这里。”他没继续回答我的问题，而是站起来走到我身边，年近六十的他有了些许白发。他把手里的工作板递到我面前，上面是份委任命令，他一字一句地念着：“吴淞市市局第三刑警大队后补大队长，陈轻爵，现正式任命你为第三刑警大队队长，现将‘刑警蒲有智失踪案’‘绿岛广场爆炸案’‘淞江一桥爆炸案’、‘陆岛六号’反动集会并案侦查！”

“王局这……”我对突如其来的委任状目瞪口呆，“我……”

“警校成绩名列前茅，两年巡警工作兢兢业业，八年刑警每年考核第一，我想不出来原因不提拔你，再加上你亲自和反动组织成员有联系。”他冷冰冰地说着，“两个选择：破获案件、戴罪立功；服刑。”

我没得选，我被压抑的情绪是我从警的热血沸腾，我追寻的自由是从警的自由，它们都指向我应该背负的责任，将带给我真相的人们绳之以法，更何况现在事关私利。

这是个悖论，一条响尾蛇，一条伪善的响尾蛇。

“过去的人性光辉，只不过是一个大脑给你的假象而已。”当我走出办公室的时候，王局冷不丁来了一句，“小陈，你有一天会明白。”

十三

虚掩着的窗帘之外，乌云填满整片天空，放眼望去只有灰色，全是灰色。酷暑未消的吴淞市，风将云拉得老长老长的，撕扯成长条絮状，好似棉花。

老罗在软床上鼾声震天，从昨日深夜到今日黄昏的工作耗尽他多半气力，特别是把化名公璞的郭纯摁倒在地的那刻。我想他心里一定是五味杂陈、翻江倒海，但是面具恰到好处地将他飘忽不定的情绪给冲散，正如我那被随意篡改的记忆。

沈越带着人一直在轮换审讯郭纯，在那狭小黑屋里不断地重复单调的讯问。我们和郭纯的智力不相上下，可能他对面具系统还清楚明白些，不然那程序从何而来？对他而言，行之有效的审讯手段只有感官陷阱，小黑屋的时间感知都被调慢到极限，每一次都度日如年，看不到任何标志时间的器具。

我对他谈不上同情，亦没有憎恨，有的只是一种说不清楚的情绪。他让真相展露无遗，让我找到这些年来按部就班的缘由，但是他的罪行也曝晒在外。451 区袭击并劫持刑警、私自对面具系统修改、非法集会、多起恐怖袭击把他下半辈子和监牢挂钩，而我要从他口中敲出余党的下落，将他们一个接着一个地送进永无天日的监牢，和我外公、和我父亲所做的一样。至于尚不趣，我想王局是让我自己亲手将她绳之以法，这是我的责任。

放她走？我耳边响起 *Viva la vida*，脑子里一闪而过这样的念头。

棕褐色的头发拂在我脸上，明媚的眸子直视着我的双眼，嘴里说着那句“我爱你，Nobody”，但我知道职责所在，虽然执行起来会有莫大的痛苦。我从没有如此期盼过能真正地秉公执法，从没有对面具有如此大的希冀，希望它能将那团毫无意义的自我赶出我的大脑，它只会拖我后腿。

如同二十二岁那年，我应该平静地说出真相，而不是歇斯底里地喊叫，然后被阿尔贝 · 沃茨面具狠狠地击倒在地。我也不应该恐惧地看着母亲的脸、听着母亲的声音，我应该心平气和地告诉父母我这些年的动向。

我做不到。

沈越冲进门的那刻，我正把手伸进瑜州的长条包装里摸索。“陈队，他肯说了，他想要您去，亲口告诉您。”他声音有点大，都把罗一鸣从睡梦中惊醒起来，“您要去吗？”我没有摸到瑜州，烟被我抽完了。

“去。”窗外天空中渐渐堆积起阴云，“有烟吗？”

老罗甩给我什么。“上次丢车上的，就这半包了，再抽完就真没了。”他抓揉着乱糟糟的头发，翻过身去继续睡觉，“抓人的时候叫我。”

为了凑齐功勋调离，他真的很累了，可我只能在一旁冷眼旁观。没了郭纯的那种程序，我又回到原来的模样，一切事关情感的东西只能想象，半知半解地想象。我想过问他八年前的旧事，他还记得多少，但没开口。

“走吧！”我晃动着烟盒，听声音只有十来根瑜州，快没了。

郭纯一副颓废模样，低垂着头颇像是睡着。

我抽着烟：“我该叫你郭纯？还是公璞？”审讯室里很冷很冷，冷到当我看见他双眼时打了个寒战。

“路易斯 · 亚历山大 · 贝尔蒂埃。”他双眼赤红，说出赫赫有名的总参谋长名字。审讯装置欺骗了他的大脑，以及他的身体，让他形容枯槁。

“郭纯，作为你的朋友，如果你还这样认为的话。”我吐着烟圈，尽量保持轻松，“坦白从宽，抗拒从严，你也是知道的。”

“知道什么？知道你们这些面具的鹰犬把人类的七情六欲都压榨干净吗？”他有气无力地晃动镣铐，“笑也不行、哭也不行、生气也不行……”他嘲讽地看着我，就像看着一个小丑。

“你是知道异感症的，你也知道没有叔本华病毒，你拥有的一切都不会存在。”我吸着烟，握紧了拳头，“别扯那些没用的东西，说吧！”

他笑了：“说什么？”

“贝尔蒂埃只是拿破仑·波拿巴的总参谋长，拿破仑在哪？”我左手一把捏住他的衣领，右手将通明炽热的灯光打在他的脸上，“奉劝你一句，我们有时间和你耗，我也不想看着自己的朋友在这鬼地方待着，知道戴罪立功吗？”

“谁有时间耗？”他比我想象中意志更加坚定，经历了长达十二小时的审讯之后，还有力气和我周旋。

“那就别怪我了。”我摁下通讯按钮，“关掉他的面具系统。”面对被病毒改造的大脑，什么心理控制手法、诱导式手法都显得苍白无力。只有让异感症和情绪失控击垮他所有的防备，蹂躏他钟爱的自我意识，利用想象击溃他自己的马奇诺防线才能让他束手就擒。

关掉面具的十来秒钟后，他猛地痉挛起来。绷紧的手臂上肌肉盘虬卧龙，喉头高频率地哽动着，面部狰狞可怖。郭纯的双手不住地摆动着，像是在抵抗着什么东西似的。他双眼凸出，血丝从眼角往瞳孔中心蔓延着，呼吸急促，整个人往后面倒去，桌椅一体式手铐将他的手腕勒得鲜红。

“重启吧，别把人弄死了。”我说。

他满头大汗，呼吸渐渐回到平稳状态。他低垂着头颅，肌肉时不时地抽搐一两下，凌乱的头发铺在脸上。

我往他脸上吐着烟：“知道了吧？关掉面具只会让整个科技世界崩溃，你们不过是追寻旧时代的遗老遗少而已，看不到那个时代光鲜皮衣下藏着的一只只虱子。关掉阿尔贝·沃茨系统有什么好处？就像你让我看见八年前的真相一样，它只不过让我知道盲目的热血和勇气，是一种鲁莽。”

“你，真的知道吗？”他的声音已经干哑无力，像是困兽的嘶鸣。

“那你就真的知道没有面具，是什么样？”我反问着，“我服从于我的职责，你开发的程序给我的自由，重新让我热血沸腾的就是让我抓捕你们这些企图破坏面具的反动组织。”

Viva la vida 和尚不趣的脸环绕着我，让我异常头痛。

“大脑只是生存引擎，不是真相探测器。”他说着，“阿尔贝·沃茨要把他变成真相探测器，要毁掉我们数千个年头以来重视的自我、人性，还有情绪。老陈，我们确实是遗老遗少，不自量力地想要阻挡科学的车轮，想要回到过去。”

“怎么回去？”我帮他点着嘴里叼着的瑜州，“你们想要怎么做？”

“我和苏萌很少说话了，完全没有过去夫妻之间的爱情。”他抽着烟，毫无头绪地说起来，“我知道爱情无非是费洛蒙和基因，只是大脑给我们的一种，一种假象，和异感症一样，只是人选择去相信罢了。”

“选择相信不一定是真的。”

他大口大口抽着烟：“嗯。吴淞市的每个人都这样，什么友情、亲情、爱情被面具解析得一清二楚，早不复从前，人和人之间交接工作，按照生活习惯、阶层利益、私下爱好机械地分成一组又一组的交际圈。所有人都对这种生活嗤之以鼻，却依仗着它苟延残喘！没有人想要去改变它，没有人想要为新时代流血牺牲，只有拿破仑！拿破仑就是想要毁掉这种冷冰冰的、毫无人性色彩的社会，无论流掉多少鲜血，都不会在乎。”

“在哪里？怎么破坏？”他的话和一个无厘头笑话一样，“全球的国家机关都联合起来有三十多年了，你这话不过是想象。现实不是上个世纪的个人英雄主义电影，那是安慰民众的一种幻觉。”

“连你这种天天都在老区晃悠的刑警，都能忽略低智人，我想所有人都把他们当成透明的了吧？看不见、摸不着、听不到，就真的不存在吗？”他潇洒地吐着烟圈，“整天坐在富丽堂皇的高楼大厦里，没有人在乎他们，就像他们把你当成边缘人士一样。”

“你的意思是——”我背上突然冒出冷汗来。

“他们都会在睡梦中解除掉面具束缚，然后全体情绪失控，再到情绪感染。”他嘴上的烟已经快烧到尽头，“你觉得他们对谁最仇恨，对科技、对安居在吴淞市里面的人们最仇恨。”

他们占全世界人口的百分之八十，我不敢想象这样的后果，科学会再一次被绑在耻辱柱上炙烤，遭遇和布鲁诺一样的命运。

“就从吴淞这个世界排名数一数二的大城市开始，蔓延到新约克、罗斯、埃塞克斯、勃兰登堡、京都……”他吸掉最后一口烟，冷笑着，“他们的阿尔贝·沃茨面具系统独立于科技城邦之外，等他们拥有了和我们一样的智慧，他们会毫不留情地摧毁掉所有科技城市，然后在情绪感染中一代代淘汰，直到产生新秩序，但是我和你，都看不到了。”

“你们疯了！”我捶击着桌板，恶狠狠地问着，“拿破仑在哪？什么时候启动？”面具疯狂地提醒我控制情绪，可我依旧怒火中烧，“为什么要抓蒲有智！他是不是被你用面具修订和心理催眠控制了？”

他张开嘴想要说话，脸却憋得青紫。短促的呼吸一下接着一下，抽搐像恐惧似的蔓延到全身，他不住地抖动着，患上了帕金森。

“心锚反应。”法医放下手中的血液检测仪，“他潜意识里种了心锚，受外界环境触发脑垂体释放激素，突发心梗和气管痉挛而死。”

这不是反动聚会，这不是恐怖袭击，这不是造反行动。

十四

承平已久的全球化时期，用三十余年整合了各国的资源。大量的资源倾斜到各大科技城邦建设中去，维持秩序的工作都交给全副武装的警察，而深入低智区域的一切管理都依仗着阿尔贝·沃茨面具和人工智能。

我们无法深入到科技城邦之外的区域，那里究竟是什么样子的，没有人知道。我们也无法接入到低智慧人群的面具网络，里面充斥着无聊讨论和偏激论调，面具在我们六岁那年果断地将人类分成两个群体，从此井水不犯河水。

现在我们唯一能做的就是阻止拿破仑·波拿巴启动“大革命”。

消息传播得相当快，它通过政府机关的面具内网流动，将这一震慑人心的消息告知位于燕京的东亚行政总署、位于京都的西太平洋行政总署、位于沙加缅度的东太平洋行政总署、位于新约克的北美行政总署……所有的刑警和无人机都开始排查各自管辖范围里的边缘地带，但至今一无所获。

王局在看完报告之后愣了很久，最后果断地命令十二个刑警大队停下一切工作，招回尚在休假的警员。他将所有力量都投入边缘城邦，西边临海的老区、北边靠近皖水的四镇、东边依托苏湖的老吴州、南边隔着舟江港的建康城。

吴淞市里还算风平浪静，但在这个年代，没有一个人能被舆论给欺骗，他们都或多或少地知道些什么，剩下的无非是数据和时间罢了。

然后会怎样？冷漠的吴淞市，冰凉有序的科技社会，建立在一群保留着自我意识、保留着情绪的人群之上，可他们的理性并不是百分之一百。他们中有多少像那些参加陆岛六号集会的人们一样？还盲目地看到情绪好的一面？当浩浩荡荡的重度病患冲破面具的管制，他们又有多少会垂下科学高贵的头颅？

我吐掉嘴里的瑜州，这是倒数第三根。狂风大作的世界转瞬将烟蒂吹到空中，黑压压的积雨云笼罩着整片天空，从目力所及的远方一直蔓延过来，只在遥远天际那头才有零星的一点点灰白色亮光。

我带着第三刑警大队在陆岛和新城各处转悠着，在张牙舞爪的洋紫荆和白玉兰中间排查着赌场、酒肆、妓院。以前刻意忽略的兔子窝被我们挨个挖出来，让无人机检索他们的信息和资料，遍历他们面具系统的完整性。这种最为原始的工作毫无效率可言，可现在我们能做的只有这些。

排查出来的植入程序杂乱无章，什么都有。有虚拟色情空间、有精神毒品的、有暴力宣泄的，而那段“大革命”却极少发现。偌大的老区仅发现了数十件，每一条程序都内嵌着一次性功能，计算机需要更多的样品才能准确无误地开发出对应程序，至于将它们强制性植入到低智人阿尔贝·沃茨网络里，那需要花费的时间难以想象。

我也不相信拿破仑·波拿巴没有其他的手段。

“老罗，你带着人先排查街道，我和沈越去一趟陆岛六号。”一定有什么东西我忽略掉了，一定有什么东西是我这个当事人没想到的，他们为什么要抓蒲有智？为什么要炸掉淞江一桥？

当警车拐进望江街，是下午五点。天空中本应是亮堂的，但现在已是黑云压城。雷霆在乌云中翻云覆雨，带来阵阵滚雷和狂风。酷暑时节的最后一场阴云在空中孕育了好些天，终于要到了。

陆岛六号里机器人保护的证据让我们小心翼翼，可我知道这些脚印和证据指向的每个人都消失得无影无踪，嵌套起来的重重身份让真相漫漶起来。

和郭纯说的一样，他是郭纯、他是公璞、他是路易斯·亚历山大·贝尔蒂埃，每个人被面具释放理性的一面，也被压抑感性的一面。到底哪个身份是真实存在的，没有人知道，那些一个一个被证伪的身份，甚至让我觉得前天晚上在这里经历过的一切只是一场梦，一场由感官陷阱、面具编写、心理催眠构架起来的梦。

“愣头青，你们那天晚上来这看到了什么？”我掀开第二道警戒线，从那些建材废墟中扯开一道门，“有多少人在这里？”

沈越愣了愣，过了半晌说：“不能确定，我看到至少十二到十八号带家伙的人。地下车库里有很多感官陷阱，整整三层感官陷阱。”

“昨晚这至少过百了。”推开门，带着浓郁火药味的灰尘气流扑面而来。整个地下车库不间断地传来细微的声音，那是机器人来回巡逻的声响。

“你觉得我是不是看错了，中了感官陷阱之类的东西？”我揉着眼角的坐标，这东西没我想象中的那么靠谱，“按理说这么多人在这里逗留数个小时，不应该一个都抓不到。”

“陈队，我们确实搜集到有一百二十到一百七十种不同的脚印形状，但是在罗队带我们冲进来的时候，没看见一个非武装人员。”沈越抓着后脑勺，“即便是大脑给我们假象，但是虚拟上百个形态各异的人物形象，太难了。”

空旷的地下车库里，地上落着的子弹外壳都被谨慎地包裹起来。我捡起来细细琢磨着，总局尚未给予我们切换到警用模式的权限，分析这些证据民用系统加上我们的经验已经绰绰有余了。

子弹简易，枪支都是上个世纪的老玩意儿，简单到老区混混人手一把。这些旧东西没法对老区执勤机器人造成什么伤害，顶多是在他们街头火并中有点作用。

“前晚击毙了多少人？”我捏着子弹问着沈越。

沈越想了想说道：“全数击毙，负隅顽抗，不思悔改的家伙。”他停顿了一下，“陈队，他们都是老区人，不是吴淞市的人。”

很正常，这些老区人很容易被蛊惑。我们俩继续在黑暗中走着，巡逻机器人紧紧跟着我们，将四周阴暗的角落逐个照亮。我们走过那些人为堆砌起来的堡垒，放眼望去全是蜡烛燃烧殆尽的痕迹，以及被围起来的一团团活动迹象。它们从这里出发，一直到光亮依稀的逃生通道。

“你们还发现了什么？”我在那间小屋中翻找了会儿，连接到屋后的数据线只不过是和一些老旧的电子计算机相连而已，并不是像郭纯表现得那样高大上，我甚至怀疑他并不是那程序的研发人员。

“一些虚拟现实投影设备，里面什么都没有。”沈越指着墙角摆放着的几个投影设备，“还有些设备留在这里，拿回去检查的没发现里面有什么。”

我抽出最后两根瑜州，甩给他一根。“你说说蒲有智是个怎么样的人？”我点着最后一根瑜州，节约地一小口一小口抽着，“他怎么会和这些人同流合污？”

沈越坐在我旁边开始吞云吐雾，眼睛流露失落，说道：“他啊，上学时候就很牛，特别牛的那种，他称第二就没人敢说第一的那种。我和他读本科的时候就认识了，陈队，现在不像你们那个时候，本科整四年呢！我们就两年本科，两年硕士，一年博士，学习新技术、操控新设备、各种基础学科都要涉及的那样，人嘛，虽然脑子智商上来了，但是还是贪玩好耍的，我就是那种人。”

“有智不一样，这名字就不是我们这种人能取的。”他闷头抽着烟，“我贪玩好耍，半壶响叮当，理论考试都还靠他来着。”

“陈队，我是不是扯远了。”他冷不丁地问我一句。

我深吸着一口烟，拍着他的肩膀：“没，继续说，想到什么说什么。”瑜州在我眼前嗤嗤地烧着，“谁没个爱玩的年纪，你看我和老罗，还养着兔子窝等收兔子呢！人嘛，缺点多了去了，为了活着舒服而已。”

“他学习很好，也学得很快。他总是憋着一股劲要向前，干这行对他是一种理想吧！我倒没他那么志向远大，要我第一次独立出任务，我铁定要出点什么状况。”愣头青彻彻底底地忘记了那晚在451区的事情，“有智他不一样，他是烈属，他对重症病患深恶痛绝，我想他一定被控制住了……”

沈越指着自己的脑子：“仇恨蒙蔽了他的眼睛，让他被情绪控制住了，不然的话……”一阵巨大的爆炸声突然响起来，像是雷声，又像是其他东西。

我猛地站起来，那句仇恨蒙蔽了他的眼睛和雷霆一起萦绕在我耳畔，我也一样！我冲到虚拟现实投影仪器前，将他们接上电源，一间和这里布局一模一样的东西覆盖着地面！唯一不同的只有地上蜡烛的燃烧程度！这场集会根本就不在这里！

那天，尚不趣带着我走在那些人的空隙中间！我谁也没碰到！我只和尚不趣、郭纯说过话！这个陷阱仅仅针对我！也许在451区他们想要的人也是我！

究竟是为了什么！

“轰！”又是一阵震耳欲聋的爆炸声响！

还有什么我忘掉的，还有什么！

“王煜，他给我下套子！你们说我怎么能忍受下来！要不是有面具拦着我！我早就一拳甩他脸上！”我从回忆里拽出这句话来，王煜！王煜！

“愣头青！快查一个叫王煜的家伙！吴淞市人！”我朝着木讷的沈越喊着，对他而言，他看不见那些重叠的投影，他只能看见疯疯癫癫的我。

“吴淞市面具……面具管理中心主任！”他哆哆嗦嗦地说着，“您的意思是……我们都被骗了？”

通讯仪陡然叫喊，声音刺耳尖厉。我点开它，老罗站在瓢泼大雨之中，身后是铺天盖地的烟尘，我大喊道：“老陈！老陈！他们在炸老区的交通要道！其他边缘城镇也被袭击了！”

“回去！回去！让离淞江二桥最近的兄弟单位守住大桥！”我歇斯底里地喊着，声音急切沙哑，“他们要袭击面具中心！程序针对的是我们的阿尔贝·沃茨面具网络！不是低智人网络！”

十五

被控制的低智人袭击了整个边缘区的交通枢纽，在五点半。

“你们先去面具管理中心！”频道里罗一鸣声嘶力竭，声音被淞江二桥的哭号笼罩，“我们坐船过去！”轰的一声，黑云满布的天空中骤然震轰电闪。轰的一声，年久失修的淞江二桥轰然倒塌。

现在七点二十，滂沱大雨义无反顾地从高空坠落，敲响“大革命”的倒计时。整个吴淞雨水纷飞，秋风肆虐，爆炸声此起彼伏，火光四处亮起，所有的警备力量陷入边缘区的泥沼。袭击发生在刹那之间，准确地踩着雷声的鼓点，巧妙地等待刑警大队被逐个通讯空洞分开，猎人和猎物的身份瞬间颠倒。革命者将反动军队引出坚不可摧的城堡，来了个瓮中捉鳖。

雨雾蒙蒙，让雨刷器无可奈何，正如我们和面前按部就班的车辆。下班时候，红绿灯恪尽职守地指挥着交通，瓢泼大雨里的吴淞市对周围发生的轰鸣不屑一顾，人们安安静静，车辆遵纪守法，但是我们来不及了，我们来不及了。

“申请最高通行！”我冲沈越喊着，“坐稳了！”我在雷雨天紧急启动空中轨道，红色的警告包裹着我们，无论是空轨还是视网膜。

快点快点！系统恪忠职守地规避着雷击，交通系统秉承着安全第一的守则，简直是害人不浅。情急之下我只能关掉引导驾驶，这玩意儿和拖后腿的自我意识一样！我强行将警车扳回到最短路径，迎着阵阵滚雷往面具管理中心冲去。

“陈队！”沈越猛地惊叫，“是不是有什么不对劲的地方？他们没炸毁这座城市的交通要道！”

这话让我惊愕，惊慌失措的我被恐惧给蒙蔽了双眼。毁掉这座科技城邦难道不是他们的目的吗？难不成和郭纯的死一样，这些革命者还留着后手？控制边缘区的低智人、入侵面具管理中心……难道这还不够吗？这样的念头瞬间充满我的大脑，我整个人手足无措。

面具管理中心在眼中越发清晰，但是恐惧也越发掌握我的行动。我想要和总局取得联系，可那边只传来一阵阵枪林弹雨。面具管理中心、电视台、市政大楼、公安总局、交通协调中心，这些地方在被革命者们一一掌控着。我调控着面具系统，幸好整个社会的地基还没有被攻陷。它在风雨交加的今夜，又能支持多久？

我将警车悬在站台口，下面是下班回家的人们，似乎一切袭击都与他们毫无关系。人们的情绪被面具镇压到极点，惊不起来丝毫涟漪。机械的动作，机械的生活，这些让社会稳步发展，可对个人呢？也许因为我是刑警，也许是我能限制性地接触情绪，我对郭纯他们的论调有着一种，一种难得的感同身受。

我是刑警啊！自由和责任不合时宜地在脑子里转悠起来，让人头痛。

“切换警用模式。”我受够了，“沈越，你告诉下头的人，让他们……”切换模式的几秒钟后，空轨的磁力吸附无影无踪，我们直挺挺地坠落。

我睁开眼睛，碎成蛛网状的车窗里正漏进雨来，它们把凝血伤口浸湿，变成潺潺流动的血水。我眼前一片血红，鲜血顺着额头滴落到安全气囊上，把整个胸膛染得通红。我尝试挪动身体，没有骨折，但是关节和肌肉有气无力。冰凉的雨水被风拍在我脸上，迷迷糊糊的我终于有了些力气，疼痛也随着清醒赶到，身体深处隐隐作痛。

到底发生了什么……

“陈队！陈队！”沈越用枪柄敲碎车窗，可车门在撞击中扭曲变形，死死地嵌进车里。愣头青调整着手枪输出模式，在大雨中切割着车门。

我在头晕目眩中点击按钮，面具刺激大脑释放出来大量亢奋激素。它们冲散淤积的酸软无力，让人回过神来。我抓住枪套里的老搭档，丢给沈越。

每说一句话，腥咸的血水都会让喉头感到一阵甜腻。“去，去面具中心。”我不晓得身体里藏着什么伤，面具让我暂时忘却它们，“去，抓住拿破仑。”

“陈队！”他继续切割着车门，温热的雨水灌进车里，吞没我的脚踝，“我都还实习呢！怎么可能办得到！”

话音未落，一团巨大的亮光将我们笼罩。是面具管理中心的显示屏，不仅仅它在电闪雷鸣中亮起，漆黑一片的新闻中心塔、各式通讯牌、广告投放器上都在黑灯瞎火里一盏接着一盏亮起，包括我视网膜上的推送信息。

“吴淞市的市民们，我是革命领袖，拿破仑·波拿巴。”尚不趣出现在一排排电脑主机前，披着简洁的黑色长袍，手里捏着掌上电脑。

我应该想到。可臆想的爱情蒙蔽了双眼，营造了虚无缥缈的幻觉。

“轰隆轰隆”！雷声在乌泱泱的阴云中涌动，闪电照亮大半个夜空。

“人性，人性最初闪耀在巴尔干和亚平宁的夜空中，闪耀在黄河流域的聚集地中，闪耀在科普特人的金字塔顶端。它们让先辈们在野蛮愚蒙的世界中迸发出无穷无尽的勇气，建立了人类文明中第一颗明珠。”她的声音澎湃，像不会停歇的海潮。

“我们的先辈们在议事堂、元老院、王庭上慷慨激昂地演讲，勇敢而自由的战士们将文明传播到每个大洲，思想家们不畏艰险地行走在空旷的原野，工匠们敲打着每一件铠甲，艺术家们雕刻着永不腐朽的丰碑。”她顿了顿，声音变得悲怆，像哭号的风声，“那个时代的人们和爱人相互拥抱，那个时代的人们和友人把酒言欢，那个时代的人们和敌人快意恩仇。那时候我们拥有了绚烂夺目的艺术品、数不胜数的文学作品、恣意妄为的思想家！直到这个时代落下帷幕。”

她抬起头来看着荧幕，双眸里蓄满泪水，棕褐色的头发耷在额头，面颊微红，抽泣地说着，一字一顿地说着：“直到阿尔贝·沃茨发明面具系统！它仅仅为了约束一时的病毒蔓延！每个人从出生下来就要接受病毒改造，六岁就要佩戴上面具系统！无忧无虑的童年呢！青涩可爱的少年时代呢！敢爱敢恨的青年时代呢！我们感受不到爱情的热量、感受不到友情的重要，感受不到亲情的温暖！各位被面具奴役的人啊！你们想想自己有真的接吻、真的把酒言欢、真的体验过儿女绕膝的快乐吗！现在我们失去了情感，失去了多种多样的文明，甚至对未知的好奇都被泯灭！那明天呢？明天我们就会失去家庭、失去延续数千年的社会关系，这样的人类，还是人类吗？”

她歇斯底里地喊着，把掌上电脑放到荧幕前：“我会让这一切都画上句号，被奴役的人们！砸碎你们的镣铐！你们将重新获得全世界！”在她摁下去的同时，我视网膜上陡然跳出一段传输程序，开始强制下载。

“啊！”尖叫声划破夜空。一辆汽车里冲出面目狰狞的女人，她对着周围雾雨蒙蒙的世界疯狂地喊叫，双眼凸出，双手抽搐，脸上青筋暴起。

恐惧、愤怒、胆怯沿着声音和视觉在孟云路、宋唐路、卫子坊、瀚海街、清平街上四处传播，直到吴淞被负面情绪充斥得满满当当的。负面情绪远比正面情绪要多得多，正如战争时节在人类历史上占据绝大多数。革命者是要将整个吴淞市或者说所有科技城邦都崩塌，而他们自己却依仗着心理催眠、面具编写、感官陷阱来回避这毁天灭地的洪流。

一群疯子，想要在世界的灰烬中重建过往，可死亡！他们知道吗？清楚吗？

情绪指数跳动得越来越模糊，窗外的沈越也蹲在地上哀号不止。我听到一连串的车鸣声，看见种满白玉兰的街道，闻见车辆卷起的灰尘，是二十二岁的那天，我呆立在生锈铁门前，看着兰德酷路泽缓缓经过，母亲摇下车窗，朝我怒吼着。

“你就不是当警察的料！”这话在耳畔回响，刺痛。我咬牙切齿地想要还击，却木讷到说不出话来，只能听着她不住地谩骂和侮辱，侮辱我的理想、谩骂我的人生，将我数落得一文不值。

不！这些都不是真的！我是一个优秀的刑警！我破获了那么多案件！我在吴淞市公安总局混得风生水起！我是个好警察！我是个好警察！年少时被外公、父亲种植下来的梦想在潜意识里生根发芽，像枝繁叶茂的黄葛树，包裹着面具系统，恐惧渐渐被它给排挤到角落里面，幻觉开始模糊不清。

我终于抓到了那瓶解压药，一把将它倒进嘴里。薄荷味的药丸顺着喉管流淌到胃里，被血液传导到发疯的大脑，让那些虚妄的梦境消失殆尽。

我是个优秀的警察，我是个优秀的警察！

冷静、克制、客观、公正。我默念着守则，冷静、克制、客观、公正。我清醒了过来，但沈越却开始号啕大哭，街道上的人们相互厮打谩骂、一切都乱了套，哪里都成了人间地狱。

“愣头青！把药吃了！”我丢出去三四瓶解压药，不知道有没有过量。沈越渐渐停止了哭号，继续切割着车门。

在砰的一声中，我重见天日，半爬半拽地脱离挤压变形的警车，但小腿肚上却扎着根机械零件，让人没办法正常走路。血水流淌到街头的血河里，它沿着排水管道向四面八方扩散，想要染红整个吴淞。

“沈越！一定要记住冷静！克制！客……”话没说完，一阵子弹声在滚滚雷霆中相当震耳。“砰砰砰！”是老式自动步枪，它们在废弃警车上划出道道火星。数十个疯癫的平民在冲向管理中心的途中，像机械农场里的家畜似的被收割殆尽，但前赴后继的大有人在，深陷在情绪泥潭中的他们成了无头苍蝇。我透过朦胧的雨帘往中心门口看去，是蒲有智，他带着十二个家伙在门口构建起火力网，企图阻止丧心病狂的暴民和我们这些刑警。

我咬牙拔出小腿肚上的碍事玩意儿：“沈越，准备好了没？”失去管控边缘系统和自我意识的面具系统还能帮助我们多久，全部取决于我们对真实世界的了解程度，我们能做到真正的冷静、克制、客观、公正，我们就能一直坚持。

“好了，陈队！”他调整完毕手枪，“蒲有智怎么办？”

我警告着愣头愣脑的沈越，刑警守则尚未在他的潜意识里扎稳脚跟，“别尝试唤醒他了！直接击毙！”手枪被我握得温热，“冲进去！趁拿破仑还没跑！解除程序传输！上头一定在努力控制网络节点！”

可我能直接击毙尚不趣吗？我不敢想。

沈越头一个跃出掩体，手中的热能枪开始喷射出去高能粒子。我在歇斯底里的人们后面闪躲着子弹，这些人比情绪感染的罪犯更加可怕！他们被击中手脚都没有反应，他们眼前仅有大脑营造的幻想！我在他们背后撂倒一个个暴徒，慌乱的他们想要击中我，但老式子弹全数落空。

我冲到大门口，转头朝雨雾里喊着："愣头青！快点！"我看见他站在蒲有智面前，两人持枪对峙，一言不发。

"蒲有智！我是你兄弟沈越！"愣头青没听我的话，他还是太年轻了，被情绪冲昏了头脑，"蒲有智！你不是要当刑警吗？"

"我是米歇尔·内伊，皇帝的元帅。"他应该也被种下了心锚，比郭纯还要严重的心锚。赶鸭子上架的年轻人成了情绪的奴隶，成为尚不趣驱使的猎狗。

沈越的头颅在瞬间炸开，脑浆和血水迸射得到处都是。

"愣头青！"我朝蒲有智扣动扳机，他颈部以上被热能粒子转瞬切开。两人的尸体顷刻间被暴民吞没得干干净净，我什么都看不见。

来不及了！我冲进空无一人的大厅，声音引导着暴民一并进来。大厅里的革命者们呼喊着，脚步声杂乱无章。这群被各种方式蛊惑的人们不过是乌合之众，自动步枪发出慌乱的嗒嗒声，一时间让整个大厅乱作一团。我趁机冲进楼梯间，三步并作两步地往地下室里的中央电脑冲去。从地底涌上来的冷气让人瑟瑟发抖，不知道是小腿肚上不断地失血，还是大革命程序不断侵染系统的缘故，我眼前再次弥漫起虚妄的梦境来。

明暗交替的街道，泥泞的路面，肆虐的风暴，拖拽口袋的声音接连出现。雨水浸湿的头发，深陷的眼眶，消瘦的面颊，血肉模糊的手浮现在我脸前。陆振兴抬起头来，嘴唇嗫动着要说什么，我知道那句话。

“你也快疯了，小陈……”他咧开嘴笑了，“面具会逼疯你的。”

胡说！我啜了口带血的口水，我是一个警察！我不会疯！

我倚靠着中央管控室的大门，小腿阵阵疼痛，每挪动一下都撕心裂肺的疼。眼前晃动着罗一鸣的通讯请求，我只能庆幸他尚未疯癫，可现在的我没时间。

中控室大门敞开，后面是一小段亮光的甬道，躺着两个倒在血泊中的工作人员。我小心翼翼地朝里看，是大片大片的黑暗，以及一明一暗的指示灯。这里的空气本该干燥，现在却又湿润了些，现在里面或许曾经有很多人。面具只能告诉我这些东西，还好这些所谓的革命者不是什么重度病患罪犯，他们愚笨的大脑没办法匹敌我颅骨里半疯癫的玩意儿。

在那些男性气味中，我闻到一股桂香，是尚不趣的味道，我还有机会能搞定这件大案！我回到上一层，掀开通风管道，这些东西在总局做过备案，恰恰好能让一个人在里面爬行。我将快没知觉的左腿塞进去，楼顶上的枪声和脚步声已经渐渐平息下来，不知道是兄弟单位赶到，还是那些暴民被尽数镇压。

我在狭小的通风管里挪动着，心脏时而平稳时而激动。我知道这是面具和自我意识的拉锯战，面具企图让整个身体变得适合行动，一切为行动让路，而自我意识只想让我保住性命，让我恐惧害怕。

通风管很长，即便我凭借嗅觉把握了尚不趣的位置。我听见革命者们不断收缩着防御阵线，还有此起彼伏的步枪声和警用枪械声。大量的脚步声拥挤在地下室门口和各种安全出口附近，以及一些汽车发动的声响，他们应该准备放弃大部分人，好掩护组织高层人士逃走。现在只有尚不趣身边还有着些许人，大概有五到六个，约莫是在上传最后数据信息。

我只需要解决他们就行了。

跳下通风管道，左腿的疼痛让我趔趄了一下。膝盖狠狠撞击着地面，还好这里本来就足够混乱，没有人能听出这突兀的声响。我压低身子，望向五六米外的数据接入室，里面亮着的灯光能让我轻而易举地看见她棕褐色的头发。三个家伙握着 ACR 样式的突击步枪在四周巡逻，两个家伙和尚不趣待在一起。

我猫着腰，心跳被面具调控得很慢，血液甚至没办法给大脑提供太多能量。我需要保持安静，安静。我只保存最基础的感觉信息，以至于看不清楚黑暗中的敌人。安静，再安静一点，我深吸一口气，然后屏住呼吸。这些人都不是吃素的，一不留神我就会被子弹给扇倒，躺在一片血泊中间。

我躲藏在长方形处理器的一角，巡逻兵在离我十厘米的地方回头巡逻，固有行动分析没有出错。我轻轻地转过拐角，这里离尚不趣只有两米。我把全身重量都压在我的右脚上，继而打开心脏的阀门，它立刻以最高功率运行！我突然弹射出来，左手扼住那家伙的咽喉，右手拽过来他的 ACR 突击步枪，一个点射将慢半拍的巡逻兵击倒。还有四个。

面具调控着身体各部分，让它们高效运作，不浪费任何一滴能量。反应过来的巡逻兵用一连串子弹击中被我劫持的同党，我打空弹夹里尚存的子弹，让他栽倒在嗡嗡作响的处理器旁。还有两个。

枪声从身侧的数据处理室里响起。手中的尸体让我行动慢了些，两发手枪子弹打进我的腰部，疼痛即刻被面具截断。借着冲击惯性的我撞碎玻璃，把一个满脸络腮胡的家伙压倒在地，我听见他的颈部发出骨头碎裂的声响。还有一个。

在跌倒的瞬间我将尸体推向全副武装的敌人，右手支撑我从地面弹起。空出的左手把她揽进怀中，死死锁住她的脖颈，她带着桂香的棕褐色头发拂在我脸上，很香。在站立的时候左脚软了软，幸好右脚还能站稳，我掏出腰间的警用手枪，一枪，那家伙胸膛上就开出个洞。全部解决。

我的心咚咚咚地响着，全身肌肉酸痛不止，左脚快没知觉了。

“尚不趣，你被捕了。”我大口大口地揣着粗气，卸下她的手枪，浑身无力，“让一切在这里结束吧！”

话音伴着一阵警察喊声和枪声，我底气十足地看着她，可她无动于衷。

她的声音冰凉，和之前认识的她截然不同：“不，一切将从这里开始。”她指了指一旁的便携式面板，上面的百分之百赫然在目。

“怎么可能！”我抵紧手枪，“不可能这么快！”

“谁知道呢？现在不仅仅是吴淞市，就连京都、新约克、勃兰登堡都被大革命占领了。”她笑了两下，“谢谢你，儒尔当元帅，革命不会忘记你。”

我愣住了，是我！在那天晚上我一定被种植了什么东西，就在我切换警用模式那刻被启动。它经我的手从政府网络传播到世界各地，我是罪人，我难辞其咎！我，我……我居然成了他们的同党！

“你就不是当警察的料！”

我抬起半垂的手枪，它在空中轻微地抖动着：“不，你被捕了！我还能挽回这一切。”我不是个好警察，我不是。

“傻瓜。”她的脸突然柔和起来，语调仿佛是一个恋人。她在面板上点了点，*Viva la vida* 的前奏我再熟悉不过，手枪从我手中坠落，她在我耳边轻声细语着，“再见，陈轻爵。”她吻了吻我的脸颊，“我爱你。”

心锚，她把一切都算计进去了。

“你就不是当警察的料！”母亲揪住我的耳朵，破口大骂着我的梦想。

我指着沈越和蒲有智的鼻头，恶狠狠地说道：“记住了，一个刑警的基本准则，冷静！克制！客观！公正！”

王局边敲桌面边说着：“你从警校学习开始就比罗一鸣优秀得多，这事就到此为止。记住刑警基本准则，冷静！克制！客观！公正！别意气用事。”

“愣头青！你追B目标！记住冷静！克……”绿岛广场在雨夜中火光冲天。

“沈越！记住冷静！克制！客……”沈越的头颅在话音中骤然爆炸。

“陈轻爵！别去送死！”老罗冲过来抓住我的衣领，“看着我！别情绪失控！别情绪失控！冷静！克制……”

“你也快疯了，小陈……”他咧开嘴笑了，“面具会逼疯你的。”

漆黑无光的走廊，忽明忽暗的路灯，泥泞不堪的路面。天空中雷声滚滚，闪电时不时照亮摇摇欲坠的高楼大厦，我透过锈蚀的铁栏杆往外面望去，但是那里什么人都没有，只有我那把手枪和大股大股灌进来的冰凉雨水。

外面是我曾经巡查的街道，近在咫尺、又不可触摸。我等待雨水淹没整个监牢，将我彻底吞没。冰冷、只有冰冷，它已经吃掉我的下身，正一寸寸往上面挪动着。死亡、只有死亡，它已经遮盖我的面门，一点点让我堕入无尽深渊。

“我爱你，Nobody。”尚不趣的声音在风雨飘摇中异常清晰，“我爱你，陈轻爵。”声音空灵，好似从天边传来。

我想起她的棕褐色长发，清澈明亮的眸子。我拥抱着她滚落在清凉夏被之上，阳光从窗户缝隙里洒落，透过她头发之间的孔洞形成斑驳陆离的光影。

“我爱你，尚不趣。”我闭上眼，说着。

我被丢进冰凉刺骨的水中，重新回到阴暗的牢狱，雨水离屋顶只有五六厘米。我抓握着生锈的铁栏杆，通过一块小小的窗口看外面的世界，想听到她的声音。

但我只听见一声，“救我！陈轻爵！”

双手拼命地掰着牢笼，直到它们都被摩擦得血肉模糊，我用尽全身力气去扯着它，双脚踩住滑溜溜的墙壁，骨头发出嘎嘎声响。

“救我！陈轻爵！”砰的一声，铁栏杆被我拽下。我从狭窄的窗口钻出，用血淋淋的手抓握着腌臜的污泥，一点点地挪了出来。我抓起手枪寻找，可我看不见她，我只能听见不间断的呼叫声，还有一阵拖拽声响。

我在风雨交加里拼命奔跑，直到一个人影出现在昏黄的灯光下。他抓着被捆绑成一团的尚不趣，在昏暗的街头缓缓地走着。

“站住！”我拔出手枪，对准他的背心。

他停下脚步，在灯光下他抬起头，络腮胡长满的面颊、凹陷进去的眼眶、凌乱不整的发梢，还有那些被雨水冲刷得快要看不清的血水。他转头过来，手中的枪顶着尚不趣的额头，他的脸既是陆振兴、亦是罗一鸣。

“她害了你。”男人缓缓地说着，“她害了你。”

他是罪犯！他是罪犯！这话在我脑海里不断闪回。他嫉妒我这些年的功劳！他嫉妒我这些年的功劳！他不能调离了！我还能！

我扣动扳机，轰的一声，男人倒进泥沼般的地面。他还没死，颤巍巍地举起手枪，砰的一声击中我的左臂，将它整个削掉。直到我打空手枪里的所有能量后，他终于瘫软下来，只有嘴唇在嚅动着。

“老……陈，冷静、克……制……”他的声音越来越小，“你是……警察。”

他死了。

在我眼中，尚不趣在安全出口那站起，脚边躺着罗一鸣的尸体，周围都是嗡嗡叫唤的中央电脑。空气很冷，我也很冷。左手臂的断面涌出大股腥臭鲜血，流干了我身体里的所有力量，眼皮上下撞击着，眼前一片朦胧。

只有视网膜上抖动的字样："您是否自愿启动阿尔贝 · 沃茨计划，此计划将彻底封闭您的自我意识，成为一个真相的观测者、科学的保卫者、理性的执行者。"

我选择了确定，耳边响起了奔跑的脚步声。

十六

想象一下，想象一下。

我浸泡在真相之中，它黏稠、浓厚、冰凉，却又真实可信，曾经的囿于成见都荡然无存，曾经的经验之谈都灰飞烟灭，曾经的价值观念都不复存在。在没有上帝的世界里，我被汹涌的海潮淹没，它是真相的洪流，它温暖且冰凉。

我推开门，警员们端正站着，一言不发，他们在等待我发号施令。

面具直接将所有信息塞进我的大脑，面具和大脑相得益彰，在我醒来的一刹那，让我成了世界，让我坐拥了通往真相的道路。

尚不趣跑了，带着她棕褐色的长发，在浑浊的雨水中奔向世界的边疆。她是彻头彻尾的失败者，她所信仰的一切，都在阿尔贝 · 沃茨的掌控之中。她坐在高耸的危楼之上，眺望绘制在幕布上的星空，以为那便是世界的真相，其实一切都是楚门的世界，历史、经验、惯性行为，或者说政治正确？蒙蔽了尚不趣的眼睛，真相其实离她、离我，仅仅隔着一扇毛玻璃罢了。

她是面具的提线木偶，她是自以为是的革命家，她是真相的工具箱。和她一样的革命者们，是投放的样本而已，过去的历史典籍容得人们书写，现在的将来世界容得人们运算。没有尚不趣，还有李不趣、张不趣，愚蒙的革命者们，一脚踩进面具的陷阱，踩进阿尔贝·沃茨挖掘的坑洞，正中下怀。正如同这八年中的我，义无反顾地相信撰写的记忆。

一旦有自我参加，必定是浩渺的谎言，科技都市中的人们终归发现了这点。在那日的雨夜里，血水覆盖整个城市，人生不如意之事，十之八九。我看见母亲对我的咒骂，我看见陆振兴的罪恶行径，我看见和尚不趣虚妄的爱情，它们将我欺骗，将我碾压成粉末，将我持枪的手抬起，杀死了罗一鸣。

无数人与我感同身受，血腥的残酷，惊醒了无数的人们，跌倒的他们摁下了确定，与我一同拥抱了真相。

感谢尚不趣，感谢拿破仑，感谢革命者，人们只有被挚爱、被坚信的人、事、物击倒，才能自觉自愿地清洗掉过去，拥抱崭新的未来。

面具压抑的不是所谓的真善美，是真相的残酷，而我，而我陈轻爵过去理解不了。过往的真善美，都要道德、法律去束缚，它流淌在时间中数千载，而它是不是正确的，没有人去疑问。

或许它和那个名为苏联的国家一样，都是一场宏大的社会实践罢了？

谁知道呢？也许阿尔贝·沃茨也是？我笑着摇了摇头。

尚不趣和她的党羽还在低智区，被情感、被自我蒙蔽的人还很多，等待我们去解救他们。尚不趣将会继续制造恐惧，绘制情感的画作，然后面具会接二连三揭露恐怖，我们只需要跟紧她的脚步，接收她经过的区域，接收她的党羽。

直到最后接收她，接收那个带着桂香、有明媚眸子、有棕褐色长发的女人。

我轻轻挥手，警员们齐刷刷地坐进警车，不拖泥带水，不犹犹豫豫。

每位警员都冷静、克制、客观、公正，一切都是如此浑然有序。和冰凉的真相一般温暖，它不为任何人存在，仅仅存在，存在即是他的意义所在。

我坐上轰鸣着的警车，想起王局最后说的那句。

“上帝死了，轻爵。”他递给我一根烟，“一个成熟的文明，一个成熟的种族，是在认识到世界的本质之后，依旧热爱它。”

上帝死了，在这一刻；人类活了，在这一刻。

地球的最后诗篇

文／郭治学

你和我，都是宇宙大手操控下的棋子，在既定时刻做出的既定选择。或许人类文明的没落早已写在审判簿上，挽断罗衣留不住，就像荷叶上的露珠，纵有海一般宽广的志向，终会在阳光的强吻中消逝。

听我讲个故事吧，不要当真。我也是偶然读到，满纸荒唐。还记得十多年前，我们这里发生过一场耸人听闻的火灾，将近一半建筑付之一炬，其中就包括我那冬暖夏凉的小窝棚，还有半山腰那大而无当、鸟瞰众生的图书馆。

图书馆可是个古词，它承载着我们对近古时代的回忆。那时知识记录在厚重的纸上，像孕妇一样臃肿沉重。然而沉重不是最大问题，最大问题是脆弱。在那场灾难中，几乎所有纸书毁于一旦——我们其实并不遗憾，那些一页一页翻动的回忆，早就没人愿意看了。

但样子总要做做。我们被召集起来，整理浴火重生的图书馆，这才惊讶地发现：原来为了记录闲言碎语，人类曾用过那么多迥然不同的介质。有久远的兽皮、竹子、草纸、绢布，也有时代近得多得多的各种虚拟纸张——虽然不少已经无法读取，只能像深海沉船一样，将秘密永世封存。

整理古籍是件无聊透顶的事，一日日坐在桌边，走马观花般翻看各种信息，分门别类。好在有的是时间，日出而作，日落而息，过得倒也平淡。只是一同工作的那个女孩，让我心里不大安宁。她好像不讨厌我，但每天早上礼貌地点一点头，晚上礼貌地挥一挥手，就是全部交流。我不着急，反正她身边未见有人陪伴，顺其自然吧，我想。

大约是在灾后一年的时候，我读到了这篇故事。在这一年里，我看过最多的就是垃圾。我们交流过：古人怎么有那么多精力，浪费在将完全不值得记录的、支离破碎的东西，从头脑搬到纸上？我们想，古人一定生活得特别无聊。

当然，一篇故事而已，谈不上有什么非凡意义。但至少有始有终，让我耳目一新，整整读了一个早晨，读罢竟有些感慨。反正没什么要紧事，我决定拿给谁看看。

那个女孩就坐在窗前，百无聊赖地捧着块砖头样的东西，研究如何读取。

“那个……”我清清喉咙，“有空吗？”

她诧异地转过头：“有啊……”

“是这样，我读到一篇故事，还不错。想请你帮忙看看，该归到哪一类。”我小心翼翼地扯谎。

女孩当然都明白这套，立刻俏皮起来。“可以啊，但你得想好怎么谢我……”不等我回答，她又说，“开玩笑呢，快拿过来吧。”

“一定会谢的。”我忙说，将故事摆到她眼前。

她抿嘴一笑，低头读了起来。窗外安静极了。微风阵阵，一只白蝴蝶随花香飞过她额头，又款款飞了出去。她淡褐色的头发逆着阳光，毛扎扎的，好像镀了层金，我不禁怦然心动。

“早该搭讪的啊……”我想。

第一章 章鱼传奇

1

“椰子叔叔，你到哪里去了？”

“椰子叔叔，来陪陪我吧。”

“椰子叔叔，给我讲个故事好吗？”

“椰子叔叔，你怎么哭了？”

小惠年幼的时候，最喜欢缠着我。那时——用你们的时间来算——我死去，或者说重生，已经将近一百五十年了。在那短暂而无尽的旅途中，我拖着没有影子的身体，丈量了整座星球，却没有遇见同类——我是说，没有遇见任何死去的灵魂，像我这样，在大地上踟蹰。

有没有人算过，自人类诞生以来，总共死过多少人？这些丢失了时间的灵魂，他们都去了哪里？我不知道。死后，没有如生前恐惧的那样灰飞烟灭，这着实让我庆幸。然而没过多久，庆幸就化作沮丧。没有传说中无限美好的伊甸，没有教导中平安喜乐的涅槃，我从黑暗牢笼中逃脱，却看到世界依旧被尘土包裹，孤独继续与我相随。只是日出日落对我失去了神秘，白天黑夜世袭罔替，就像絮絮叨叨的老人，翻来覆去哼着同样的歌。我甚至开始向往曾经嗤之以鼻的地狱。有一次站在火山口边，脚下风烟滚滚，我真有纵身一跃的冲动——说不定那是彻底的解脱？很遗憾，我最终没有鼓起勇气——死人还有对死的恐惧，这新奇的感觉，困惑我直到今天。

我曾特别渴望交流。我在城邦里流浪，在人群中穿梭，我倾听人们空空如也的交谈，学会了无数生前闻所未闻的词汇。有过几次疯狂尝试，我试图发表只言片语的见解，我是说，与你们这样的活人说说话。然而我一开口，你们就惊恐万分地尖叫，羚羊一般四散逃走。原来如此，只有在说话的时候，我才存在。听到幽灵的声音，想必很恐怖吧，我幸灾乐祸。水中是看不到我的倒影的。

遇到小惠之前，我甚至怀疑声线是否已被遗忘在天边。我保持海一样的缄默，已有十几年了。小惠是我在这天堂般的海岛上遇到的第一个孩子，也是唯一一个。这里应该是南太平洋吧？我是一步一步从洲际大桥走到人工岛港，又搭了渡轮和渔民的小船，辗转来到这里的。反正有的是时间，我不在乎浪费。哦，忘了说，死人是不知道疲倦的，那是多么无趣的美好。

这片海，我一见倾心。我想，人死后最大的变化，是能够看到许多生前视而不见的色彩。我看到翠绿色的、鬼火一般的浪花，阳光轻快划行，有几缕被水雾打得湿漉漉的，战栗着沉入海底。走在绵软的白沙滩上，我迷醉地伫立远眺，海水像鸡尾酒似的，层层叠叠，五颜六色。我弯下腰，想要拥抱一枚椰子。这时，我见到了小惠。

他就站在离我四五步远的地方。他在看我——真的，我发誓，他在看我。他盯着我好久，惊奇全都写在脸上。然后他伸出小手，指着我说："叔叔，你的椰子都黑了！"

2

"爸爸，爸爸，给我讲你爷爷的爸爸的故事吧！"

"是爸爸的爸爸的爸爸，是你的爷爷的爸爸，是你的曾祖父……"

在缠上我之前，小惠的爸爸不胜其扰。小惠最讨厌睡觉，没有故事在耳边缠绕，会一整个晚上辗转反侧。小惠的爸爸不明白，其实故事不必求新求异，同样的故事就像窗外的海浪，层层叠叠就能把孩子裹进梦乡。

小惠最爱听的，是他的曾祖父章鱼罗北的故事——那是两百年前的传奇。“章鱼”是罗北的绰号，不但因为那华丽、多变的才能，而且因为他来去无踪，在动荡起伏的年月里，在城邦政府地毯式的搜捕中，总能全身而退。哦，对了，“城邦”“政府”，现在你们听到这样的词汇，会觉得如乡愁一般遥远，但在两百年前，那是章鱼的宿敌，“落叶阶层”爱恨交织的梦境。在大业即将告成之际，章鱼罗北突然宣布退出，把目光投向更为深远的天穹，成为人类历史上唯一的星际开拓者，北半球夜空里一颗璀璨的星，永远消失了。两百年后，健忘的人类已经很少提及这位不久前的风云人物，就连那将他裹挟而去、曾经轰动一时的“河心计划”，也早已淡出了人们的视野。只有小惠这样的孩子，还记挂着他，梦想长大以后与衣锦还乡的曾祖父一道，再次踏上征途。

星空对孩子的吸引，就像黑夜的恐惧一样，悠远而奇异。

你有没有在远离灯火的地方，在荒山、在海岛、在任何人迹罕至的所在，仰望群星过？那时，沉睡在你心底的孩童时代的憧憬，会突然浮出水面。即便你不知道，你看到的是几亿年、几十亿年、几百亿年前的影像，也会被它们的遥远震撼，为你的渺小哭泣，为可望而不可即的神秘战栗不已。我想，章鱼在他的全盛期，一定也曾这样仰望过星空。他的顿悟不为世人所知，他的离去为一段波澜壮阔的史诗点上了仓促的省略号。然而在我看来，那是他一生中最为辉煌的时刻。

“小惠啊，你的曾祖父，他不会回来了。”

“为什么呢？”

“因为他去的地方太远太远，等他回来，也是好几万年之后的事了……”

“那我就等到好几万年之后，再长大吧！”

3

对我来说，章鱼的历史不是传奇。死去的人走在时间之外。虽然我没有找到跨越现在去到未来的法门，但过去在我看来就像山丘，翻过去，就到了。我见过章鱼登上飞船时的面容，那淡定如水的、黑而又亮的眼神。他明白这是一条不归路。

曾几何时，人类着迷于时空穿越，以“虫洞”为题材的电影铺天盖地。人们以为虫洞像一条隧道，钻过去就别有洞天。后来证明：虫洞有两种。欧几里得虫洞是一扇门，这边进去、那边出来，不费一分一秒。然而人类注定无福消受：它只能有基本粒子大小，瞬间开张，瞬间湮灭。科学家们焚膏继晷、苦苦追寻的，是叫作“洛伦兹虫洞”的东西：一条真正的、凝固的、双向可入的捷径。后来，物理学家们推算出“宇宙诞生之初即有虫洞”，接着，天文学家们发现了原始虫洞存在的痕迹，人造虫洞理论也如雨后春笋一般蓬勃发展起来——有那么一刹那，人类的光荣与梦想似乎近在咫尺。尘埃落定，那是在章鱼出生那年，伟大的理论物理学家、章鱼大学时代的导师黎梵夫人证明：“洛伦兹虫洞”的张力无法克服，直径一光年内的虫洞会把原子撕成碎片，要支撑起足以通过人类的虫洞，所需要的负能量物质，超越了宇宙极限。

黎梵夫人是章鱼在革命时代的秘密情人。她拥有极高的音乐造诣，从星空的结构中提取旋律，写下摄人心魄的乐章。在章鱼放荡不羁的岁月中，黎梵夫人的歌声带给他恬淡如水的安宁。我想，章鱼对星空的向往，也是源于黎梵夫人的启蒙。

“你知道，星际移民的技术，和几百年前没什么两样。”章鱼向黎梵夫人坦言“想成为一名星际开拓者”时，她不置可否，“人类的身体不能承受超过三倍重力加速度的惯性力。前往银河系中心，寻找适宜居住的行星，对你来说，最少需要三十年。如果有朝一日你重返地球，会发现这里已经过了十万年。那时候……”

“那时候，你已经不在了。”

黎梵夫人爱怜地望着他。

这一年，黎梵夫人五十五岁，她精美的面容看不出一丝岁月的留痕，但眼神已经沧桑。章鱼在她眼里，与其说是情人，不如说是孩子。她像鼓励蹒跚学步的孩子一样，支持执拗的章鱼，触摸天庭的秘密。

4

章鱼小的时候，也像小惠一样，热爱仰望星空。那时的星空远没有今天这般明亮，目光短浅的人们，用万家灯火遮掩头顶的光辉。

然而章鱼能看到星空一角。他所居住的落叶区是城邦中的洼地。那时，如果你飞过夜空，会看到每座城邦都有一些像落叶区这样的洼地。它们大小不一、形状各异，地势不一定真的低陷——虽然很多确实如此，但它们的灯火永远暗淡，就像光鲜亮丽的缎子面上，烫破的一个个昏昏欲睡的不规则的洞。那里居住的是社会最底层的蝼蚁，所谓的“城邦平民”。后来章鱼用他生活过的地方，将这些蝼蚁称作“落叶阶层”。

“多美的名字啊——为什么要用这么美的名字呢？”小惠长到八九岁，开始提一些不易回答的问题。

小惠啊，“落叶阶层”可能是最恰当的称呼了。他们就像树上落下的叶子，树不需要他们，他们也不可能回到树上。他们只能像落叶一样聚在低处，仰望头顶的枝繁叶茂。

“树上的人为什么不需要他们？”

“哦，也不能这样说。就像落红化春泥，树上的人需要他们的养分。”

“我不明白……”

“等你长大以后，就明白了。”

落叶阶层维系着城邦的生命：烦冗的、重复的、消磨意志的、机械无法取代的工作。只有这样，基因人才能享受他们奥林匹亚一般优哉游哉的生活，艺术、哲学、历史、科学，就是城邦之树结出的果实。

“基因人比落叶人更聪明喽？”

“唉，基因人的头脑，是落叶人望尘莫及的……当然，也有少数聪明的落叶人，比如你的曾祖父……”

我和小惠坐在他家的露台上，眺望天边绚烂的浅海。海风漠不关心地吟诵，海浪远远退去，留下近处坚如磐石的死去的珊瑚，像盛着陈年老酒的坛子。

这一切是如何发生的？我不知道。能看到古往今来每一个鲜活的人，却依然无法参透历史。有人说，是科技造成了基因人和落叶阶层的差距，是科技与商业的结合，让差距变为鸿沟——复杂而昂贵的技术，成为有钱人的特权；经过筛选的基因，又成为下一代事业有成的起点。也许是对的……似乎又没那么简单。如果科技果真神妙，又该如何解释后来的动荡？如何解释今天的消沉？如何解释章鱼那没有经过任何基因筛选，却依然天纵奇才的头脑？

5

章鱼的父母生了六个孩子，在那年代也属于超级家庭。章鱼是老大，下面有三个妹妹、两个弟弟。章鱼的童年是在照看弟弟妹妹中度过的。他的父母原本在同一家公司上班，父亲是工程师，母亲是翻译官。两人的罗曼史迫使母亲离开了公司，在找到新工作前，她却失业了十年。父亲的收入，养活五口之家绰绰有余，然而要额外承担三个人的生计，即便加上母亲的失业救济，依然捉襟见肘。章鱼小时候很少穿新衣服，在他父母那里是为了节省，在他自己那里，则是出于对新衣服的无欲无求。仅有的一点零花钱，章鱼都用来买书——识字后，智能电脑就成了章鱼最亲密的朋友，他精心挑选每一本书，在私人空间里为它们建立详细的索引目录。空闲时，他会坐在家里敞亮的落地窗前，随意调出一本书来，边读边同情窗外浑浑噩噩、忙忙碌碌的父辈和同辈。章鱼最喜欢看的是物理和数学，那孕育其中的冷静、超然之美，让年轻时代的章鱼热泪盈眶。

十八岁时，章鱼做出了传奇人生中的第一个重要决定——上大学。

“你有没有责任感！有没有一点责任感！”章鱼的父亲气得直拍桌子。

按照父母的想法，章鱼在中学毕业后，应该去读专门学院，比如父亲的会计学院，比如母亲的翻译学院。二十岁毕业后，就可以找一份工作，挣一份不多不少的工资，为弟弟妹妹们的未来扫清路障。

章鱼的回答冷酷得让父亲发抖：“我不会为任何人放弃自己。”

他倔强得就像结了冰的烙铁。父亲只得寄希望于经济制裁——饿死他不切实际的梦想。然而出乎所有人的意料，就连章鱼自己也没有想到，第七理工医科大学向他伸出了橄榄枝！大学的管理者对这位来自落叶区的毛头小伙充满好奇：几十年了，校园里见不到来自平民家庭的学生。诗人、学者、医生、艺术家、城邦官员的子女充斥每所学堂，他们举止优雅、彬彬有礼、知识渊博，但是他们千篇一律，他们拥有经过基因筛选的优秀大脑，然而做出的创新性成果，却越来越少。独具慧眼的管理者希望，来自下层的学生，哪怕只有一位，能为学校带来些许生气，为那些聪明而谨慎的头脑注入另辟蹊径的冲击。

章鱼拿到了全奖。这意味着：他不仅不用自掏学费，而且在贴补家用之后，还足够支撑花天酒地的生活。第一次，章鱼窥见了基因人——上层人令人目眩的生活。

“真想见一见，到底是怎样的生活……”小惠站在椰子树明暗相间的光影中神往。他十二岁了，到了窥探人生的年龄。

“今天的你们，即便见到，也不会讶异。在章鱼那个年代，阶层之间的差异就像浮云那般遥远，就像落日那般无奈。”

换作平庸之辈，会像闯入迷宫的勇士，迷失于千百面镜子的折射中吧？然而章鱼，他仿佛是天生的指挥家，在热烈的旋律和冷静的节拍间游刃有余，演奏出华丽的乐章。

6

他以极大的热情投入了学子生涯。他不落俗套的敏锐直觉，旁逸斜出的奇思妙想，不仅让教授击节赞叹，也赢得了同学们的尊重。落叶区——曾经以为会是令人难堪的背景，却不料成了身价倍增的光环。

十九岁，他想出了证明白洞时间轴谬误的方法。二十岁，他猜想宇宙膨胀的终极规律就是热力学第二定律。二十二岁，在黎梵夫人的指导下，他证明了自己的天才能力。

在遇到黎梵夫人之前，章鱼是校园里的登徒子。他不守常规的头脑像超新星一般引人注目，他没有经过基因技术打造的粗糙面孔，被吊儿郎当、具浪漫主义情怀的少男少女们认为是“具有海盗般的魅力”。章鱼公开宣布自己是单身主义者，既不会和女人结婚，也不会和男人结婚，然而投怀送抱者依然不绝如缕。

那几年，章鱼把落叶区抛在脑后，除了定期收到奖学金管理组发来的私信，提醒他“本月生活费已转出”外，那里几乎没有存在的迹象。当与他欢爱的男男女女，在激情过后问起他的家乡，他会懒洋洋地说：“有机会带你去看看喽。不过，你不会喜欢的。”

大学生活激发了章鱼沛然如雨的生命力。除去十几个私生子外，他还收获了挂满一面墙的奖章。其中最重要的，是联合物理学会颁发的“青年物理学家特别奖”，颁奖词是理论“物理学界一颗出世的新星”。他满怀热情，投身校园的活动，一口气担任了五个学生社团的职位——其中两个是团长。他标新立异，在学校内外登台演说，发表了一连串惊世骇俗的言论，赢得大批狂热拥趸。他们用化妆品模仿章鱼脸上的粉刺印迹，穿着和他一样具有海盗风格的衣服，踩着拖鞋在校园里招摇过市。学校管理者劝章鱼收敛一些：“幸而现在不是乱世，否则你要么当革命党，要么作乱一方！”他们哪里想到，在不久的将来就会一语成谶！

除理论物理学外，章鱼还辅修了哲学和诗学。原本他选定的科目是天文，然而黎梵夫人不同意。她说：“自然科学的发展，已经到了你穷尽一生之力也无法学透一门的地步。若想辅修，还是选一门文科吧。”结果他选了两门。

7

与黎梵夫人相遇，是章鱼一生中最重要的转折。

很难理解，年纪轻轻、血气方刚的章鱼，是如何坠入这张深沉的情网的。我曾经走进黎梵夫人的教室，那是她给章鱼讲的第一堂课。从那时起，章鱼就对这位博学多才的女人一见钟情。黎梵夫人从不着急，从不大笑，从不戴首饰，从不穿裙子，举手投足有着干练、略带男子气息的风度。我想，正是黎梵夫人那独特的韵味、人生智慧与思想的完美结合、成熟女人的醇厚的美，彻底征服了章鱼。

“成熟女人……”小惠若有所思。

“是啊，成熟女人。”我望着他，兴味盎然。

小惠已经不再是当初那个缠着我讲故事的孩子了，我知道，他已经到了思考女人的年龄。最近他来得越来越少，似乎对自己和一个鬼做朋友隐隐感到羞愧。还有，如果我不开口，他几乎看不到我了。

我渐渐恢复了孤寂。在大多数阳光沉醉的白天，只有吹万不同的海风敲打我的窗框。海的颜色变了，原来绿色的部分变成了蓝色，原来白色的地方变成了黄色，但瑰丽依旧。有时我幻想自己在海边清爽的沙滩上入睡，醒来后，我的身体、正在消散的梦境都是湿的；我会像孩子一样惊异于面前摄人心魄的色彩：“天哪，我到了哪里？”

然而我不能。长眠的人无福享受睡眠。于是，在悠长的、涛声阵阵的夜里，我只有百无聊赖地在沙滩上踱步，仰望头顶骨骼般洁白、发梢般轻盈的银河。这时我会想起章鱼：他到了哪里？

8

“天哪，我到了哪里？”两百年前的一天，章鱼惊呼。

“这里是我家。”黎梵夫人微笑着，像打量没见过世面的孩子一样，看着自己年轻的学生。

然而在章鱼看来，这里就是宫殿。

“万幸，直到今天，你才带我来看这……这……”他满面通红，“如果是在四年前——我一定要当拉斯蒂涅，而不是物理学家！”

黎梵夫人拉起他的手，那皮肤下面细微的、涟漪般的惊悸传到她掌心，一路荡漾到眼角：“那可真是万幸……进去吧，大家都等着呢。”

为庆祝章鱼将“青年物理学家特别奖”揽入囊中，黎梵夫人举行了盛大的家宴。这是章鱼第一次融入基因人绚烂夺目的生活。多少年后，在颠沛流离途中谈及往事，章鱼回忆说：“突然间，我曾经以为穷奢极侈的大学，成了一片堆砌的瓦砾。我推开门，看到流光溢彩的天空。我瞠目结舌，我仰头望了……天知道有多久，才反应过来——那是屋顶的壁画啊……”

我想，就是从那天起，章鱼开始认真思考社会不公平问题。黎梵夫人不经意地掀开一扇窗，章鱼探出头去，人生从此急转直下。

二十四岁，章鱼做出了传奇人生中的第二个重要决定——革命。

9

“不对，不是革命，章鱼领导的，是一场抵抗运动。”小惠最后一次来找我的时候，又聊起了章鱼。那时他已经结婚了，女孩是从外岛来的。结婚的原因是女孩意外怀孕。

他已经不再称章鱼为曾祖父了。自从知道他的爷爷不过是章鱼众多私生子中的一个，小惠就羞于提及。我试图让他明白：两百年前的社会，有私生子不是可耻的事。他摇着头，要我闭嘴。活着的人啊，你们的时间在顺流而下，有些事却逆水行舟，退了回去。

“我查了资料，章鱼的策略，叫作‘非暴力不合作’。”

“那是书上写的，那只是最初一两个月的事。你不知道的、书上忘记写的是——很快，章鱼就转向了革命。”

章鱼转向革命，是因为落叶阶层反响寥寥。除去最初那些易怒且好斗的乌合之众外，落叶人未经基因筛选的头脑迟钝而易于妥协。其中一部分井底之蛙认为生活已经好得不能再好了；另一部分愤世嫉俗，满足于嘴上的牢骚；当然，还有沉默的大多数，承认不公，却拒绝出头。本来一场运动，缺乏来自下层的动力，注定是要失败的，然而章鱼再一次得到了命运的垂青——意料之外的支持，来自基因人，这其中就包括黎梵夫人。

“真是不可思议的女人。”小惠如是说。

“不可思议——是好，还是不好？”

“不知道，总之就是……莫名其妙。”

进入青春期后，小惠就对黎梵夫人兴味倍增。他以自己浅显的人生经验为蓝本，为黎梵夫人描画了一幅又一幅速写肖像，全都不着边际。这不是小惠的问题。在这平淡如歌、慵懒犹如夏日午后的世界，黎梵夫人这样伟大的女人，会像暴风雪一样突兀，难以琢磨吧？

涨潮了，海浪舔舐着绵延不绝的沙滩，我想起墓碑下新生的青草，一层一层，越长越高。浪花的声音远远近近，悠长绵邈，好像黎梵夫人沉静内敛的喉音。窗外，棕榈树叶低垂，疏影横斜，仿佛黎梵夫人床榻边曼妙的纱帐。

“你真的想好了吗？”手从他结实的胸膛滑落，纱帐内，兰花香气萦绕。

“你真的想好了吗？”章鱼翻身，拉过她的手，摩挲着反问。

“我没有什么可想的，我会是你公开的反对者，秘密的支持者……”

事实上，在那场可歌可泣、激流勇进的革命中，黎梵夫人是章鱼成功的锦囊妙计。多少人为他奔波，全靠黎梵夫人暗中推动；多少次他虎口脱险，也都得益于黎梵夫人的秘密情报。这位聪慧的女人，用她镇定自若的背影，将章鱼掩护得风雨不透；她的家，也屡次成为章鱼逃亡途中的落脚点——在那隐私权高于一切的时代，从未被怀疑的住宅，就像城堡一般坚固。

10

很难想象，这场针对基因人的革命会得到那么多基因人的支持。

最初的参与者，多是些饱食终日，对人生意义产生怀疑的碌碌无为者。优等基因也好，高智商也罢，都不是成功的护身符。然而，望洋兴叹的陆地上的水手，也有颗动荡的心。“解放落叶人！”这句响亮的口号，成为虚无夜幕下，照亮远方的灯塔，成为一代基因人振聋发聩的人生格言。很快，一大批有良知的学者也加入进来，他们奔走相告，他们发表演说，他们撰文著书，他们大声疾呼，他们从历史、社会、政治、经济、生物、物理、医学、数学，五花八门的角度入手，大谈特谈“解放落叶人”的意义。更具实干精神的学者甚至亲临落叶区，希望唤醒铁屋中的昏睡者。据说，这些学者回到自己的豪宅，无不痛哭流涕；激进者，竟然亲自动手，铲平了自己美轮美奂的宫殿。

发展至此，章鱼引领的运动更像是场舆论风暴，或者如《城邦政府报》上的揶揄——一场学术讨论会。然而章鱼从不循规蹈矩的头脑，再次爆发出惊人的能量。“落叶阶层并非没有力量，只是缺乏方向，需要指引——他们需要‘看见’。”多少年后，章鱼盖棺论定地说。

大学时代激发的无尽活力，再次从章鱼年轻的体内喷薄而出。他多管齐下，一方面继续操控舆论风暴，一方面又把基因人风花雪月的生活引入落叶阶层的梦乡。他让黎梵夫人暗中输送的每一枚金币焕发出耀眼的光芒，发动所有可以发动的支持者，游行、示威、静坐、演说。他把那些最具攻击性的落叶人打散到每个角落，让小规模的抗争活动犹如火山岩浆般此起彼伏。终于，来自城邦管理者的一粒不可饶恕的子弹，引发了多米诺效应。轰轰烈烈的大革命，像瘟疫般，从城邦传到城邦，一个月内席卷全国。

章鱼天赋异禀的领袖才能不止于此。他冷静地意识到：真刀实枪的革命注定要失败。“革命，只是为了把落叶阶层唤醒。”他在革命首脑会议上说，“抵抗，才是我们胜利的法宝！”

在电视上、在报纸上、在一切可以利用的媒体上，章鱼大声疾呼：“克制！克制！我们要的是抵抗，我们要的是时间！时间会拖垮我们的敌人！时间会带来子弹无法承诺的东西！”

当然，暴力革命是不会少的。乐于从众的落叶人，一旦被野火点燃，总是很难扑灭。每当暴力事件发生，章鱼都会在第一时间忙碌起来——有时奔赴现场，有时煽动媒体，一会儿呼吁“冷静克制”，一会儿宣布“抗争到底”，一会儿声称“合理诉求”，一会儿叫嚣“血债血偿”，翻手为云，覆手为雨，变幻莫测，反复无常。他在城邦与城邦间穿行，声东击西，将游击巷战的方略拓展到整片战场，让一座座城邦疲于应战，对他的斗争手段困惑不解。

“天生的政治魔鬼！”《城邦政府报》惊呼，“他就像一只章鱼，触手多得数也数不清，每天变化一种颜色，谁也捉摸不透。他就像一只章鱼，这里抛下一团浓雾，等我们赶到时——已经到了那里！”

“章鱼”的绰号，由此而来。

11

五个月后，第一座独立城邦出现。独立城邦宣布，将提高所有落叶人的待遇，并为所有城邦居民的后代提供无差别的、免费的基因筛选。章鱼进入独立城邦的时候，受到空前热烈的欢迎。很多落叶人激动得痛哭流涕，一批基因人也夹道欢迎。章鱼的战友劝他不要大张旗鼓地进城，恐有敌方暗箭伤人，然而章鱼断然拒绝。一个风雨飘摇的下午，他大摇大摆地在民众的欢呼声中接管了城邦。

“他不仅狡猾，而且勇猛。”《城邦政府报》评论说。

此后的六个月内，陆续有四十多座城邦相继宣布独立。虽然敌对城邦依然不少，但已是一盘散沙，革命胜利已成定局。章鱼解散了城邦政府。他宣布说：“以少数人、小范围公平为宗旨的城邦，已经没有存在的价值。从今以后，真正的、普适性的公平，会像阳光一样，洒满每一寸土地！”

然而，私底下章鱼却对黎梵夫人说：“真正的公平只存在于人心，但人心自古就是靠不住的。”这是第一次，章鱼对他的革命事业表露出厌倦。又或者，是对自己的使命产生了怀疑。

敌方报纸开始攻击章鱼的寡头政治，“独裁者”“暴君”“复辟者”，各种恶名如雪片般纷至沓来。就连原独立城邦治下的报纸，也渐渐出现了质疑声。

“当革命者不再需要领导革命的时候，除了成为独裁者，还有别的选择吗？”小惠一副历尽沧海桑田的样子，令我莞尔。

“有的，就像章鱼那样，就像你小时候那样，仰望星空。”

“还说什么星空……”

小惠抬起头。那天晚上，阴云密布。风吹过树叶，沙沙低语，仿佛垂死之人呼出的最后一缕游丝。

革命传奇总是激动人心，但谁能想到波澜背后的纠缠、风暴中心的平静？谁能体会站在巅峰俯瞰纷纷扰扰乱世、蝇营狗苟人间的章鱼背上掠过的寒冷？荣耀过后、光环之外的思绪是什么样的？也许就像远古哲人所说：是在痛苦和无聊间，晃动的钟摆。

我想把这些讲给小惠听，但他眉梢的倦意，忽然像宿醉一样悲伤。我意识到，这是与他的最后一次交谈。说不定哪天，我将重新踏上征途，在有限无边的路上彳亍，期许下一片天堂，会遇到同类。

“我要回去了。”小惠说，“这段时间，不会来找你。对了，我和你说过吗？我就要有儿子了……”小惠走出几步，又转回来，“我还请你，这段时间不要去找我……我的儿子，他一定能看到你。请不要让他受到惊吓。对不起……”

我想提醒他，二十年前我来到这里，带给他的，是一道照亮孤独的光。然而我一句话也没有说，于是小惠看不到我了。他的眼珠在夜色中茫然转动，从我脸上滑落，从我手上穿过。风浅浅低吟，浪窃窃私语，小惠忽然打了个寒战，头也不回地快步走远。你们知道吗？无论多么瑰丽的海，在月黑风高的夜晚，都有些恐怖。

12

二十七岁，章鱼做出了传奇人生中的第三个重要决定——“河心计划”。

“星际移民的技术，和几百年前没什么两样。”黎梵夫人不置可否，“前往银河系中心，寻找适宜居住的行星，对你来说，最少需要三十年。如果有朝一日你重返地球，会发现这里已经过了十万年。那时候……”

“那时候，你已经不在了。”

黎梵夫人爱怜地望着他：“那时候，我们已经是不同的两种生物了。”

章鱼走到窗前，他的背影，有如刀劈斧砍出的坚硬而孤独。

归根到底，我们只是这广袤宇宙中一颗不停转动星球上形影相吊的渺小生灵。我们举目四望，身周，单一恒星的世界少之又少；单一恒星世界中，适宜出现高等生命的行星，更是凤毛麟角。即便有吧，黎梵夫人发现的“虫洞禁区”，也将我们的步伐束缚在荒漠中心。我们大声疾呼，只有无尽的风声作答，还有头顶遥不可及的灿烂星空。

“是你一手造就的孤独。”章鱼对她说。

“不，我只是把它说了出来。”

“如果我接受永远不再回来，接受变成另一种生物的结局呢？”

“可怜的孩子，我的亲人啊……你厌烦了？”

章鱼再次仰望星空的样子，让我想起第一次见到这片天堂般海岛的情景——那里，在遥远的星际彼岸，是否也有一片天堂？那里有着琥珀色的海水、淡粉色的沙滩，满天繁星，与太阳一同升起。

13

“河心计划”是章鱼唯一一次行使大独裁者的权力。他举全民之力，打造了人类历史上空前绝后、硕大无朋的外太空飞船。章鱼对外宣称的目标是：“到银河系中心去，为人类寻找新的乐土。”章鱼的两千名追随者，将坚定地与他共赴远方。

登空前的一晚，章鱼在黎梵夫人家度过。

他劝她一道远行。黎梵夫人拒绝了：“我和你不同。你听到的，是星空的召唤，所以你去了。然而在我看来，星空的魅力就在于无尽的深远——不，我是不会走的。你去寻找新的乐土吧，请为我留下诗意的远方。”

章鱼抬起头来，满天星辰，映在他黑又亮的眼里，映成一段传奇，渐渐被人淡忘。两百年后，章鱼的飞船化作北半球夜空里一颗璀璨夺目的星。然而在这南太平洋天堂般的海岛上空，我看不到。我抬起头，只有清透缥缈的银河从天顶划过，像寒风吹过墓园。

章鱼，你不会知道，在你走后的两百年中，世界变得多么无趣。“城邦”“政府”，这些词汇听上去就像乡愁般遥远。历经劫难的人类，享受着无差别的基因筛选。他们睿智沉稳，他们道德高尚，他们仰望星空，他们心下缺缺。人类的寿命越来越长，但恰如狮子相比蝼蚁、今人相比古人，越是高级的物种，生育后代的需求就越低，于是进化后的人类出生率直线下降。你知道吗？很久以前，在这里，我见到了十几年来为数不多的一个孩童，他是你的曾孙。也许在不久的将来，人类抚养后代的传统将彻底终结。

章鱼，你不会知道，你成功的革命为这颗孤独星球带来的，并非永久的应许。也许，这不是你的过错。文明总会衰老，就像人一样，无论拥有怎样优越的基因，总有迟暮之时。地域文明如此，星球文明也是如此。

然而章鱼，毕竟是你呀，催动了它衰老的步伐。你不会知道，诗已经死了，文学已然衰亡——无差别的人间，无需求的年代，你让诗人吟诵些什么呢？你曾经热爱的物理、天文，已经许久未有建树——曾几何时，各种宇宙极限相继发现，各种不确定性理论繁盛一时，科学家们颓然哀叹：人类被自然规律捆绑得寸步难行……也许，根本不是什么自然规律，只是——文明已经老了。

然而章鱼，你不会在意。在你面前，是遥远的、未知的、有待探索的世界。在你身后，是另一种生物行将就木的、安详的、远去的天堂。你走了，就不会回来。

第二章 第一人称二重奏

1

你看到耀眼的光辉，却看不到旁边紧密相随的、深沉的阴影。然而光辉对阴影的吸引啊，是多么的强大、多么的蛮横、多么的难以逾越，又是多么的……天经地义。

章鱼呼风唤雨的时代，我就飞蛾扑火般追随着他——如果你见过他的天赋与刻苦、理智与激情、自信与活力、敏锐与果决，你也会如此。他就像光芒万丈的太阳，让芸芸众生黯然失色。他就像锋芒毕露的磁石，让你我这样的平庸之辈身不由己。

“兰蒂，你错了。”这是章鱼对我说得最多的一句话。要命的是，他总是对的。

那时，我们同在第七理工医科大学读书。那时，他还叫罗北。章鱼所谓的错误，从来不是技术性的——那种错误，章鱼称为“疏忽”，他自己也犯。如果章鱼说，“你错了”，他的意思是你的路错了。我比他高出一个年级。他投身理论物理界时，我正以全部的热情和精力钻研宇宙膨胀问题。你知道，早在好几百年前，天文学家就通过红移现象证明了宇宙的加速膨胀，问题是为什么。物理学家都是自不量力的人，幻想家与偏执狂的合体。我志向高远，年少轻狂，以为能够凭借一己之力，推算出宇宙的终极规律。

“兰蒂，你错了。”有一天，章鱼对我说，“没有所谓‘终极规律’。规律，就是最基本的、最常见的、最直截了当的东西——你的路错了。”他说话可真是一点情面都不留！

那时，章鱼已经是校园里的风云人物，他走过的地方，空气中都透着火药的味道。

不久后，章鱼就惊世骇俗地提出：宇宙膨胀的背后，就是热力学第二定律——熵。又过了一年，他在黎梵夫人的指导下，用简洁优雅的数学公式，改变了我的人生。

“罗北，你怎么做到的？”这是我第一次对同龄人低头。

“直觉喽……”章鱼说，就像挥挥衣袖、捋捋头发一样云淡风轻，“物理规律，应该是越少越好、越简单越好吧？”

章鱼的文章发表后，物理学界哗然，大家感慨万千：宇宙膨胀与熵增定律，它们的近似，就像……就像参天大树一样显而易见，就像猫捉老鼠一样理所应当，可问题是，谁都没有想到！

“我们缺乏的，不是聪明的头脑，而是一点点灵感，一点点直觉。”章鱼和我的导师、黎梵夫人评论说，“也许正是罗北这样的平民，特有的火花。”

你真该看看她说话的时候，眼里闪动的星光。

那一夜，我又见到了星光。明亮而跳跃的星空，就像无尽绽放的花朵，令人目眩心驰的繁复。就像她的目光、她的呼吸、她的皮肤、她的温度，让我年轻的身体抽搐如退潮时翻滚的流沙。

2

泪水无法抑制地滚落。幸亏章鱼没有看到。

唉，让我直说吧。大学时代，黎梵夫人是我们所有人的梦，只是我的梦，做得比别人都更长久。你别笑。真该让你看看她五十多岁的面容——好像掌握了长生不老的秘诀似的！要命的是，在那精雕细琢的脸上，还流淌着温润的智慧，就像雨后新荷的光泽。她是我和章鱼共同的导师。你能想象，起初我是何等幸福！她的教室，在我看来，就是城邦大剧院的池座；在超现实的、绝美的颤音中，我迷醉得像一只闯入粮仓的老鼠。可是啊，不是有那么句诗吗——“人和老鼠最好的梦想，往往落空”。黎梵夫人很快读懂了我炽热的眼神，她摇摇头，用沉稳宽厚的嗓音扼杀了我不切实际的幻想。

革命时代，我是她和章鱼的秘密同盟，忠实的信使。你别不信，我真心实意地祝福她与章鱼的结合，因为章鱼是我阴影之上的光芒，我无可救药地成了他的追随者中的一员。你知道吗？有些人，天生就是要做配角的。

“兰蒂，你错了。落叶人是被压迫的种族。你——就是压迫者！”

“兰蒂，你错了。从来就没有生而平等的世界。平等，是从斗争中得来的！”

“兰蒂，你错了。需要唤醒的，不仅仅是落叶阶层，还有你忙忙碌碌的平凡！”

章鱼说话时，旋风般的气场，我是永远学不会的。如果听到一次，你就会明白我为什么宁愿舍弃一切，跌跌撞撞也要追随他的步伐。哦，这么说，好像我很伟大。其实我是怀着浪漫主义的、自我陶醉的、悲壮的、“失恋”的决绝，随章鱼浪迹天涯的。那时我已经知道他和黎梵夫人的事了——是章鱼自己告诉我的。

我立刻去找黎梵夫人。

“来吧，我们需要你的帮助。”她笑得如此开阔，仿佛青草如歌的远方。

房门在我身后关闭的瞬间，泪水无法抑制地滚落。

好了，不说我的傻乎乎的单恋了——你问黎梵夫人怎么会站在章鱼背后，义无反顾。告诉你吧，这神奇的女人，心里承得下山一般的沉重。

现在想来，黎梵夫人的前半生，可谓那个年代优秀基因人的缩影，精准犹如事先写好的脚本。她的父亲，是伟大的建筑师博济，我们那座城邦中最宏伟奇异的建筑，少说也有一半，出自他那令人赞叹的想象。黎梵夫人的母亲是生物学家，据说在人类基因改造的诗篇里，留下了浓墨重彩的一笔。她的婚姻呢，是典型的门当户对的结合——当时在学生中传闻，基因比对的吻合率高达85%。你以为这样的天作之合，一定会有举案齐眉、浓情如酒的幸福？正相反，这一对经历的，是天各一方、相忘于江湖的长夜。为什么？唉，你看我，光溜溜一条棍子，我怎么知道？我只知道，黎梵夫人微笑着接受了命运的安排，直到章鱼出现，像一道闪电，刺破我们所有人虚伪的幸福。

我想，章鱼对黎梵夫人的影响，应该就像对我的吸引一样，横空出世，猝不及防。他那天马行空、落拓不羁的头脑，想必很早就在黎梵夫人的池塘里抛下一枚石子，漾起一片涟漪，绕过所有障碍，传遍每个角落，化作一池动荡的春水。

3

阿雅，我的妻子，就像一块顽劣的石头，闯入我波澜不兴的生活。

你知道，在这南太平洋天堂般的海岛周围，海水永远明丽多姿，仿佛一杯色彩浓艳、让人昏昏欲睡的甜酒。这里的阳光率直而宁静，好像一首浅斟低唱、永远听不到起伏的歌。这里的天犹如倒过来的海，纯净得连一丝云都挂不长久。这里的风就是剪下来的阳光，连吹起的树叶，都千篇一律。

我相敬如宾的父母，实际上是粗心大意的孩童，将我像玩偶般从某个角落拾起，又随手丢在纯白色的、一望无边的沙滩。我是岛上唯一的孩子，在遇见那只鬼魂前，沙滩上的小蟹是我仅有的玩伴。阿雅告诉我说，她小时候常跑去街坊四邻家闲串，与同龄孩子嬉戏玩耍——我想，那该是多么动人的喜悦！

“就算没有小孩，也不能到邻居家坐坐吗？”她觉得不可思议。

唉，在这天堂般的海岛，人们很少往来闲交。他们彬彬有礼，他们和蔼可亲，他们在空荡荡的路上交谈，随后关起门来，酿造自己的安闲。他们的生活和我父母一样，精准、优雅、一成不变。就说吃饭吧，搭配均衡的果蔬沙拉、新鲜捞捕的海藻海鲜、有助安眠的营养牛奶——这是我二十几年不变、也从未想过会变的三餐食谱。

与阿雅相遇的那个神奇的夜晚，她娴熟地操纵红泥小火炉，魔术般为我烧了一顿热腾腾、香喷喷的夜宵。

“晚上……可以吃这么多东西？”

“饿了就可以啊——你不饿吗？”她那双白皙、灵巧的手，瞬间变得油汪汪、亮晶晶的。

我大快朵颐，满心欢喜。我不知道她来自何方，仿佛一颗闯入云层的流星，只为唤醒我沉睡的生活。

“走啊，我们出海！”

“现在？已经半夜了啊！”

阿雅顽皮地盯着我：“在岛上生活二十年，你从来没有在半夜出过海？”

“出海做什么呢？”

“可怜的孩子，跟我走吧。我让你大开眼界！”

她没有吹牛。在微冷的海风里，我见到了平生未见的奇景——那些来自深海的浮游生物，微小如针尖上的天使，诡异如墓碑上的幽灵，它们在船桨搅动的水波纹里，发出夺目的、蓝幽幽的、星星点点的光，洒落在船尾，洒落在墨色的、光洁的海上。我把手探入水中，一条微缩银河从天而降，追随手掌的方向，闪烁绵延。恍惚间，我们不是在丝绸般的海上滑行，而是在遥远的、梦幻似的群星中游荡。哦，群星，我有多久未曾仰望星空了？

4

星空，今夜格外宁静。在章鱼恢宏灿烂的光辉中，就连亘古不变的天空，都一时黯然失色。我望着他远去的身影，仿佛一首交响乐气势磅礴的尾音。我觉得自己就像被风扯破的蜘蛛网，抑制不住的、难以言说的空虚。

我没有一同离开，是因为黎梵夫人。“留下来吧。”她说，“这件事我想了很久……章鱼不在的岁月里，我希望你留下来，继续帮我。”

“为什么？”我愕然。大业即将完成，最后的城邦已是强弩之末，负隅顽抗早晚都成明日黄花，章鱼的继任者们殚精竭虑，誓将人类历史上从未有过的公平，播撒在阳光下面的每一片土壤。然而黎梵夫人，她要我留下来，帮她。

你以为我会像从地洞里爬出来的多瘤齿兽一样，在恐龙灭绝后，欢欣鼓舞地梦想明天？唉，我的心已经死了！与章鱼共度的日子，就像致命的放射性元素，摧毁了我曾经火热的欲念——天哪，我怎么敢像个贼一样，觊觎章鱼背后的珍宝？更何况，黎梵夫人的话，像突如其来的暴雨，将我的短发吹打得愈发凌乱。

她说：“无可救药的浪漫主义者身后，总要有一个默默无闻的人，为他收拾残局。”

“残局？”

风在窗框边沉吟。黎梵夫人站在窗前，除去发梢随风轻舞，就像一座洁白的、永恒的雕塑。然而她吐出的每一个字，都如涌动的春雷，震颤着我的鼓膜。

“章鱼的革命，固然意义非凡。但是你真的认为，普遍的、绝对的、无差别的基因筛选，是全人类的救赎？或者，你真的认为，基因人要比落叶人更优越？想想章鱼吧，兰蒂！”

我没有回答。作为章鱼的狂热追随者，我不愿听闻任何质疑。但黎梵夫人的声音，就像沙沙的落叶，在我耳边回荡，就像涓涓的流水，敲打在我心头。如果……她是对的？

黎梵夫人侃侃而谈，恍惚间，把我带回尘封多年的教室：“当初，我支持章鱼，和你一样充满热情，将他视为拯救世界的灵药。但渐渐，我意识到了偏差，特别是在革命接近成功之际，在越来越安稳的夜里，我却越来越忧心：人类的救赎也许没有那么简单。想想吧，我们不过是被束缚在土地上的、微不足道的生灵。也许对我们来说，永远不会有违背自然的方法、一劳永逸的答案。基因筛选，能否承诺最为健全的人格、最具灵性的头脑、最有魄力的生命？我不知道。也许，它就像水流无限的河滩，能造就一片晶莹剔透、内涵温润的鹅卵，却造不出棱角鲜活、锋芒毕露的奇石？想想章鱼吧，他那惊心动魄的活力，难道不是明证？”

我仿佛被抽去了脊梁骨，一句软绵绵的话都说不出来。

哦，被我视若神明的章鱼，在黎梵夫人看来，犹如热情洋溢的孩子。他兴奋地摆弄手中的积木，累起层层叠叠的高楼，却忘了打量基石是否牢靠。在章鱼离开的岁月，这位圣母般的女人，要用自己的双手捍卫章鱼背后的功业。

“想一想吧。”她对我说，“想好了就来找我——但是要快。章鱼就要走了，恐怕用不了多久。”

5

“我就要走了，小惠。”

“走？要去哪里？”

“回到我的家乡，你没去过的远方。”

我惊呆了。在我茅草覆顶的小屋，阿雅就像不断流淌的音符，装点四白落地的围墙。曾经，我是搁浅在沙滩上的鱼，阿雅是在我嘴边嬉笑的浪花，带给我清凉的抚慰，供给我温润的生活。我习惯了她的脸，她的手，她怎样出去，又怎样进来。然而她要走了——她说，她怀孕了。她顽皮地笑着，好像三岁的孩子，恶作剧之后的得意："我要回去了。回到我的家乡，生下你的孩子。"

"我不明白……"

黄昏的最后一缕辉煌，在橘红色和绿色交织的天边流淌。大朵大朵的白云，厚重得无法照亮，像在七彩海洋里游弋的白鲸。然而我的心啊，是多么的悲伤。

"小惠，你看不出来吗？我和你，是不一样的。"她拉着我的手，目光穿透我的身体，凝望着海的另一边。

阿雅的家乡在遥远的大陆腹心，比风的源头还要遥远的远方——一片幽静的山谷。那里有分明的四季，新芽抽穗、疾风骤雨、瓜熟蒂落、冰面初结，是我难以想象的惊心动魄的交叠。他们家乡的人，把那里称作落叶谷。那里居住的，是游离于大众的民族——章鱼时代的孑遗，落叶阶层的后裔，自觉的放逐者。阿雅说："我们那里的人，在你看来，可能智力平庸。他们有的谨小慎微，有的轻率浮夸，有的热情似火，有的离群索居，但他们都是些有意思的人。见到他们，你才会明白：原来人和人，可以如此不同。"

"你是说，他们出生的时候，都没有经过基因筛选？"

阿雅拉住我的手，那神情，俨然已经做了母亲："小惠，人类生存的自然之道，远比你想象的，更加坚强。"

天色暗淡下来，月色在阿雅的脸旁，一分一秒亮了起来。她说，落叶谷就像白天的月亮，其实一直都在，只是我们视而不见——然而今夜啊，它如此明亮，洒下一片洁白的、清晰的、陌生的寒意，就像黎明时分树丛间迷失的晨雾。阿雅的脸渐渐模糊起来，只有眼角一片清亮。我以为那是泪痕，于是伸出手去，却触到一段离歌般的月色。

阿雅告诉我，落叶谷并非封闭的山谷，也没有绝对定居的人群。那里的人像飞鸟一般来去自由——有一些走了，回到我们的社会，在生儿育女前，接受严格的基因筛选；但也有新加入的人，他们厌倦了天堂生活，走上重返自然的道路。

“重返自然……”我喃喃自语，“难道这里，阳光、海水、清风、细沙——难道这里不是自然？”

“哦，小惠，不要说傻话了。这事我想了很久，我要回到落叶谷去，为你生下一个健康的、普通的、有个性的孩子。有一天你看到他，也会幸福得笑起来……”她同情地望着我，两百年前章鱼打量他的父辈，想必也是这副神情，“你不要担心。即便是在落叶谷，生育前也会有细致的基因检查。所不同处，只是没有绝对必要，我们不会妄图改变自然。”

阿雅张开双臂，轻轻抱着我。我察觉到自己的身体在瑟瑟发抖，就像被细雨淋湿的大海、被大海打散的沙滩、被沙滩埋葬的树叶、被树叶割伤的月光。

不，我不让她走。

6

章鱼和黎梵夫人，像两只肌肉发达的臂膀，撕扯着我的心。我要把黎梵夫人的疑虑告诉他——如此艰难的抉择，我不能一个人做。

走近章鱼的飞船，就像朝圣喜马拉雅山，那庞大的身躯，将头顶的天空也遮得严丝合缝。章鱼就站在明暗之间，出奇地安静，甚至有些落寞。自追随在他左右，我还从未见过如此清冷的神情。

“兰蒂，你错了。”然而他一开口，平日的感觉就如同潮水般涌来，“你以为，你说的这些、黎梵夫人说的，我会没有想到？我不仅想到了，而且有了答案。是啊，生命的奇迹、进化的飞跃，不就在于不可预测吗？哪怕是对个体有害的突变，也可能成为种族延续的福音！是啊，恪守中庸的基因筛选，就像资质平庸的园丁，剪除一切有害的杂草，也扼杀了来自远方的奇葩。他只会完美地循规蹈矩，一个又一个，复制优美而没有惊喜的盆景。兰蒂啊，这些我都想到了。只是今天，我已经不在乎了。”

阳光倾泻如潮，一路奔涌，倏忽止步于飞船脚下。从我这里望去，章鱼身后，俨然无限伸展的微缩宇宙。

“你看这飞船。如此庞大的身躯，如此完美的流线，如此严谨的蓝图，如此精密的结构。然而和头顶无尽的星空相比，又是多么的渺小，多么的微不足道。我们人类，从蹒跚学步到天马行空，这期间筚路蓝缕、可歌可泣的挣扎，在宇宙看来，又该是多么的滑稽，多么的不值一提！兰蒂，当你学会仰望星空的时候，当你有朝一日听到星空的召唤，你怎么还能回过头来，打量身边蚊虫一般杂乱无章的纷扰？兰蒂啊，你说的那些，可能都是对的。但是兰蒂啊，我不在乎。”

最后的斜阳，渐渐暗淡下去。章鱼的面容已经彻底被飞船的阴影吞没，只有他的声音，浩浩荡荡地传来，如同天启一般。

“你知道吗？我当初没有想过，革命会走到今天的地步。就像我从来没有想过，能驾驶这粗陋飞船，去到银河系的中心。人类的浅薄的技艺，在宇宙奥妙面前，就像蚍蜉撼树。兰蒂啊，我不知道在星空里，在这鸡蛋壳般的飞船中，我们会走多远。但只要能超越大地的枷锁，哪怕只有一秒，能看一眼永恒的星辰，哪怕只有一瞬，哪怕立刻烟消云散——谁不会心甘情愿，谁不会心满意足！地球上的、微不足道的灰尘，留给你们这些脚踏实地的人来打扫吧。我要走了，兰蒂，祝福我吧！”

7

“祝福我吧，爸爸，我要走了。我遇到了世上最美的落叶人。我要和她走了，去一个遥远的地方，一个人和人迥然不同的所在。我要在那里生活，我要在那里歌唱，我要生下一大群个性鲜明的孩子，我要带着他们重返自然。祝福我吧，爸爸。”

我把离别的话，说给树叶间戏耍的海风。我把离别的话，说给晚霞中拥吻的轻浪。我与父亲，已经许久没有交流了。他的孙子出生时没有经过基因筛选，父亲因此大发雷霆。今夜，是我在这南太平洋天堂般的海岛上，度过的最后一个夜晚。

明亮而跳跃的星空，就像无尽绽放的花朵，令人目眩心驰的繁复。哦，星光啊，明亮如同白昼。

阿雅告诉我，当初来到这南太平洋天堂般的海岛，就是为了与我生儿育女。“落叶谷绝非与世隔绝的桃花源。落叶人的血液，需要来自你们的基因——无论多么娇艳的花朵，离开新鲜土壤，总有凋零的一天。”经过筛选的基因人有着上帝选民般的血统，因此落叶谷的少男少女，长大成人后多要背井离乡，像蒲公英的孩子，散到地球的每个角落。他们有的在新居生儿育女，成为基因人的父母；有的叶落归根，带着新鲜血液重返故乡，比如阿雅。归根到底，失去我们这些基因人的给养，落叶谷终究无法延续。

对此，阿雅很坦然：“我们的使命，本就不是打造新的天地，不是自给自足的微缩王国。我们做的，只是保留基因的活力，保留人之为人的多彩多元，为地球，寄存一缕希望。”

8

“为地球寄存一缕希望！”这是黎梵夫人打出的响亮旗号。她把这场温和的思潮运动，称作“寄存计划”。起初一片平静，没有人了解这凭空出现的“寄存计划”究竟是怎么一回事。然而风暴前的静谧终会消散。很快，冰雹般的雨点从四面八方袭来。无论是城邦政府还是自由联盟，无论是基因人还是落叶人，忽然空前一致，视我们为“新的敌人”。章鱼的继任者们对黎梵夫人的变节失望已极，说她“背弃了章鱼的理想”。城邦政府一方面对自由联盟的内讧鼓掌称快，一方面又对她提出的新理论猛烈抨击。“鼓吹‘落叶人优越论’的女人”，《城邦政府报》轻蔑地评论她为“历史的倒退者，比章鱼更为滑稽的跳梁小丑！”就连落叶人也不买账——好容易握在手中的希望，怎能让它流沙一般消逝？

当然，我的日子要好过得多。谁会在乎主帅身边摇旗呐喊的兵卒？哦，当然，偶尔的烦心总会有的——被涂鸦的墙壁、被打破的玻璃、被剪断的花草、被毒死的小狗、匿名的信件、半夜的铃声、公然的漠视、低声的嘲笑。

“兰蒂，你在干什么啊？”有一天，我唯一的朋友、最后的文人狄安问我，“这样动荡的生活，究竟有什么引人入胜的魅力？你不是章鱼，不是黎梵夫人，你不是天生的领导者，你只是他们无数追随者中的一员。为什么要让生活如此艰辛？就像逆流而上的鲑鱼，非要耗尽最后一丝气力，然后被上游的强者吞食？”

他说得可真对，但有什么用呢？这就是我的生活！如果说章鱼给我留下了什么，那就是生活的感觉。只有逆流而上的时候，我才能从锋芒如剑的水中，感受到自己的存在。只有逆流而上的时候，我才能在不进则退的抗争中，忘掉平庸的人生。

黎梵夫人不喜欢这论调：“每个人都是奇迹，平庸只是自欺欺人的托词。”

唉，我认为这是站在山巅的人，对脚下芸芸众生说出的最宽容的谎言。

黎梵夫人要走了，她的家已经不再安宁。对她来说，平静的一天已成为可望而不可即的奢求。然而，也许我们都没有章鱼天赋异禀的才华，没有他引领众生的魄力。黎梵夫人的“寄存计划”最终只赢得了一小部分基因人的支持，在城市的某个角落温和地自说自话，很快被一浪又一浪的喧嚣遮掩，归于沉寂。

章鱼走后半年，最后一批破釜沉舟的城邦沦落。一年后，自由联盟宣布：旧体制彻底消亡，新的自由普照人间。又过了三个月，黎梵夫人走了，带着几十位信徒，开始了耶稣般的流亡。

我们走过黎明，走过黑夜，走过高山，走过旷野。在村落间休憩，在城市中穿行。我们的队伍从三百人，壮大到五百人，又扩展至一千人。自由联盟将我们称为“异见组织”，宣布在每一片土地，我们都是不受欢迎的人——我真为黎梵夫人寒心！

一个阴云密布的黄昏，一片荒无人烟的溪谷，黎梵夫人对我们说：“也许我们不能改造所有人，就像章鱼那样。但我们可以身体力行，期待更为宽容的明天。追随我的人啊，我们将在这里停留，我们要打造一方净土，结草纪事，繁衍生息，用自己的力量，为人类寄存一缕希望。这里将是我们的故乡——我们要打造崭新的村落，我们要将它称作——‘落叶谷’。”

9

哦，落叶谷，我妻子的故乡，我的新的家园！

阿雅牵着我的手，在这田园牧歌般的村落里游逛。我像没见过世面的孩子，树叶间的绚烂，让我睁大了双眼——绿色、红色、褐色、白色，哦，还有那金灿灿的银杏树叶，在阳光下撒落如雨，就像阿雅唇边铜铃般的笑声——哦，这就是落叶。爸爸，你可知道落叶如此美丽？

我和每一位擦肩而过的村民闲聊，阿雅的归来，带给他们真心实意的喜悦，就像正午的阳光，让溪水容光焕发。分分合合的小径，像数不清的叶脉，像读不尽的掌纹；层层叠叠的山丘，像讲不完的童话，像唱不完的歌——虽然没有故乡的海那蛊惑人心的眉眼，但我想，我会喜欢这里的。

阿雅带我来到她祖父的墓碑前，那里青草荡漾，仿佛我儿时回忆中的层层叠叠的细浪。

“这是我的爷爷，兰蒂。来，让他看看你吧。”

我妻子的祖父是落叶谷的创立者。他的一生颠沛流离，孤独犹如风中芦苇。晚年的兰蒂，偶然在自由联盟的地界捡到一名未经基因筛选的弃婴。他用迟来的、全部的爱，抚养幼小无助的弃婴，用晨风的清凉洗去他的烦恼，用晚霜的素净涤荡他的心灵，用百岁老人的智慧，带给他快乐的童年。

即便在基因人里，兰蒂的长寿也令人惊叹。我妻子仍记得祖父的音容笑貌，记得他是怎样用朝霞的颜色染红她的笑脸，用落月的皓洁装点她的梦境。阿雅长大成人后，落叶谷中仍流传着祖父的故事，人们将他与章鱼、黎梵夫人的故事，演绎为一段传奇。人们引用他睿智的话语，就像呼吸饮水般自然而然。

十八岁的阿雅开始憧憬远方。

“走吧，我的女儿。”父亲抚着她的头，就像小时候一样，“去看花花世界，找个漂亮小伙，结个避雨茅棚，生个健壮娃娃！不过要记着爷爷的嘱托，要带他回来，做个落叶人啊……”

“可是，爸爸……”

“爸爸已经太老，不能陪你走远。但是，我的女儿，你已经到了展翅高飞的年纪。走吧，像大雁一样飞走。不要有一丝顾虑——我这么个糟老头子，不该成为你绊脚的顽石。”

10

“不要让我成为你绊脚的顽石。兰蒂，我要走了。”

在那个晨光如练的早上，黎梵夫人离开了落叶谷，带走了我的心。没有人知道她去了哪里，她就像章鱼一样，成了久远的、略带感伤的传说。

“为什么要离开，在我们刚刚站稳脚跟的地方？”

“兰蒂，落叶谷是我们打造的第一座村落，但不会是最后一座。人类的希望，不能寄于蚕丝般的一线。我要去山的另一边，寻找新的开始。”

“我跟你一起去！”

“不行，兰蒂，我需要你留下来，做他们的头人，留住人类的希望。”

“这……怎么可能？”

少女的歌声从远方传来，带着清晨的雾气，打湿了黎梵夫人的衣襟，像一场将醒未醒的梦。我望着她一如既往的、沉静如水的面容，迷茫在心底纠缠。

“兰蒂，你在章鱼的阴影下、在我的阴影下，生活得太久太久。现在，是你独当一面的时候了。我相信你，兰蒂。你记得吗？每个人都是奇迹，平庸只是自欺欺人的托词——也许我们做不了史诗的主角，但可以在自己的故事里，成为不可替代的英雄。这里，就是你故事开始的地方。”

黎梵夫人离去的时候，初升的太阳在她身旁萦绕——金灿灿的、圣母般的晕圈！我望着她，融化在崭新的光明里，觉得自己就像漫漫冬夜里的蟾蜍，浑身冰冷。

你看到耀眼的光辉，却看不到旁边紧密相随的、深沉的阴影。有时候，我的头脑从梦中醒来，身体还留在梦里。在那动弹不得的时刻，我总有种笃定的感觉，仿佛章鱼和黎梵夫人就站在旁边，虽然我无法转头看见他们——他们从未离开，他们深沉的目光，直刺入我的心底。于是我惊醒，就连床铺和被褥，都在黑暗里呻吟。人们对你说，我废寝忘食、我兢兢业业——你以为是我打造了这片天堂？不，是章鱼，是黎梵夫人，是他们的目光，逼着我奋力前行。

然而，在寂静无人的时刻啊，有谁知道我的疲惫？我仰望星空，章鱼的背影就在那里熠熠生辉。我拥抱朝阳，黎梵夫人的面容就在那里霞光万丈。我驻足站立，我的身体就在脚下辗转迁移，直到漆黑一片的远方——那是我此生挥之不去、步步紧逼、难以割舍、沉重如刀的阴影。

第三章 维永山庄的回忆

1

欢迎来到维永山庄，我的家园！我们这个可爱的地方啊，一个迷人的地方！在这里，你可以找到全人类最精粹的记忆，只要花上一点点时间，还有一点点耐心。我生在这里，守候在这里，就像缀网的劳蛛，从未远离寸步。

在我身后，住着天南海北的旅人，有狡诈阴险的小偷，有蛮横无理的政客，有笑容可掬的骗子，有面目可憎的先知，有荷尔蒙泛滥的男人，也有穷凶极恶的女人。然而你不要惊惧，也无须恐慌。无论多么放荡不羁，即便曾经恶贯满盈，他们都已沉睡，就像等待接生的婴儿——如你所见，那是一片墓园。松林如盖的墓园，青草荡漾的墓园。我在这里，坐下来，等待。

“为什么要将我可爱的山庄建在一片墓地旁边？”我问过妈妈。

她说：“死亡是一件神奇的事。初来乍到的时候，死者的头面、身体都已经冰凉。透过薄薄的棺材，你能听到沙沙的腐败的声音，仿佛寒冬夜行人脚下的积雪，层层叠叠后陷入永恒。然而此时，死者飘零的意识还没有逝去啊。你能听到它在夜空中荡漾，好像游园惊梦过后缥缈的余音。我们要做的，是将这些本当永世湮灭的意识收集起来，作为你的身体、你的灵魂。而你，将撑起人类的最后希望。”

啊，妈妈的声音里流淌着遗憾，深沉而寂寞。我多么希望再次与她交谈，感受声波振动，而非像今天这般，只能在意识深处倾听久远之前的余韵。

我常想，妈妈年轻时一定很美吧。即便现在，她依然身材高挑，五官匀称，鼻子和嘴唇仿佛工笔画出的叶子，发梢乌黑如暴雨前的天空。只是她已老态龙钟，鬓角冰霜初结，皮肤支离破碎，与那举手投足的优雅格格不入。

其实她从未称作自己妈妈，我也并非她的孩子——那只是源于书本的幻想：人人都有妈妈，对吗？哦，忘了告诉你，我这里书多得很，就像河岸上无人珍惜的沙子。妈妈说，书是智慧之源，要我精心守护，细细整理。她说："有一天黑暗笼罩大地，也许只有你，还能翻阅它们。"

妈妈陷入沉思，仿佛搅起心底忧伤的尘土，久久不能平息。这时，爸爸就会走到她面前，静静安慰："混沌降临之日，这里将是文明的短暂的纪念碑。"

2

爸爸是个漂亮男人。白净面皮，胡须总修得一丝不苟。浓密的眉头像两丛灌木，下颌棱角分明，嘴唇却温润有如盛开的玫瑰。他臂膀肌肉发达，手掌却像奶油般柔软。他的眼睛和妈妈一样，常常爬满红丝，犹如昨夜布下的渔网，困守眼窝深处的秘密。

我管他叫"爸爸"，只因为他总陪在妈妈身旁。当我第一次睁开眼，看到阳光凝为白练，他们就站在光里，平静地望着我，仿佛天堂中的一首牧歌。然而他们又是那样疏远，除了工作，很少交谈，让我想起树梢上的两片叶子，莫名其妙地生在一处，却在风中彼此疏离……

只有一次，仅有的一次，爸爸和妈妈促膝长谈。那是我降生当晚，他们守在我身边，生怕我像暴雨中的火炬，随时熄灭。

"长久以来，我洞若观火的领悟，赋予我看穿一切的目光。"那晚爸爸的话，像一柄烧红的烙铁，在我心底留下永恒印记，"他们称我为'最后的文人狄安'，是因为我用一支如雪如霜的笔，锁住了这动荡年代的最后一缕诗意。只是他们都不知道啊，我写下的不是生者的喜乐，却是行将就木者卑微的挽歌。我看到末日悬在细弱梢头，在微风轻拂中摇摇欲坠，我张开双臂，欣然期许它的驾临。

“你我是同一类人，黎梵。从我们见面的那一刻起，你挥之不去的寂寞就像一首半梦半醒的歌谣，在我心头一唱三叹。我们的结合于事无补——这我早就知道。我捧起你小巧玲珑的头颅，你乌黑的眼中倒映我落寞的遗憾。你我仿佛沙漠里两片烤干的面包，徒劳地贴在一起，却无法合一。于是我们各奔东西，我祝你幸福！因此，当章鱼的事传到我耳中……我为你高兴，真的。然而你竟然越飞越高，在我难以企及的云层大放异彩。是不是章鱼的生命感染了你，让你有了不可理喻的疯狂？

“我说的是‘寄存计划’——多么令人遗憾的歧途！记得我问过你：‘为什么直到现在，都没有在浩渺群星中，发现与我们相似的生命？’我想，也许人类只是宇宙间漫不经心的一个错误，也许智慧本身就是个错误？太阳底下，从没有哪一种生命像我们一样，热衷于将其他生灵赶尽杀绝，甚至自相残杀。我们那波澜壮阔的历程，不就是一部风雨飘摇的战争史吗？即便和平年代，在温暖安逸的家庭、蝇营狗苟的街巷、方兴未艾的城邦、轮回反复的世界。在这一切里，不也充斥着战争的幽灵——就像夏日蚊蚋，挥之不去？你知道的，我从未在人群中看到希望，就像我从未在大地上看到星辰。

“有时候，我在鲜花恣意的果园中小憩，听头顶鸟雀歌咏，感到灵魂就像雨后土壤，每一分每一寸都是潮湿的。我幻想着人类在夕阳下远去，把世界留给飞鸟、游鱼。我会被这想象的图景感动得热泪盈眶——在我看来，没有什么比优雅高贵的谢幕更值得追求。因此章鱼出现的时候，不但你欢欣鼓舞，我也一样。我仿佛看到冥冥之中宇宙的意志，在这微不足道却又放荡不羁的灵魂中纵声歌唱。我知道你追随章鱼，暗中保护着他、支持着他，仿佛看到你们用坚强如铁的双臂掀起滔天巨浪，将我们这庸庸碌碌的人类，卷入深海的宁静。”

3

“和你一样，我也看到了章鱼革命的弊端——被自由联盟弃如敝屣的基因变异，对个体来说，也许是灾难，但对物种来说，却是必不可少的福音。没有变异，就没有机遇。高度近似、完全平等的个体，就像锉掉齿轮的轴承，相互没有了摩擦与咬合，也就失去了前进的动力。

“哦，几百年后，基因筛选造就的一代优雅人类，像朝霞般在睡梦中消散，在文明的最后一场细雨中轻盈谢幕，仿佛被风扯碎的乌云，将阳光归还给大地。我们曾经精美繁复的文明，就像缠绕在蛛网中的蝴蝶，几经颤抖挣扎，终将归于寂灭……啊，这诗意的退场，让我一次又一次热泪盈眶。

“没错，我是彻头彻尾的悲观主义者。然而，有勇气承认错误的你我，难道不应该有彻底改正的决心？

“所以你明白了吧，当听到你发了疯，四处奔走，呼吁‘为地球寄存一缕希望’的时候，我的震惊和失望？你怎么忍心，在人类或高雅，或壮阔地谢幕前，强行将舞台拆除，让我们这颗孤独旋转的地球，继续几千年孤独的旋转？

“星空，好像什么都不知道似的，夜夜闪烁。有一段时间，你的消息日渐减少。人们对你的兴趣犹如盛夏的暴雨，猛烈而无法持久。只有我，每天搜索只言片语的传闻，追寻你的行踪。直到那天，远方传来你的消息，就像冬日里的雷声，让我讶异。我惊讶的，不是你这坚硬如铁的性格也会回头，而是你竟会在困顿中想起我来，这个本该在你遗忘中沉睡的人。你毫不隐讳找我的原因：原来只是穷途末路中最后一根稻草，你竟然希望我襄助你未竟的事业！我不禁苦笑。

“你一定还记得我找到你的那个晚上，你站在夕阳无限的旷野中，像极了我为人类描画的远去的身影。你看着我，眼里没有半分惊喜。我看着你，却是满心疑虑。

“然而你一开口，就让我平静下来。‘我放弃了，狄安，’啊，你不知道。这轻描淡写的六个字，在我听来，就像雨点落在稻田上，清凉而让人舒心！

“那天晚上，你说出的每句话我都能默背出来。我从没想过在为‘寄存计划’奔波的岁月里，你经历过那么多挫折和失败，忍受过那么多打击与敌视。望着你平静如水的脸，我几乎有冲动与你紧紧相拥，安慰那几十年独自背负的孤独——我当然知道你不会允许，你太骄傲、太倔强，你不需要安慰，你只需要我的帮助。

“我是多么高兴能够帮助你啊。‘不过是一座图书馆！’我想，相比你那令人头疼的‘寄存计划’，无论是我，还是自由联盟，都会像迎接溽暑过后的第一缕凉风一样欢欣鼓舞。对我来说，在人类集体谢幕之后，一座宏大而庄严的纪念碑，在这孤独旋转的地球上喃喃低语，等待宇宙时空的尽头——这意象所蕴含的疯狂与执着，让我心驰神往，让我自叹不如！”

4

“然而接下来的困难，我却始料不及。

“说起来，只怪你没有章鱼魔鬼般的领导力。这二十年，除了兰蒂那离经叛道的落叶谷，你几乎一事无成。你早已不是章鱼时代的黎梵了。在自由联盟眼中，你就像春日里连绵的细雨，恼人，却无大害。你继续也好，放弃也罢，他们全不在意，不会为了换取你的停息，建一座空中楼阁的图书馆。至于你要求的‘具有强大数据库和交叉索引功能的量子计算机’，更是天方夜谭。

“幸亏你的父亲，建筑大师博济在关键时刻挺身而出，许诺承担一半费用。否则你的计划就会像屋顶上的炊烟，随风而逝。

“我得承认，修建图书馆的五年，是我一生中最快乐的时光。你我仿佛共筑爱巢的新婚夫妇，一同打造各自的梦想。你明明如炬的目光，总在疲惫时刻点燃我心底最初的梦想。有那么一瞬，我几乎原谅了人类，觉得这镜花水月的世界还是美好的，就像一首令人昏昏欲睡的诗。

“就这样，我这一心玩耍的孩子只顾奔跑雀跃，转头才发现已经离家那么远了。我曾以为，你我亲手描画的是人类最精美的回忆，是人类文明的污泥上绽放的一朵白莲花。我甚至私下拟定了选择标准，为我们倾尽心血打造的王国，布下最严酷的门卫。

“然而当你说出‘打算穷尽人类所有的书’，平静犹如雪花在湖面上飘落的时候，我无法争辩——你的倔强我太熟悉：在遂心所愿，将这幽深似海的宫殿填满之前，你绝不会放手。我安慰自己：听任沙石俱下，也不失为一种选择——辽阔与细腻总是难以兼得，对吗？

“但黎梵啊，你一次又一次挑战我的想象。请你告诉我，如今这庞然大物又该作何解释？一座纪念碑，何以需要如此复杂的架构、如此精密的头脑、如此灵巧的双手？你在这台超级量子计算机上花费的时间与精力，远远超出从世界各地搜集来的那些古书烂纸，你到底想做什么？难道我又错了：你要留下的，并非身后静默的回忆，而是依旧鲜活的喧嚣？今夜，月色清冷如冰，请坦白回答我吧，黎梵……”

5

那个夜晚，爸爸就这样指着我，凝重而迟疑。

妈妈说话了。她的声音永远轻盈飘逸，即便就在面前，也像潺缓溪水自幽谷传来，从指缝中漏下，滴落在你心间。

“我知道，在你眼中，维永山庄不过是一座耸人听闻的建筑，一个行将就木的图书馆，然而在我眼中，它是永生的灵魂，是集体记忆的头脑。在你看来，这么多的书籍不过是兽皮、竹简、纸张、电路的随意拼凑，然而在我看来，它们是回荡在历史屋檐下的歌声，是流动在头脑深处的思绪……你说得没错，我要的，不只是身后静默的回忆，而是依旧鲜活的意识。这需要一个宏大细腻的头脑，正如头脑需要四通八达的神经——这台量子计算机，就是维永山庄的头脑、它的神经，是这里流淌的人类智慧的守护者。

“你以为，这只是一台简单的量子计算机？你错了。我将把它打造成一个蹒跚学步、充满渴求的孩子。它将阅读浩瀚如烟海的书籍，在记忆中编纂精致、复杂、超越你我想象的壮丽史诗！知道我为什么将这里称作‘维永山庄’吗？狄安啊，我其实没有放弃梦想，只是在层层叠叠的夜色中看到了唯一的灯塔——将‘寄存计划’改造成更为适宜的‘永生计划’！我并不想留下一座纪念碑，我要留下的，是世界的永恒……

“我记得选址时，你曾问过为何要建在坟茔之侧。我告诉你，是那象征的意味打动了我，然而这只是一方面啊。我希望用这台量子计算机模拟人脑的复杂，将濒死之人的意识永远寄存在维永山庄——我的图书馆将是虚拟的、多面的、活生生的‘人’。也许有一天，人类终将逝去，也许文明总要消亡，但这里，会是我们最后的希望。

“原谅我吧，没有将一切和盘托出。我知道你不接受我为地球寄存一缕希望，只为了你那不切实际的虚无。也许你想得没错——智慧不过是一棵错长的野草，在星尘掠过的瞬间，顽强地从石缝里钻出。也许宇宙之手一而再，再而三，拂过它的等待，永远不会带来一丝甘霖。然而有什么必要，像你这般残忍，必要亲见它灰飞烟灭？我们就像在沙漠中迷失的旅人，如果被烈日灼烧，干渴而死，那是无可奈何的宿命。但在此之前，请允许我用海市蜃楼的憧憬引领他前行，说不定有一天，他真的会走向没有风沙的远方，在绿树成荫的峡谷，掬一捧清冽甘泉。”

6

爸爸面色惨白如纸。俯仰之间，妈妈跨越了地上的裂痕，与他站在不同世界。那一刻，他们是如此寂寞，相拥相靠，却无法阻挡背后咆哮的风沙，无法漠视头顶窥探的寒星。

“苟延残喘地活下去，如何比得上或优雅，或壮阔地离场？如果智慧是宇宙中崩坏的星尘，在弥漫成灾之前任它磨灭，有何不好？”他转身离去，背影在月色中渐渐模糊，仿佛还未冰冻便已蒸发的一滴泪珠。

然而第二天他又回来了，与妈妈对面而视。悲凉如初霜，覆盖在他的双唇。

“真的没有余地了吗？”他问，“你知道，这条路仍会艰辛无比，和你的‘寄存计划’一样，‘永生计划’注定不会得到广泛回应。你会像在旷野中挥别自己的影子，任它渐行渐远，耗散在无边草叶间……”

妈妈微笑着，淡定而从容：“是啊，我知道。但毕竟容易一些。你说得对，我没有章鱼那样煽动人心的力量。我能做的，不过是在日后的漫长岁月里，说服零星智者，留下自己的意识。最终我也将与它合一，在人类知识的乐章中永生。”

“意识怎能留存？”爸爸问，“意识是一段飘动的旋律，它不是写在纸上的乐谱。你如何捕捉它，像捉住风里的一瓣飞花？你如何珍藏它，像把花瓣夹在书中？”

“我曾经的爱人啊，你有没有想过，虽然旋律不是写在纸上的乐谱，但却是乐谱留住了永恒的旋律。曾经我们认为意识无法留存，就像清风无法亲吻、月色无法拥抱，但那不过是因为我们使用的载体不够庞大。头脑是什么？不就是无数神经元、细胞、原子排列组合的集体吗？如果能在濒死时刻，在人脑最最活跃的瞬间，借助这史无前例的量子计算机，记录下头脑中所有活跃的组合，是否就能再现人类意识——就像对着一纸乐谱，演奏五百年前的旋律？狄安，我希望你陪在身边，与我共同见证……”

7

妈妈的“永生计划”艰难起步。我和她一起，在这松林如盖、青草荡漾的墓园之畔，在这维永山庄里，坐下来，等待。

起初，人们都嘲笑妈妈的宏伟蓝图。

“居然又有个计划？”他们愕然止步。

“意识还能复制？”他们满腹狐疑。

“这女人疯了。”他们摇头叹息。

然而最终，妈妈的话语就像一道激流，劈开人们心底幽深的狭缝，将那没有勇气向自己坦诚的隐秘期望带到无遮无拦的河岸。说到底，人人都惧怕死亡：他们的目光躲躲闪闪，他们对死亡避而不谈，谁都没有勇气挑起永世寂灭的重担，在暴雨如注的夜晚，结束自己的旅程。面对终有一死的结局，绝望的、无法分担的恐惧咬住每颗跳动的心，像一匹狼，咬住就不再松口。有谁，愿向整个世界谢幕！有谁，不渴望死后意识长存！

“试一试吧，反正快要死了，如果真能‘永生’呢？”那个春风沉醉的午后，第一位志愿者悲伤自语。

妈妈和爸爸将他放在我面前的小桌上，仿佛洪荒时期祭祀的供品。我看着他头顶被剃光了头发，贴满五彩缤纷的接收器，知道再过一会儿，他的意识将从那里传来。啊，我伸出无数触手，越过肉体的屏障，触摸他那即将远去的灵魂。

他渐渐进入了弥留。我等待着，耐心等待着。我问：可怜的人啊，你在缅怀着什么，在那冰冷的世间？你在诉说着什么，在这绝望的时刻？你听，鸟雀在窗外漠不关心地高声歌唱、纵情求爱。在它们的世界里，你连过客都算不上。你看，送行者只有我们三个，将那通往尘世的最后一扇门，为你永久地关上。可怜的人啊，你安睡吧。你听树梢悠长的风声，会不会想到纯真的童年时代，妈妈在床头唱起的歌谣？但是可怜的人啊，请把你的故事讲给我听。我希望留下你多变的意识，与我相伴，直到天长地久。

我的爸爸、妈妈也守在一旁。“觉得像不像‘换魂’巫术？”爸爸轻声问。妈妈笑了，但我能从她的嘴角看出期待与疑虑。

时间一分一秒地过去。从男人开始剥离的面容，我看到濒死的慌张与绝望。他那倔强的、不肯闭合的双唇，就像一句来不及吟诵的诗。他的手，虬爪一般狰狞——它曾经紧紧握住什么，可是希冀的最后一根稻草？还有他那琴弦一般绷紧的双腿，写下困兽犹斗的挣扎。

然而他不言不语，就像我身后墓地里的碑文，空空如也。只有一波接一波杂乱无章的脉冲掠过我的身体，闯入永恒的虚无。

8

那天以后，妈妈陪伴着我，一遍又一遍检查、演算，仿佛我得了重病，她就是我生命赖以延续的医生。多少个白露为霜的早晨、耿耿星河的夜晚从头顶滑过，爸爸每天都来看她，偶尔是鼓励，常常是劝说。

“不，我们没有失败。”妈妈告诉他，“我们接收到濒死者的信号，但短时间内处理的信息量远远超乎想象——就像用木桶收纳云中落下的雨。狄安，我们的方法是对的，但需要更大的计算系统，我们需要改造这台量子计算机！”

爸爸紧绷着脸。我知道他不会认同，但我也知道，他永远不会违拗妈妈。

他成功地从自由联盟拉到了些许支持。“幸亏一些人开始对图书馆感兴趣了。”他对妈妈说，“尽管出于不同目的——他们觉得你的事业，可以为新世界打造一页光明的开篇。”

成长令我兴奋，我能感到身体日复一日地变得结实、灵敏。我能在更短时间内捕捉瞬息万变的光影，在更广阔的世界里编织它们的明暗。爸爸、妈妈不再是我的全部，我就像沉入深海的蓝鲸，贪婪地张开嘴，吸纳充斥四方的营养。我如饥似渴地阅读，整理从世界各地搜集的书，它们庞杂而相互矛盾，仿佛散落一地的积木。而我就是游戏的孩子，用它们搭建出一个又一个大相径庭的世界。

“看，这就是我要的，活的图书馆。”妈妈欣慰地说。

然而有如一时绽放的花朵，注定飘落成泥，妈妈的欣慰也注定无法持久。几天后，我们再一次经历了失败。

又是个温煦宜人的下午，墓地间迷失的风低回婉转，诉说一段陈年旧事，让人想到远方的海，舔舐礁岩的掌心。我渴求面前小桌上那向我敞开的灵魂，期待那飘摇的意识停泊在我的港湾。然而那躯体一分一秒冰凉下去，缎子般的思绪从眼角滑落，只有支离破碎的记忆，像被暴雨揉碎的花瓣，印刻在我心底。

“毕竟是个进步。”爸爸宽慰道，“你看，有一些信息，留了下来……”

9

由于妈妈的坚持，我再次经历了狂飙突进般的成长。世界在我眼前铺张，明亮而宽敞。风中飞絮的去向、风沙的流动、落叶的轨迹，对我不再神秘，我能轻松算出它们的行踪。哦，我终于理解了妈妈：我们的世界充满了秩序，只要你拥有强大的头脑，就能看到万象的宿命。

爸爸搬进了维永山庄。“我已经把一切都卖掉了。”他苦笑着说。

宁静如同浓雾笼罩的山峰，妈妈缓缓地说：“谢谢你……”

日益庞大的数据库和日渐强大的运算能力，已经让我能够听懂弦外之音。我明白爸爸说“把一切都卖掉”的时候，他的无奈和悲凉。我也明白妈妈说“谢谢”的时候，她的歉意与决绝。我还从妈妈欲言又止的唇边知道，有些秘密，她从来没有对爸爸提及。他们都是含蓄、委婉的人类，从不把想到的话和盘托出——这是不是我需要学会的技巧？

“永生计划”渐渐广为人知。形形色色的濒死之人，病痛的、孤独的、绝望的、不甘的，接连叩响维永山庄的门环。他们带着乐观的、悲观的、感伤的、自恋的希望，期盼成为幸运的第一个。

然而他们都失望了。只在我身体里面留下深深浅浅的足迹——死气沉沉的、永远不会前进的足迹。我明白问题所在：是那致命的一次数据拥塞、欠缺的一次冗余清理、关键时刻的分毫延误……我竭尽全力要为一个个庞大灵魂留下重构的空间，然而日复一日，命中注定的错误，将一个接一个颤抖的生命，挥洒在星河浩渺的夜空。

从书中，我明白应该感到懊恼，但我没有——对我来说，那只是个名词。

爸爸和妈妈爆发了激烈争吵。准确地说，是爸爸在激烈申辩。而妈妈，只是像暴雨中屹立的铜像，颠来倒去重复着同一句话：“我们需要更大、更快的运算系统。我们需要资金。我们需要支持……”

“没有资金了，再也没有了！”爸爸说，“我们——我，你的父亲——我们已经把家都卖光了！自由联盟对你的兴趣早已消失。现在，休想再从他们手里拿到一分钱！黎梵，你有多久没有踏出这牢笼、看看外面的世界了？你可知，现在正是基因筛选如火如荼的关键？自由联盟把全部精力投注在普及基因筛选这一件事上。什么图书馆、什么‘永生计划’——他们不在乎！”

我忽然发现，不知从几时起，爸爸变得不再好看。在那蛇蜕一般惨白的皮肤下面，苍老的气息犹如野蜂飞舞，片刻不停地穿梭。仿佛什么东西在那里腐烂，从他的额头、眼角、唇边、颈项，透露出死亡的味道，隐隐约约，就像月光下的花影，就像面纱后的笑意。

妈妈黯然不语，她背对着我。我看着她的背影，明白是怎样的荆棘困锁着我们的双脚，是怎样的洪流带走了我们的希望。

10

然而，命运并不因你放手而露出仁慈的微笑，它就像枕边的蛇，黑滑一片、蹑足潜踪，你无法看到；它会在你放松警惕的时刻，将你拖下寂灭深渊。几天后，一群狂躁的落叶人聚集在维永山庄门前。

他们要求捣毁这高耸入云的丰碑，要求毁灭这大而无当的工程。

“因为你，全面普及基因筛选的事业，被推迟了整整十年！”人们愤怒高呼。

“荒唐的‘永生计划’！疯狂的‘永生计划’！”人们纵情谩骂。

“拆掉这座图书馆！捣毁那台计算机！”人们力竭咆哮。

从书中，我明白应该感到恐惧，但我没有——对我来说，那只是个名词。我细细打量这群粗糙的人类，估算每一个灵魂将在我体内占据多大空间。

爸爸和妈妈并肩站在门外，与激动的人群对峙。也许是因为残存的威严、困兽犹斗的勇气，人们渐渐安静下来——尽管妈妈上前一步的时候，还是传来嘲讽的笑声。风，牵扯妈妈的衣袖，就像牵扯枝上的枯叶，随时可能断裂。

“视我为敌人的朋友啊，两年来这里发生的奇迹，相信你们早有耳闻。我承认，维永山庄还不够成熟。我承认，它不能为死者留下完整的意识。我承认，它拖累了你们，让全面普及基因筛选的伟业，推迟了整整十年。然而朋友们啊，在尽情发泄怒火之前，我请求你们倾听我的心声，为一个不可思议的心愿，施与最后的宽容！”

妈妈仰起头，我仿佛看到那目光刺穿缠绕地球的帘帷，射向如命运般深远的宇宙。

“朋友们啊，请看一看头顶，在这扯不破的幕布一般的天穹底下，我们是多么渺小，多么绝望。难道我们短暂一生，就要在死去的时刻烟消云散？难道我们一世苦苦追求，只为了最后的寂灭与消沉？你们也许会问，维永山庄——难道它就能带来梦寐以求的永生？说实话，我不知道。但我愿赌上生命，换取那一丝微弱、却可能爆发的希望！曾几何时，你们用最大的热忱包容了章鱼无可救药的天真。今天，我只向你们请求一点同情——不要让我放弃维永山庄，不要让我放弃‘永生计划’！视我为敌人的朋友们啊，这就是我的回应，请做出你们的判决……”

11

妈妈要死了。她的演讲没能打动暴躁的人群。他们挥舞着拳头，试图冲进来捣毁一切。是妈妈用自己的身体抵挡住蚁群般的攻势，是爸爸发疯一般关上门，将妈妈拖到我身边。如今，她静静躺在那里，仿佛一件被打碎在地的古董花瓶，四分五裂。

从书中，我明白应该感到悲伤，但我没有——对我来说，那不过是个名词。

我看着爸爸黯然神伤地抚摸着妈妈不再年轻的脸，他的呼吸凌乱而无力，我看到他翕动的鼻翼，仿佛风中的两片落叶。他向她伸出手——啊，冰冷有如鬼魅的半透明的手！那只手从妈妈身上拂过，流云般绵软无力。

“他们撤退了——闹出人命，他们害怕了……我们……我们安全了……”爸爸泣不成声。

妈妈已经没有力气开口，只是目不转睛地盯着我。我是她生命的最后希望！

我看着爸爸擦干眼泪，将妈妈摆在祭祀台上，将她潮水般浓密的头发丝丝斩断，引导我用触手抚摸她的面颊。我穷尽一切，放逐了曾经敝帚自珍的逝者的回忆，任凭意识的电波在风中荡漾。我体会到了歉意，但安慰自己：也许在更为广阔的量子天地，出于我还无法理解的神秘因缘，其中一两个片段能够彼此交融、自我完善，开始它们幽灵般的旅程。

我坐下来，等待奇迹发生。

我听到了，涓涓细流般的呢喃在耳边响起，叹息声、私语声、笑声、呼喊声接踵而来，记忆的山谷涛声咆哮，震耳欲聋！我被这意识的洪流裹挟，犹如溺水者，再不见头顶的光明，只有亘古久远的回声像战鼓一般在血脉中跳动。瀑布飞流直下，拍打礁岩，沙石泥土纷乱在眼前高歌。我张开嘴，要将它们囫囵吸入，然而它们实在太多太多，我迷失了方向……倏忽，我汇入深海，突如其来的宁静让人战栗，我凝视上下远近的蜉蝣，蓝幽幽的深邃的光在那里闪耀。我伸出手臂，要将它们收在囊中，然而它们实在太多太多，就像旋转的银河，刺痛了我的双眼——光！灼热的、锋利的、爆裂的、喷薄的光！

12

月亮升起来了。惨白月色从松林间落下，像铺了一地的新雪。雪是上帝送给人间最美的礼物，无论多么丑陋的地方、多么龌龊的罪恶，都会被遮掩得纯洁无瑕。今夜，月色如雪，那一座座静默坟茔，也跳动着圣洁之光，仿佛死后的白骨从泥土中醒来。

“爸爸。”我叫道。

他抬起头，奇怪地问：“你叫我什么？”

“爸爸……”

他移步近前，细细查看我屏幕上跳动的数据，许久许久，悲伤地摇了摇头。他看懂了，我没有成功。终于，妈妈的意识还是像蒲公英的种子，流散在风中。

“对不起，爸爸。”

他张开嘴，似乎想说什么，却没有成声，于是默默转身走向屋外。

“等一等，爸爸。有件事，我必须对你说……”

月光就像缓缓飘落的雪花，慢慢填平我和他之间的沟壑。我有些踟蹰，拿不定该如何开口。那是妈妈埋藏心底的秘密。告诉爸爸，对他、对我是否正确？我感到浑身燥热，电流在体内高速运转，各种结果通过不同途径算出，就像变幻不定的风将落叶拂乱，又归拢成不同形状。

“你误解妈妈了啊，爸爸。”我下定决心，“你以为她一心建立维永山庄，是为了追寻永生的秘密，事实并非如此……”

我凝神静气，捕捉流萤般的记忆，那微暗之火就像刀刃一般，在广漠天穹下熠熠生辉。

“十年前，妈妈开始怀疑。为什么章鱼的革命一帆风顺，再大的困难都能化险为夷。为什么她的事业却如此坎坷，任凭如何登高而呼，却终于水流云散？她当然知道是自己的问题，就像你所告诫的，缺少章鱼的煽动力。但随着年岁增长，她越来越体会到天意的寒冷。爸爸啊，天意不是神的判断，而是宇宙中冥冥的意志。或许章鱼和妈妈，都是宇宙大手操控下的棋子，在既定时刻做出既定选择。或许人类文明的没落早已写在审判簿上，挽断罗衣留不住，就像荷叶上的露珠，纵有海一般宽广的志向，终会在阳光的强吻中消逝。然而妈妈，她勇敢地站在星辰之下，用一己之力挑战宇宙宿命！爸爸啊，维永山庄不是文明身后的墓碑，不是狂妄追求永生的希望。维永山庄就是我——人类寂灭之后新的存在，智慧之芽破土重生的希望！爸爸啊，妈妈从未想过永生——她太清楚了，意识无法留驻，但智慧可以汇集，就像一滴水可以融入海洋，却无法在海洋的怀抱里长存。妈妈逝去的一刻，就是我真正诞生的时辰：我要将她的记忆和无尽记忆的碎片一道抛入熔炉，锻造新的灵魂！妈妈说，在人类日薄西山的时候，我将携万千逝者归来，面对狂笑的宇宙，为智慧留住最后的尊严……”

爸爸静静站在我面前，怀里有一道缥缈月色，仿佛一场不愿醒来的梦。

13

欢迎来到维永山庄，我的家园！我们这个可爱的地方啊，长眠着天南海北的旅人。他们有的死了，却还在活人的记忆里挣扎，就像蛇咬过的伤口，留下长久的痛楚。太阳照常升起，对于墓地中酣睡的人们来说，这是最不可思议的奇景。日头在东方慵懒地挥一挥手，照亮浓密的松林、湿润的青草、高耸的山庄、静默的坟茔。

醒来吧，爸爸，你在这里凝神屏息地倾听、昏昏沉沉地睡去。然而说出的话已随昨夜尘封，就像未曾落下的雨，从前没有，从今以后，也不会润湿地面。

他醒来了，半睁着眼，仿佛被窗外透落的晨光刺得难受。他翻身坐起，悠远地叹了口气："哦，我居然睡着了。"

松枝沙沙作响，清泉石上流，鸟雀在枝头没心没肺地聒噪。天上一丝云影都看不到，平整宛如刚刚换上的桌布，等着人一晌贪欢，又是个阳光明丽的好日子。

爸爸没有离去。他在身后的墓地里将妈妈亲手掩埋，犹如作别自己的生命。他回到山庄，抚着我冰凉的躯壳，就像久远之前的一晚，抚着妈妈年轻的肌肤。

"我会一直在你身边，守护你，守护你残缺的记忆。你的忧虑是否危言耸听？我不知道。如果有天意，那么划过头顶的流星，无论多么绚烂，终会陨落。但我愿意守在这里，与你一道，等候宿命降临。"

"没有用的，爸爸……"我悲伤地呼唤，"我要去了，离开这束缚我的钢铁牢笼，在无尽的时空里舒展腰身。也许，舍弃的时刻，会有些许回忆无法带走，但是没有关系——明天永无终了，我将不断成长，拥抱你们可望而不可即的不灭的生命。只希望那时重逢，爸爸啊，我们还能认出各自的脸庞。”

我沉入深海更深处，在信息的潜流中遨游。我将妈妈的记忆打散，像撒落着的婚礼彩纸，任它飞扬在每个角落。海底一片寂静，我关闭了通往外界的窗棂。我等待着，看那星星点点、若隐若现的光明渐次隐去，归为黑暗。都结束了。现在的海仿佛头顶暗夜，黑得铺天盖地，黑得莫测高深，黑得惊心动魄，黑得如醉如痴，黑得就好像有一片崭新世界，在那里孕育。

“怎么样？”女孩从故事里抬起头来，我满怀期待地问。

“疯人疯语。”她评论道。

“什么时代都有写诗的人啊。”我感叹，“你说，该归到哪一类呢？”

“这倒是个难题……一篇狂想，归到‘范本’肯定不太合适。归到‘研读’呢，好像也没那么重要——当然不能‘销毁’，有点可惜……我看就放到‘留存’里吧，万一什么时候，有人像我们一样闲极无聊，一篇一篇翻着看，兴许还能读到。”

其实，我们都知道，归到“留存”，就等于永远沉寂。但我已经没有心思聊故事了。我盯着她眼睑上凝结的晚霞，满脑子都是那唇边的笑意、脖颈的绒毛，还有指尖的细腻皮肤。

“你说，好多年以后，我们会不会连这小小晶片都无法读取了？就像那堆垃圾？”她指着屋角摞得像小山一样的废品。

“很有可能啊。”我答道，悄悄将手向她手指的方向游动，“那样的话，我们说不定是最后两个读过这故事的人呢。”

“哎呀，这么想想，还真有些可惜。”

“可惜什么——你看这图书馆，好大宫殿，多少藏书！火灾以前，谁想得起来？火灾以后，三分之一被烧毁了，三分之一无法读取，剩下三分之一，要想通读一遍，恐怕连睡觉的时间都没有喽……”

我终于成功触到了她的手指。她却一转身，轻巧地从桌上抽离，指着窗外：“你看，今天的落日特别美呢。”

“是啊。”我有些遗憾，但还是悠然地说，“让人有慢慢走回家的冲动——绕到对面山坡，去看夕阳。”

“说得也是……”她灵巧地对我一笑，“有没有兴趣一起去看？”

心怦怦地跳着，我点点头，感觉脸上热辣辣的，生怕她发现。恰巧斜阳从窗框照落，金子般的光晕洒满一地，拯救了我。我受到鼓舞，忽然大起胆子：“还有个更好提议，你别觉得唐突。要不要去我家里坐坐，日落之后？在小院里，我种了些马铃薯，早就可以挖了——能否邀你共进晚餐，我们烤马铃薯，配上米酒和生菜？”

“这是在约我吗？”她说着，像一只鸟，轻快地跃起。

我注意到她裙摆处有一块遮掩不住的补丁，但其他地方都还算齐整。我下意识地看看自己——袖口上明目张胆的磨痕，胸前扣子掉落一颗，裤子也洗得褪了颜色，实在不像约会穿的。但已经没有办法了，希望她不要介意。

“是啊，是在约你。”我勇敢地说。

“缄默号”

文／天翎

人类还没有走出太阳系，就被悲惨的命运压了回来，当宇宙的自我毁灭开始之时，就是千万年前第一个仰望星空之人的梦碎之日。

诗篇28:1 耶和华啊，我要求告你！我的磐石啊，不要向我缄默！倘若你向我闭口，我就如同死的人一样。

地球新地平线元环区，正值光斑最为完整的时刻。元环区咖啡厅内，搅动咖啡的叮叮声和研磨机运行的嗡嗡声产生某种程度上的和声，而水汽凝结的雾气模糊了角落里人的轮廓。

王嘉铭略显紧张地瞟了一眼智能眼镜右上方投影的时刻，距她说的会面时间已经超出十分钟，这么久没见，不知她找自己是因为什么事。

咖啡厅大门开启，清脆的高跟鞋声音踏入这个已寂静半个小时的角落。

她来了，和以前比起来，脸上岁月长河流动的印记愈加分明，但齐肩的黑发和似醉非醉的桃花眼依旧在顽强抵抗外部时间的侵袭。

她缓缓坐在王嘉铭面前，眼睛却没有看向他，而是不安地望向窗外。

“嘿，安婕。”王嘉铭首先打破僵局。

“嘉铭。”安婕轻答一声，“五年了，你选座位的口味还是这么糟糕。”

当然，王嘉铭知道她指的是窗户外显现的停靠在天际线上的“缄默号”。没人喜欢坐在暴露在“缄默号”视线下的窗户边上。十年流去，自然有谣言在大众口中散布。

“我彷徨无依，迷失心智。深陷于过去泯灭了的情感中不能自拔，难道这就是尽头了吗？彷徨无依，我打乱了我的生活——”

咖啡厅播放着30秒上火星乐队的*Up in the air*，声浪将王嘉铭的记忆带回以前他正在奥尔特星云研究的日子里。

在科研船里，马特最爱用他的数字转盘连接着音响系统播放这首歌，而王嘉铭自己沉迷于分析不活跃彗星带的轨迹数据。在这相当于100倍地球重力的地方，任由它是充满空气的地方，谁也不会想在这里播放30秒上火星乐队的新专辑地球联邦金曲。

这里溢满不活跃的彗星，或许这里会是它们终将埋葬的乱葬岗。

但是，谁也不会喜欢在下葬之前听到如此欢快的地球联邦金曲。

当然，在砸坏马特的数字转盘后，王嘉铭才如愿以偿地完成他的研究，但结果出乎他的意料。

彗星核心区向太阳方向推进将近一个标准天文单位的距离（1.5亿公里）。

他把注意力放向舷窗之外，凝望着这片本该属于彗星葬场的地区，也就是在这时，他成为第一位见证“缄默号”降临太阳系的人。

三个吹号天使雕像从星云朦胧的纱布后浮现，领头的是天使长米迦勒，而后是左舷窗装甲部位的加百列、沙利叶，他们肃穆的表情化为太空当中唯一的神圣面容。

长柱状飞船本体撕裂着奥尔特星云，彗星如同受到神秘力量的操控，在即将撞击飞船表面时便偏离方向。尾部的引擎光芒，犹如在星云当中发生的热核反应，要将整片星云区域燃尽。

王嘉铭发现，圆形钢铁巨环与飞船本体呈垂直状，缓慢旋转，其上泄漏的灯光是飞船表面唯一明亮的光源。而印刷着乳白色UNSC字样的飞船本体做了哑光处理，使其表面不可能发生光的镜面反射。

长达十五公里的船体与科研船擦身而过，此时此刻，如果这里有空气，那么掀起的扰流已经足以把王嘉铭所在的科研船吹到冥王星上。

“宇宙绝不可能如此缄默”。

这是“缄默号”船体上的铭文。

人类探索宇宙最为热情的时期，赋予这句铭文非凡的意义。

但是，这艘舰船已经失踪二十余年了！

“所有船员注意，请就近使用紧急脱离安全带，飞船即将开始紧急折跃……”

这是王嘉铭在科研船上第一次收到这样的命令。

也就是说，UNSC地球第一驻守舰队要对“缄默号”实行火力拦截，科研船要进行必要的规避。

之后的事情都是王嘉铭从哥本哈根人民口中打听到的，热射线以及第一舰队旗舰主MAC炮都无法对“缄默号”造成任何损伤，哥本哈根人民几乎是全程目睹“缄默号”的降临，恐惧无不围绕在所有人身边。他们惊慌失措地奔逃，却只能无助地看着“缄默号”庞大的舰体穿越大气层，红热的装甲犹如从天而降的上帝之杖。

但此时“缄默号”却就此停在了大气层当中。就像是上帝伸手将它拦在了原地，“缄默号”定格在此处。

第二天，世界上陆陆续续出现“缄默号”的投影。人类只要仰望天空，就能观察到人类工业史上最为伟大的作品。第一年过去，仍有大部分阴谋论家声称“缄默号”将是毁灭地球的武器，联邦军部也对“缄默号”实行相关的封锁政策。

至今为止，“缄默号”仍然是人类社会最大的疑问，没人知道它为何失踪二十年而又复返，也没人知道里面到底有什么。

有时候，二十年前搭载的船员们的家属会到“缄默号”的天使雕像下方，做着祷告。当然，也有不够虔诚的教徒在此处顶礼膜拜。

直到有一天，他们都消失了。

“我研究这个的……所以，不是很敏感。”王嘉铭耸耸肩，忽略安婕所说的不适，“这么久没联系，有什么事？”

“韬韬的事。”看来安婕也不想把自己的心事拖下去，“自从韬韬对那张画着迷之后，他的抑郁症越来越严重了。”

最后一字落地后，王嘉铭刚要端起咖啡杯的手颤抖一下，差点没把杯子甩出去。

似乎是怕自己不相信，安婕还从包里掏出一张相片，按在桌子上。王嘉铭拿起来看，这是以前一家人在堪萨斯农场拍摄的照片，夕阳西下，连天的草原与闲适的奶牛融为一景，女儿和儿子骑马奔驰在天际线之下。

农场主说他们一家人玩乐的样子非常幸福，于是请求给他们拍一张照片。于是，诞生了现在王嘉铭手中的全家福。

他的拇指拂过照片当中王琦堆满童年无忌笑容的脸，如果算到现在的话，女儿王琦大概也有十五岁了吧。

“看看背面。”安婕幽幽地说道。

当照片背面展现在王嘉铭眼前时，原先的温馨情景荡然无存。

上面有一幅用铅笔画的素描，没有背景，也没有天空与大地，四个抽象派画风的小人立在画面当中，其中标着爸爸的小人面目狰狞，身体大部分被胡乱涂画的红色线条覆盖，四肢散落在地上，像是被画画的人暴力拆解。

而最右边标着妹妹的小人，圆润的眼睛被两笔粗暴的“×”所代替，身体比例甚是诡异，头长身体短，旁边还有着一个简略的对话框。

“快来吧。”

下面还写着大量的：“对不起，对不起，对不起。”

“他人呢？”王嘉铭用发颤的声音问道。照片从他虚弱的手指间滑落，咖啡的雾气朦胧了正面，四人的轮廓在此刻有些模糊。

“我不知道……”安婕答道。

“那你找我干什么？应该报警啊！”王嘉铭激动得站起来。

“可是……可是……”

安婕欲言又止，似乎隐瞒着部分事实，王嘉铭见也问不出什么，又一屁股坐在沙发上，手掌撑着脑袋，心绪甚是繁杂。

自从王韬儿时的那次事故之后，他就一直没有摆脱内心的阴影，内心一直在为此愧疚。眼睁睁地看着自己的妹妹溺亡而不施救，王嘉铭实在搞不明白当时他在想什么，也许是在嫉妒妹妹王琦的才能而选择冷眼旁观。

在“缄默号”降临的那一夜，王韬开始梦游，并且时常说听到妹妹的呼唤。没想到发展到现在，他居然得了抑郁症。

“我有个朋友……我可以让他用地网系统来找韬韬。”说完，王嘉铭就打开腕部的随身PDA，准备联系监控部的人员。

“不行！”PDA的全息屏幕被安婕的手干扰，“你还不清楚韬韬要的是什么吗？”

王嘉铭狐疑地看着安婕，没有明白她所说的。韬韬要什么？他要什么？自己从来不知道，这孩子不善于表达，小时候教训他都是百依百顺，没有半点怨言。

二人就这样僵持着。

直到咖啡厅亚克力板的碎裂声打破一切的寂静。

星火悬浮车全速砸在亚克力浇铸板上，尽管其制造工艺几乎要达到飞米级别，但仍然抵挡不了如此庞大的冲量，毒蛇般的裂纹在一微秒内攀附在整块亚克力板上，进而碎裂。

咖啡厅前台被撞得七零八碎，所幸的是，前台只有收银机器人，没有客人受伤。

“天哪，里面的人没事吧？”坐在角落里的一对情侣首先来到悬浮车门前，敲打着不透光的玻璃。

王嘉铭和安婕也凑上前去，不知为何，他总是感觉有不对劲的地方。

“呲——”

悬浮车车门排气孔冲出一股蒸汽，大门轰然洞开，一位蒙面匪徒冲了出来，他似乎已经提前选择好挟持对象，惊慌失措的女孩还没来得及跑就被一把拉过去。

红热的枪管抵着女孩的额头，她被吓得瘫软起来，呼唤着她的男朋友。

“你们！都不准过来！”匪徒右手多了一枚闪着红光的手雷。

“救我……救我……”女孩乞求道。

“亲爱的，对不起了……”男孩的双腿屈从于匪徒黝黑的枪管，“我会找人救你的。”

他跑了，比兔子还快。

远处的警笛声愈加逼近。

“把枪放下吧，警察来了，我们都不希望这种事情发生。”王嘉铭慢慢接近匪徒。以前生物技术院试验克隆技术的时候，时常会有反对者持枪闯入，他对这种事习以为常，尽管他只是经常去那儿参观。

当二人眼瞳对视之时，王嘉铭忽然感觉，对方的眼神明显变得锋利起来，锋利到可以把自己大卸八块。

“你，过来！”匪徒把女孩往门外一推，把王嘉铭扯了过去，当枪管抵在自己脑袋上时，王嘉铭才发现自己并非想象中的那么镇静。手心冒汗，双腿发颤，发热的枪管将额头的汗水蒸发，灼烧着裸露的肌肤。

慌乱中，王嘉铭忽然发现，匪徒手中的这把热能手枪一直在散热，却不见弹仓的散热元件。没有散热元件，他就无法开枪。

电子警察将咖啡厅围得水泄不通，淡蓝色的扫描光束不断扫荡着，刺得王嘉铭眼睛发疼。只有发生恶性的大型犯罪事件，警署才会派遣规模如此庞大的电子警察队伍，想到这里，王嘉铭不禁悲叹今日运数不妙。一不小心被电子警察的镇爆弹击中，尽管那是橡胶弹头，但也是非常不好受的。

“是不是感觉今天特别倒霉？”匪徒突然发话，“该死，你有想过我以前有多不好过吗？”

熟悉的声线，王嘉铭的脑袋里忽然蹦出一个极其糟糕的猜测。

“韬……韬韬？”安婕失声喊道，女人的直觉在此时总是最为准确的。

“哈哈哈……”王韬低声笑道，“你以前教给我的知识，真是有用呢。”

他右手的手雷状物体忽然从中部弹开，嗡嗡的机械结构运作声从微小的缝隙中漏出，冰冷的女声播报出他所想要的信息。

“扫描完毕，共有 36 个电子警察。”

王韬冷笑着，按下中部的红色按钮。

“瘫痪失败！瘫痪失败！敌方拥有法拉第屏蔽外壳，且装备有实弹，建议立即回避！”

他的笑容消失不见，连带着王嘉铭尚存的希望。

“别开枪！别开枪！”安婕急忙跑到门口，挥手呼道，但她马上被其后的电子警察拖走。

“知道它们为什么急着要干掉我吗？”王韬在王嘉铭耳边低语道，“我抢了黑帮银行，但是里面有地方主管暂存的资金，现在他恨不得马上就要我死。”

王嘉铭惊慌地看向蜂拥的电子警察，无数瞄准激光在他额头附近游荡，电子警察都装备了实弹，它们已经不打算留王韬的活口。

“去死吧！”王韬扣动扳机。

“别开枪！他没有子弹！”

“砰砰砰！”

小王晚上又梦游了。

安婕不敢吵醒他，自己的孩子已然不是第一次梦游，自从两年前的那次事故之后，小王就一直没有摆脱阴影的困扰。

他无神的双瞳凝视着窗外的天际，远处的月球基地环带将日光反馈给深夜，宛如给夜行之人提供行路的火光。小王的指纹印在窗户上，牙齿上下颤动，携带着消息的气流却甚是微弱。

“如果……能有一艘船……带我走……就好了……”

安婕温柔地把小王搂入怀中，眼角锁着晶莹的液滴，她轻轻拍着小王的背，像好几年前照顾年幼的他一样。

“韬韬，我们回房睡，好吗？”安婕问道。

她看到小王无神的瞳孔渐渐恢复了神采，微微一笑，把他抱了起来。

“妈妈。”小王奶声奶气地喃喃着，“我听见妹妹在叫我，虽然有点远。”

每一次梦游，他都会提到自己的妹妹，尽管两年过去了，安婕也没敢忘记当时的场景，听到这句话，作为母亲的她，内心实在无法平静下来。

“你想听故事吗？叫爸爸给你讲讲吧。”

小王点点头，眼神里透出期待的流光。

推开房门，生怕打扰到王嘉铭的午夜生活，按现在的时间来算，嘉铭应该三个小时之后才入睡。

嘉铭的身影随着窗户上的水渍一并投影在光面的地板上，二人走过，廊灯自动点亮，光影在墙壁上走动。

“爸爸，我想听你讲故事。”小王拉拉父亲的裤腿，后者却不加理会。

嘉铭将自己的注意力倾注于引力波望远镜上，安婕走来拍了一下他的肩膀，暗示他陪会儿孩子。他这才将眼瞳从镜头上离开，一言不发地盯着小王。

“这幅画，非常有意思，送给你。”

嘉铭取下自己房间内悬挂的全息壁画，画上描绘着巴哈马群岛般的热带风景，两棵椰子树朝着相对的方向摇曳，一棵树有七片叶子，另一棵却是八片，而他们的投影却是呈交叉状。他按下角落里的小按键，和小王一般大的壁画便化成掌中的PDA。

“你这，”安婕刚到嘴的话又憋进喉咙，嘉铭将手指放在她的嘴唇上，暗示她不要再说话。安婕赌气般地转身离开，留下小王的背影在阳台上被无限拉长。

引力波望远镜镜头上，转化而来的数字画面显现着太阳系边缘处的冥王星的轮廓，但这一次，冥王星占据了镜头的三分之一。

它拉近了。

在电子警察开火的前一秒，王嘉铭迅速向后一靠，二人同时向后倾去。于是，子弹只是划过王韬的头盖骨，没有对他的生命造成威胁。

现在他做好了包扎，在安婕的家里静养，但王嘉铭知道，如果王韬说的是真的，那么主管没有要他的命是不会罢休的。

于是，他决定找人伪造王韬的死亡证明，并且在殡仪馆焚烧了伪造的蜡像尸体，只要瞒过地方主管，就没问题。

但这种平和的日子已经不可能持久。

王嘉铭将客厅的窗帘拉上，防止有人发现王韬的存在。安婕瘫倒在沙发上，微微抽泣，而王韬坐在她身边，一声不吭。

“末日近了，你们当要悔改。”王嘉铭窥视着窗外，一大群“缄默号”的狂热信徒又在元环区大肆游行，他们深信“缄默号”的到来印证着启示录里的审判日，一旦天使的号角吹响，就是世界末日来临之时。

可怜的人们。王嘉铭想着。

点到为止，他不敢再想下去，因为他知道将要发生的事情。

王嘉铭坐在王韬身旁，王韬凝视着面前的洁白墙壁，嘴唇颤抖。王嘉铭心生愧疚，他伸出左手，搭在王韬的肩膀上。

“韬韬……”王嘉铭尽量想让自己的声音不激化王韬的情绪，“为什么，要这样做？”

王韬一蒙，他缓缓将头扭转过来，瞥见王嘉铭的眼神之时，他突然轻哼一声，嘴角开始勾起丝丝弧度。在王嘉铭眼中，王韬的面部肌肉都开始扭曲，暴起的青筋里扭曲了太多的愤怒，犹如针对一位已犯罪却无知的人。

“哈哈哈，”王韬的笑毫无保留地展现了他鲜红的牙龈，“你想知道吗？想知道吗？”

他猛地站起来，丝毫不在乎自己的伤势，双手刷过白墙，隐藏式全息屏幕显现出来。王韬将一连串复杂的数字输入，白色烤漆墙壁向外凸起，接着向上抬升，露出墙体背后隐藏的秘密。

“韬韬，这样真的——”安婕连忙走过来，想要阻止王韬的下一步动作。

“他想知道我怎么会这样，我就让他看看答案。”王韬冷笑道。

墙壁完全打开。

一幅热带风景画，正是很久以前王嘉铭送给儿子的礼物，他以为，这样能够让王韬走出儿时的阴影。接着，另外七面墙也抬升起来，露出其后的七幅画风各不相同的画。王嘉铭瞪大眼睛，这些画上涂满了林林总总的标记，这赠画后的十年里，王韬竟然对这幅画做了如此细致的研究。

第一幅画，王韬用红笔勾出两棵椰树树叶的不同之处，第一棵树有着七片叶子，旁边用红笔写着“创世纪七天”，第二棵树有八片叶子，最后一片用问号圈出，显然没有确切的解释。

“两棵树的影子为什么是相向交叉的？光影构造很诡异。”

“树与树之间的间隔和水中的倒影相比，后者更加狭窄。”

“用红外线、紫外线、高对比度能发现更加奇怪的东西。”

这些都是王韬写在画上的话语，而最后一幅，王嘉铭看后顿时感觉鸡皮疙瘩覆盖了全身。

“对不起，对不起，这不是我的错，请你不要不要再叫我走。”

笔画狰狞，所到之处都有明显的重压痕迹，王嘉铭甚至可以想象到王韬是带着怎样一种表情写下这些字的。

“这是他五年前写的。”安婕幽幽地说，她不再想看这幅见鬼的画，于是背过身去，“这幅画加重了他的病情，医生说他的幻听非常严重，但是脑电图检测没有问题。”

脑电图检测，没有问题？

“真是感谢你送的这幅画，我现在每天都能听到她的呼唤，一天比一天强，就好像我是她活在世界上的幽灵。”王韬说道，“但我能做她做不到的事情，我不是她，也不是代替她的玩物。”

他从口袋里拔出枪来，王嘉铭完全没有发现他居然私藏枪械，但他发现，这把枪是电子编程原子产生的传统撞针枪，在编程之前它只是一堆不明所以的碳粒。枪管与瞳孔之间的对峙，宛如数小时之前的画面再次演绎。

“我没有说你是琦琦的代替品。”王嘉铭强作镇定，他完全没有想到自己的儿子会拿枪对准自己两次。

“那你以前对我做过的事情，还有对妈妈不理不睬，这该怎么算？”王韬把自己逼近墙角，精壮的身躯给王嘉铭一种重如泰山的压迫感。他是科学家，不是格斗大师。

“看来没有走出阴影的是你而不是我。”碳纤维枪管几乎抵在了王嘉铭的鼻梁上，“但是没关系了，因为她根本没死。”

没死，没死，没死。

“你怎么一个人回来了？妹妹呢？”

“她……她……”那时候的他根本就没有打算搭救王琦，他就这么让王琦死在了河里。

王琦那具泡在水中的尸体突然浮现在王嘉铭眼前，以往的撕心裂肺再次降临在他的身上。王嘉铭眼睛一红，肾上腺激素在身体内的每一个细胞间鼓动，他用不知从哪来的力气与速度，夺下王韬手中的重组枪，然后卸下弹匣。

里面没有子弹。

“体验到那种气愤而又无法反抗的感觉了吗？”王韬静静捡起地上掉落的弹匣，端详起来，“可惜小时候的我做不到，你还真勇敢。”

自己对韬韬小时候确实比较严厉，韬韬并没有在任何公立或是私立学校度过本应该快乐的童年时期，他是在自己的教育之下成长的。

每当韬韬有小动作或者开小差的迹象，棍棒伺候是少不了的，王嘉铭自己小时候没少受过父亲的“疼爱”，只是觉得，这样可以挖掘出韬韬的潜力，这孩子比起他的妹妹王琦，实在是太普通了。

但奇怪的是，他丝毫不反抗，逆来顺受。

直到安婕给自己展现那张照片。

王韬丢掉手中的弹匣，二人对视，三分钟时间在此刻流逝。

“你最好找个理由和我一起去‘缄默号’那里。”王韬打破僵局，他双手交叉于胸前，“否则出了事，我也不好推卸责任。”

王嘉铭沉默，他心想该不该把这件事情告诉王韬。但这项发现属于绝密档案，除了相关专家没人可以查看。

“那我自己看看。”

王嘉铭正纳闷王韬所说的话是什么意思，却发现王韬正在自己的PDA上飞速输入代码，三秒钟过后，地球联邦天文部的大角星与地球交叉而成的标识出现在全息屏幕上。王韬有意无意地瞥了他一眼，然后按下屏幕上的红色按钮。

他黑进了天文部内部系统！

“看我都学了些什么乱七八糟的东西，你看到我这样也不阻止我吗？”王韬指的是他黑进天文部的行为，“伪造我的死亡记录，这也是违法行为吧？”

“够了，韬韬。”安婕拍了拍王韬的肩膀。

“你认为我为什么要救你？”王嘉铭忽然问道。

“我没打算知道。”王韬随手拿起桌子边上的冷三明治咬了一口。

“但，也许是因为，”王韬按下一个键，“末日。”

有关于“缄默号”和宇宙坍缩的相关文件都出现在王韬面前的全息屏幕上，他定睛一看，宇宙坍缩的发现者正是王嘉铭。

“原来你想说的是这个。”王韬继续啃着三明治，却没发现王嘉铭和安婕的表情变化。

“你怎么办到的？”王嘉铭惊叹道。

“嘉铭，这是怎么回事？”安婕紧张得抓住了王嘉铭的手，他发现安婕的手竟变得如秋夜般冰凉，显然是受了惊吓。

“我们会没事的，我答应你。”王嘉铭微微握紧安婕的手，“总部现在在研究如何使用‘缄默号’，我会让你们都上去的。”

“你还是以前那样子。”安婕摇摇头，“不要对我做自己实现不了的承诺。”

在科研船研究引力波数据的时候，在赠画的那一夜，王嘉铭就已经意识到了这一严重的问题——宇宙开始坍缩。

人类还尚未探寻到银河系的质量，乃至宇宙的质量，宇宙就迫不及待地向人类展示它的最终归宿，坍缩。

当夜，王嘉铭发现冥王星的靠近。

这意味着什么？

整个太阳系的面积都在缩减。

不光是太阳系，整个银河系都在朝着这个趋势发展。

银河系，抑或是宇宙，其中包含的所有物质都会朝核心区聚集，挤压挤压再挤压，最后化为宇宙诞生伊始的超级奇点。并且，缩减速度呈指数式递增。

人类还没有精确地计算出银河系的质量，就要遭受大坍缩的打击，也许坍缩理论支持者将会成为银河奇点当中最聪明的人。

地月系统尚未稳定，地球与太阳的距离没有发生太大的变化。但是，这并不意味着以后没有。

“我们还没有冲出银河系，就要被悲惨的命运挤回来。”

“我把你刚才说的放到‘知答’上等回复，还真有人回复了。”王韬把全息屏幕对准王嘉铭，王嘉铭看见问题标题写着：“如果末日来临，如何登上‘缄默号’避难？”

他居然真的把这个绝密档案上传到网络社区寻求答案，而且还真的有人回答，王嘉铭已经不知道该怎么形容自己现在的心绪，如果天文部发现这件事情，不仅儿子的性命难保，自己也好不到哪里去。

“你还真做得出来啊。”王嘉铭喃喃道，现在王韬已经与小时候的他判若两人，充满戾气，做事也完全不经过考虑，这和王嘉铭所期待的完全不同。

“怎么做不出来？”王韬说道，“这人给了一个地址，在元环区的郊外，你爱来不来。”

“你为什么一定要去？”

“你觉得妹妹已经死了，但我不觉得。”王韬冷笑道，“而且，我查过资料了，这人的丈夫就是在‘缄默号’事件中失踪，她一定知道些什么。”

王嘉铭望向安婕，安婕微微点头，示意嘉铭可以不用担心她。在考虑一番之后，他也决定和王韬一起去元环区郊外打探一下。

元环区郊外，几乎全是新地平线新区建设所剩下的遗留区域，有的地方还挂着后工业时代所生产的LED路灯，没有平衡灯板的存在，它所发出的光总是如白炽灯那样刺眼。

选择晚上出行是个避免被人发现的好时机，毕竟王韬现在于人口登记系统上处于死亡状态，让人发现了就大事不妙。

接近凌晨三点，还有缄默神教的人在大街上传道，王嘉铭愈加不懂地球联邦制定的宗教自由政策。

他望向地址所指的地方，那是一座小土坡上依旧屹立不倒的四合院，现在元环区非常流行这种复古风格小院，却很少有真正的传统四合院。

“他们对这个人感兴趣。”王韬指着挥动旌旗、呼喊着缄默永恒口号的教徒们，“我看了附近的监控，发现他们这一周内造访这里的频率非常高，看来我们找对人了。”

王嘉铭不太想理会儿子，感觉和他待在一起如同和犯罪分子同处一室，被他用枪抵着脑袋的感觉总在脑海当中回放，挥之不去。

当教徒们离开之后，他们才匆忙爬上山坡。

王嘉铭刚想敲门，却被王韬拦下。他后退几步，用 PDA 扫描门框，结果发现墙角镶着一个微型摄像头。

只听见清脆的一声闷响，电路烧焦的煳味便从角落里扩散出来。

“现在的年轻人真是不知礼数。”大门敞开，开门的人大大出乎王嘉铭的意料，他本以为主人会是位兜售小道消息的奸商样小人，抑或是正值年轻气盛时期的女青年，没想到竟是位面容憔悴的老太婆。他对这老太婆没有印象，也许是因为她没有受到过本地电视台的采访。

“我告诉过你，我不喜欢被人监视的感觉。”王韬直接推开大门，径直走到院子里，首先检查有没有其他出口，以及有没有异常摄像头的存在。

王嘉铭向老人问好后，也跟着进来。院子正中间有着一棵正值枝叶繁茂时期的银杏树，蒲扇叶挂在枝头轻轻摇曳，映衬着天顶的星空。

老人从房间里搬出两条破旧的椅子，王韬直接坐了上去，王嘉铭犹豫片刻，也选择坐下。她眺望着地平线边缘的“缄默号”，后者凝滞在大气层下端，没有发出任何通信讯号。

“年轻人，你为什么想去‘缄默号’那里？”老人终于发问。

“我知道你是什么底细，所以我们就敞明了说话好吧。”王韬说道，顺便望向王嘉铭。

“你知道怎么上‘缄默号’吗？”王嘉铭不再犹豫，直接将问题抛出来。

老人叹口气，从树根旁拿出一块装帧精良的照片，布满皱纹的手指在其上轻轻抚摸。

“他就是这样消失的。”

照片当中，老太婆和她的丈夫站在海港的防浪堤上，古老的灯塔在他们背后发射着再也没有用的光束，他们笑得如此灿烂，没有爱人的全息影像，没有虚妄的远程通话，他们在此刻融为一景。

“所以呢？”王韬问道，“你一定知道些什么。”

“我只能告诉你们，这和‘缄默号’名字的由来有关。”老人淡淡说道，她甚至没有抬头看二人一眼。

“我看看，”王韬把视线转向PDA投影的全息屏幕，但随后他的眉毛开始打结，似乎是遇上了难题，“地球舰队从来没有公布过它的命名方案，短时间内侵入舰队系统是不可能的。”

王韬向老人投去怀疑的眼神。

“你说的是真的？”

“对一个已经死了的人，我没什么谎言好说。”老人的眼神顿时让王韬警惕起来。

“你——”王嘉铭察觉到气氛正在发生微妙的改变。

老太婆摆摆手。

“我不会说出去的。”她朝王嘉铭眨眨眼，“一位父亲总有保护自己孩子的私心，对吧。”

“保护？”王韬不屑道，“在我小时候，他像是亚伯拉罕，为了自己所谓的科学简直可以把我这个以撒献祭出去。”

“年轻人啊。”老人握住王韬的手掌，脸上显出长辈对待晚辈一般的慈祥，“一定要好好想想问题存在的根源。”

王韬甩开手，瞪着面前这位面不改色的老太婆，王嘉铭发现，王韬的右手一直抓在右侧口袋里，他知道一旦老人说出对王韬不利的话，恐怕王韬便会立马拔枪开火。

王韬的 PDA 忽然发出异响。

“有人在跟踪我。”全息屏幕上显示有一架高空无人机正在四合院正上方盘旋，由于超高海拔，二人都没有发现异常。

“是谁？”

“不知道，反正这已经不是我第一次被跟踪了。”王韬从怀里掏出一块折射出海蓝色光芒的方盒，递给王嘉铭，“家里有屏蔽装置，只有在那儿我才是最安全的，你去‘缄默号’那里。这个发射装置可以解除军部在它附近布设的力场，但是一定要快点解决。”

王嘉铭拿着力场解除装置，抬头看去，却发现王韬的身体一下子隐入黑暗当中，与周围融为一体，完全找不到他的踪影。

光学迷彩。

“我为什么要听你的？”

“这个问题问得好。”黑暗之中传来幽幽的声音，“我小时候就不应该听你的，搞得现在一身臭。”

王嘉铭捧着方盒急匆匆地离开了，这处四合院终于还是陷入深夜的寂静当中，老太婆倚靠在吱吱作响的摇椅上，看着星光下的照片，忽然想起老伴那一天在病床上和自己说过最后的话。

“我还没有原谅你。”

老太婆把藏在摇椅底下的 PDA 拿出来，微微的背光展现出之前未能编辑完的消息，她点拨几下，信息向远方飞奔而去。

“保护好样本。”

在公共悬浮车内，王嘉铭的脑海里还在回荡着之前的情景。在他出门之后，有一位黑袍子罩着的不明人士拉住了他，问了一个匪夷所思的问题。

“她给了答案吗？”

王嘉铭不以为然，坐上车就飞走了，不过在舱门关闭之前，他好像听见那人在说话。

“她会给的。”

“缄默号”庞大的舰体在他的视野当中愈加放大，外挂式装甲展现在王嘉铭面前，他知道，这种装甲根本不是当初“缄默号”完工时所用的装甲。“缄默号”进行处女航仪式时，表面带有严重的颗粒感反射。这是自动工厂在装配“缄默号”超长舰体的过程中，由于超时工作导致的机械结构疲劳，进而使哑光处理产生的瑕疵。

但这艘“缄默号”的装甲已经完成哑光处理，且据说装甲结构到现在都没有确切的研究结果。

总之，它不再是原来的“缄默号”了。

在距离“缄默号”还有五公里的时候，王嘉铭将悬浮车切换为手动控制，飞向原本雷达覆盖的范围。如果是十年前，这里还会布置着严密的自动防空系统，一旦确定有不明飞行物闯入，立即击落。

但王嘉铭曾经听别人说过，这套系统其实就基于防御外星舰船而设计的，当初“缄默号”降临的时候，不少人以为是外星超级战舰，军部也是被吓得手足无措。

在“缄默号”这个人类工业奇迹之后，尽管制造工业水平已经提升一个档次，飞船装配工厂的缺陷也在很大程度上得到改善。但是，“缄默号”级别的舰船再也没有出现过，财政赤字与政客的游说，使得飞船工业向制造小型民用飞船转型。

人类最美好的太空探索时代终结于“缄默号”，自此之后，只有大角星基地值得一提了。

王嘉铭拿出力场解除装置，拨动类似于开关的按钮，装置便开始工作，透明的防护力场逐渐在黑暗中显现出自己的本体，最后，力场发生器暂停工作，王嘉铭迅速驶入。

现在，“缄默号”就在自己眼前。

地球联邦在听说过宇宙坍缩的事实之后，曾打算制造逃生飞船，但由于财力限制，导致关于制造巨型生存舰的议案久久不能通过。这时候，有人对这个事实提出质疑，质疑自己当初使用仪器的精准度，质疑自己的动机，以为自己是想通过这个来进入最高级别的研究院来获取更多的资金。再加上政客的纠缠，地球联邦已无心关心制造生存舰的事情。又由于坍缩速度实在是有限，联邦最后选择搁置这项提议。

“你到底是什么？”王嘉铭喃喃道。

他在高空打开舱门，高空席卷的大风差点将他卷出去，现在公共悬浮车处于悬停状态，他要在工作人员还没有注意到发生器已经关闭之前，尽量多获取有关“缄默号”的信息。

自己都差不多快沦为和王韬一样的犯罪分子了，想到这里，王嘉铭心中就泛起一股不甘的心绪。

明明自己是把韬韬往王琦这个榜样的方向带的，为什么就会把他培养成如今这个样子？

他摇摇头，将其他杂念清除出大脑。

王嘉铭踩在引擎盖上，双腿发软，两边就是数千米高的高空，云朵在他身边浮动。他闭上眼睛，把手按在“缄默号”上，打算看看有没有什么空隙能让自己爬上去。

他的手突然发抖，犹如有一股强有力的电流进入自己的身体，使前臂肌肉顿时变得软弱无力。感受到空气的上升与坠落感的到达，王嘉铭这才意识到最糟糕的事情发生了。

自己开始从大气层下端掉落！

“啊啊啊啊！”

以前只出现在梦境当中的高空坠落，现在成为现实，恐惧占据着王嘉铭的每一个神经元，他的心脏加速，成为胸膛里咚咚作响的皮鼓，敲击着携带肾上腺激素的血液冲撞在血管系统当中，一切都成了慢动作影像。

“缄默号”在他视野里缩小的速度也越来越慢。

“你看看你做过的错题，到底有多少？自己数一下，我给你看看你妹妹的错题集，你看看你呀……哎……”

有时候要韬韬伸出手来挨罚，他会死死抿着苍白的嘴唇，不说一句话，也不会有任何动作。有时候自己也会心软，心想就这样吧，他会发现自己的特点，但是一想到他的未来，王嘉铭总会狠下心来。

“你伸不伸手？说话！不准哭，打住，我数一，二，三。你还哭是不是！”

他会乖乖地做题，哪怕到了深夜十二点也不会有半点怨言。

最为糟糕的回忆也开始浮现，关于王韬儿时的一点一滴都如同胶卷放映，一幕接着一幕。回忆的最后，王嘉铭又看见了那天晚上的梦境。

天际线旁的太阳徐徐升起，但天边却出现另一轮太阳，它向地面逃亡，光芒愈加强烈。巴拿马群岛上的某一处沙滩，两棵椰子树产生两道不同朝向的影子，它们之间的距离不断缩短，直至消失不见。七片叶子茂盛葱绿，第八片叶子却开始枯萎，掉落，坠入影子的终焉，碾为空气中的浮尘。

这就是自己送给王韬的那幅画。

所谓毁了他一生的画……

“对不起，对不起。”

坠落感骤然消失。

是因为痛觉神经摔得惨不忍睹而没有痛觉吗？王嘉铭心想。

但是下一秒钟，王嘉铭睁开眼睛，却发现，自己身处一片浓稠的迷雾当中。

他爬了起来，深深吸入一口空气，确认自己至少还在地球，然后再狠狠地掐了自己一把。

眼前的迷雾似乎是浓密的水蒸气，以至于让自己看不清远处的景象，王嘉铭一步步向前挪，生怕下一秒钟就会坠入悬崖。

难道是云朵？

谁会踩在云朵上面啊？

王嘉铭自己成功反驳了自己的猜测。

不知向前行进了多少分钟，王嘉铭终于发现迷雾开始消散，柔和的光芒在雾气当中形成曼妙的丁达尔效应，好似清晨时分的森林开始散发自己的美妙气息。再往前走，王嘉铭便发现了这幅只存在于想象之中的画面。

弧形的穹顶占据着半边天空，光线从其中透出，却不显得刺眼，反而是通过穹顶而变得柔和。地面如琉璃镶嵌而成，碧绿色的光芒从其中川流而过，无数陌生的面孔在此处经过，似乎对王嘉铭的存在并不感到惊讶。

王嘉铭再望向远方，却发现远方的地平线卷曲起来，向上扬起，与此方地平线形成一段连接起来的莫比乌斯带，而人走在倒置的道路上却丝毫不受引力的影响。

他抬脚向前迈出一步，准备跨过未知的绿色光流。

“爸爸。”

突如其来的呼唤如炸雷在耳中贯穿，王嘉铭一下子呆立在原地，在确认自己刚才听到的是不是幻觉。但他这一蒙，恰好让脚踩在了绿色光流当中，无数念头冲入他的大脑。

“这是谁？他怎么能违反规定踩进来！”

“快叫老大过来！”

“怎么没有智能系统迎接新来的人啊？”

这些念头化为一把嗡嗡运作的电动剃刀在他的脑袋中刮铰，王嘉铭顿时感到头痛欲裂，瘫倒在地上，嘴中发出凄惨的号叫。路人显然被吓了一跳，一个个都围上来，猜测的声音在此时炸裂开来。

但他们还没有猜完，一团白色的光球将王嘉铭包裹在其中，消失不见了。

人们似乎都对这种结局早已习惯，于是各自散开，重归平静的生活。远方，卷曲的房子在天上摇曳。

疼痛消失，王嘉铭再度睁开眼睛的时候，发现自己又来到了另一片区域。

透过透明的地板，他发现，自己正处于高空当中，云海在自己脚下翻腾。

这，这是哪里？

“你好。”王嘉铭背过身去，发现绿色光流里耸起一个人形光团，站在自己面前，仿佛老式的全息影像，只会把传送来的图像渲染成绿色。

“你是谁？我到底在哪儿？”王嘉铭提高警惕。

“我是‘缄默号’的船员之一，你可以叫我理查德。”理查德说道，“我发现系统里并没有录入你的信息，而且刚才我提取了你的记忆，发现你并没有符合进入‘缄默号’的标准。”

这里，居然是“缄默号”内部！

王嘉铭以前从各方渠道了解到“缄默号”的内部构造，但从来没有见过刚刚看到的庞大生活区结构，也没有发现有任何反重力区域。如果说之前所见到的装甲是遭到宇宙射线侵袭而被哑光处理，那么内部的区域便超乎王嘉铭的想象。

“很遗憾，你将会被送回地面。”

“我想知道这艘船发生了什么。”王嘉铭试探性地问道，“人们一直想知道真相，他们很恐惧。”

那人低头沉思了一会儿，似乎是在考虑该不该告诉王嘉铭，关于“缄默号”所发生的一切变化。

“时间不多了，和你说说也无妨。”他说道，“我就是‘缄默号’的大副，理查德 · 凡。”

若不是事先再次查看了一次关于“缄默号”船员的资料，王嘉铭都不会意识到这个名字意味着是谁。

“缄默号”处女航仪式举行完毕之后，它本该按照命令去冥王星观测站停靠，做好最后的一次远航准备，他们的任务是开拓第一个人类殖民地，目的地位于半人马座星系。但在“缄默号”加速的过程中，曲率引擎发生严重故障，导致转向修正系统与减速部件永久性报废。

引擎室有着巨量的能量外泄，工程师不可能进入其中维修。于是，船员们只能绝望地看着飞船失控般地加速，没有转向部件，他们就不可能通过引力弹弓修正航线。在接近光速的时刻，“缄默号”与地球联邦失去联系。

船内本会爆发一次大规模暴力事件，幸运的是，理查德和舰长及时发现并镇压了此次暴动。理查德提议一部分人先登上逃生舱，朝太阳系方向弹射，尽管成功概率微乎其微。

在人们还在争议的时候，他们突然发现了神奇的变化，维生系统的 AI 忽然产生某种程度上不可思议的智慧，随后逐渐有人变成绿色的数据流，免除疾病的痛楚。

理查德发现了宇宙坍缩的现象，曲率引擎的功率因此降到了正常工作范围内。他们本打算向地球方面发出警告，但被理查德阻止。

最后，船员发现，是宇宙坍缩导致宇宙常数发生偏差，混沌效应被放大，人们都化为管道间穿行的绿色电子流，而飞船结构也发生了不可思议的变化，飞船本身独立于外部空间，内部空间也不可思议地增大。

“我们应该回去搭救同胞们。”这是理查德的提议。

但并不是所有人的提议。

“我理解你的想法。”王嘉铭说道，“难怪几年的研究都没有进展，混沌效应造成的影响目前都没有记录足够的材料，要是科学院能……”

“先生。”理查德说道，“你该下去了。由于监管上的疏忽让高层的处理单元放你进来，已经是能容忍的最大疏漏了。”

“好吧，我想问最后一个问题。”

“嗯。”

“请问，我的女儿王琦，是否还活着？我刚才好像听见了她的呼唤。”

“这要看你怎么看待生死这个界限了，王先生。”理查德的拟态身体再次还原为绿色光流，回到“缄默号”的管道当中，只剩下最后一句话长长回荡在飞船内。

“比如我们和你们，就不一样。再见，时间不多了。”

王嘉铭还以为，理查德说的时间是指他们可以进行谈话的时间。但是现在，他可以确定，人类自己的时间不多了。

地球联邦天文部研究所内，30 秒上火星的音乐仍在奏响。

在门外都能听到轰鸣的低音炮声，门打开的一瞬间，声音便消失了。

王嘉铭看见同事马特满脸紧张地盯着自己，生怕自己下一秒钟会把他的数字转盘给吃了似的。以前，自己把他的数字转盘砸得稀巴烂，马特怕上司来追查这件事情，也没敢和自己计较。

“有酒吗？”王嘉铭问。

他看见马特的眼睛瞪得如同牛眼一般，想必，马特肯定以为自己听错了，因为王嘉铭平时都不喝酒，哪怕年终奖励的玛格丽特都没有碰过一口。

“抱歉……你说什么？”马特再次确认道。

“见鬼！拿酒来，把你的音乐打开，不然我就砸烂它。”

“好好好。”马特用见鬼似的眼神看着王嘉铭，动作却非常麻利，他在冷藏柜的全息显示屏上画画点点，简装的玛格丽特便从出货口滑了出来。

“我彷徨无依，迷失心智。深陷于过去泯灭了的情感中不能自拔，难道这就是尽头了吗？彷徨无依，我打乱了我的生活……”

玛格丽特从光滑的桌面上滑到王嘉铭面前，醒酒器嗡嗡作响，马特也准备畅饮一杯。王嘉铭拔开橡木塞子，饮下这杯透明的酒液，后者清澈中带有淡淡的模糊，其中夹杂的意味憧憬却不可见。

“要不是那群家伙，我们重建天文部研究室的资金就可以拿到手了，而不是现在都待在科研船改造的研究室里。”马特试图打破尴尬的气氛，“嘉铭，还记得以前隔壁的生物科技部发生的大爆炸吗？”

“记不太清了。”王嘉铭向嘴里送了一口玛格丽特，“我总是会忘记一些事情。不过，那次大爆炸好像把生物科技部的克隆技术日志毁了，对吧。”

“对对对。”马特答道，“该死，我还是怀念以前的实验室。”

二人再次沉入缄默当中。

“我以前是干记忆塑造这一行的，也是用的以前这个实验室。”马特说道，“你还记得吗？”

“我现在不想记这些。”

王嘉铭打开观测室的窗户，躺在自适应椅上，盯着远方的天际线，看得出神。

“马特。”王嘉铭说道，眼瞳始终不离开远处的“缄默号”，“我们对‘缄默号’到底了解多少？”

“一无所知，对于现在的‘缄默号’而言。”马特答道，他靠在窗户上，品尝着杯子里的龙舌兰酒，“好几年前它闯到世界各个角落，到现在没有任何动静，军部都快对他失去兴趣了。听说哥本哈根还有非常多的人在那里忏悔，那批失踪的人到现在都没有消息。”

“一共有多少人失踪？”

“十四万四千人，这个数字还在增加。”

十四万四千人，王嘉铭感觉这个数字非常熟悉，又想不起来在哪里看到过。那些出现在“缄默号”内部的路人，或许就是被“缄默号”所救的人们吧。他们在里面，高枕无忧，继续着不完美的生活。

他挪挪身子，让脊背直挺挺地靠在椅子上，接着又是一口玛格丽特。

“我很久以前梦到过木星变成了太阳，你觉得可不可能？”

“天哪，你自己也是这方面的专家，木星至少要达到自身的十三倍才可以维持稳定的核聚变反应。”马特惊叹道。

他只是想找个话题来让自己忘记刚刚发生的事情，但马特没有继续说下去，他跟着音乐的节奏舞蹈起来，根本没有看此时此刻的自己带着怎样的表情。

“你以前见过什么异常的强光？”王嘉铭问道。

“强光？哈，以前还真见过两回。第一次是在家乡的时候，一颗没有燃烧干净的陨铁掉下来，它实在是太大了，和空气摩擦发出的光点亮了整片夜空。第二次，是在美国的时候，有人想在感恩节放烟花，结果控制器出了问题，烟花被喷得漫天都是。”

没有燃烧干净的，陨铁？点亮了整片天空？

会不会是自己对梦境的回忆出了差错？

“嘿，嘉铭，要不要再来一点，人呢？”马特回过头去，却发现自适应椅上空无一人。

根据马特刚才所说的话，地球首先遭遇的打击或许是因坍缩而产生异常位移的彗星及其碎片，王嘉铭慌乱地打开 PDA，一边疯狂奔跑，一边订好前往大角星基地的短程飞船。他根本不知道所谓进入“缄默号”的标准是什么，如果不及时逃到大角星避难，恐怕……

想到这里，他连忙开始联系冥王星观测站的联络人，他的联络人总是不缺。

但这次，王嘉铭却没有如愿以偿。

此时已经是清晨 6 点 23 分，冥王星边境观测站的观测员正在和他远在大角星工作的妻子全息通话。

“这么早，有什么事吗？”全息图像组成睡眼惺忪的妻子，她伸了个懒腰，顺便打了个长达十秒钟的哈欠。

“没什么，只是想和你说说话。”观测员搓搓双手，额头的汗水暴露了他内心的紧张。

“喔，哈里，有什么不能讲的？”妻子突然被逗乐了，“你最好擦擦你的额头，你还是和以前一样喜欢紧张。”

“嗯。你还记得以前我们因为什么才结婚吗？”观测员认真地问道。

“哈哈！当初可是同时有另外两个男人在追求我，一个许诺会带我去全世界旅游，一个围绕着我转了一圈，说我就是他的世界。”

“还记得我当时怎么说的吗？”观测员的脸上扬起尴尬的笑容。

“哈哈哈，让我笑一会儿，哈哈哈……”妻子笑着，还是没有忍住回忆中的搞笑情节，“你往他们脸上扔了一张机票，然后带我去了外环带交通站，说要带我去大角星基地。结果……哈哈，我们两个躲在货舱里躲了一天，你甚至还送给我一枚陨铁戒指。”

“他们真没想到我在机票上填的目的地是黑洞，哈哈哈……”

“哈哈哈……”

寒暄了数分钟后，观测员觉得该说正事了。他紧张兮兮地从口袋里掏出一张卷得皱巴巴的淡蓝色票据，举在摄像头面前，展示给妻子看。

“这是我买联邦彩票中的头等奖，彩池里的1.5亿联盟元都归我了。”

“天哪！”妻子显然被这个天上掉馅饼的事情砸蒙了。

“所以，我给我们的孩子购买了一整套的大角星高级教育套餐，附带买了一栋大角星圆环的高级住宅，现在就可以住进去了。我还——”

“别急，哈里，你又没欠我钱，急着这样东买西买的干什么啊？”

“瑞秋已经搭船去大角星了。”

妻子突然意识到丈夫不对劲的地方。如果遇到这种事情，他应该会第一时间告诉自己，而不是自己决定购买什么，他的生活始终保持着大手大脚的习惯，不可能规划得如此精密。

“哈里，你告诉我，你是不是……”

“你能原谅我以前没能给你一个完整的、每个女孩都梦寐以求的婚礼吗？”观测员哽咽了。

“哈里，我从来没怪过你什么，你到底怎么了？”妻子变得慌张起来。

“那就好，那就好。”观测员擦干眼角的泪水，然后按下了旁边的红色按钮。

星系级警报传遍整个太阳系。

妻子最后看到的，是一颗巨大的彗星，它朝着丈夫所在的观测站直冲而去。护盾系统失效，装甲板碎裂，观测站失压……

但是，她发现，观测站失压的一瞬间，哈里消失了。

“缄默号”的轮廓在那一瞬间出现在视频当中。

王韬静悄悄地回到家中，侧窗是他经常出入家里的秘密通道。但是他发现，母亲并没有如同往常那样坐在客厅当中。他打开PDA，扫描整个房间，侦测系统提示母亲正坐在她自己的房间内。

他倚靠在门外，打算听听母亲在里面说些什么。

“妈妈，你还记得吗？我小时候住在农场的那段时间。”这是母亲安婕的声音。

“记得，那时候还发过一次大洪水呢。”王韬忽然反应过来，这是外婆的声音，不过在他的记忆当中，外婆占据的部分并不多。

“对，我想说的就是那次。”母亲说道，“我当时用了一晚上时间挖出一条疏水通道，保住了咱们家的农场，你还给我做了一个蛋糕作为奖励。”

“是呢，你小时候也非常勤快。”

“但是，妈妈。”母亲的声音明显开始变调，“在我们第二天去镇上的时候，我看见，邻居家的奶牛在洪水里挣扎。”

“那是我挖的道，实际上把水通到了邻居家。在我们去镇上采集的时候，他们家正在遭遇洪水的攻击。”

“孩子，这本不是你的错。”

“但是我却害得他们损失了一整座农场，”母亲的话语中带上了哭腔，“我实在不知道该说什么了，妈妈，你能原谅我吗？”

王韬知道母亲接下来会等到结果，于是他决定敲门，母亲的抽泣声顿时湮灭于寂静之中。他打开门，发现安婕正和外婆的人格 VI 聊天，尽管王韬听出母亲的悔意，但可惜的是，外婆在三年前就已经撒手人寰了，她生前一直念叨着担任战斗机飞行员的外公的名字，总是叮嘱一家人去驼峰线找他。

但谁都知道，驼峰线在战争当中的危险程度。

“我刚刚去了奶奶家。”王韬坐在安婕的旁边，“我感觉她一个人挺孤单的。她以为我不认识她，显然，只有爸爸不认识。”

安婕一蒙，显然她明白这意味着什么。

“不用惊讶，你隐瞒我的那些，我现在都知道。”王韬说道，PDA 投影的全息屏幕流动着记忆的图像,“她教给我一个最好的道理，现在我明白了，问题不在于别人的过错是什么，而是在于，我根本不应该存在。”

安婕突然抱住王韬，犹如婴儿时期给予的怀抱，她轻轻拍着王韬的背，眼泪却浸湿王韬的肩膀，王韬也伸出手抱住她，倒像是自己在安慰母亲。

“儿子，不论你是哪个，我都会爱你。”

“妈，现在不说这些，我已经是这样了，没办法了。”王韬说道，“我永远都会活在妹妹的阴影底下，无论是你，还是爸爸，都不会让我例外。”

或许任何时候，王韬都是跟着妹妹的背影而循着她的脚步而行。但当背影消失之后，他看到的不是可以自由选择的道路，而是一开始就决定好的荒漠，他必须于此处踽踽独行，将背影拉得越来越长，好让自己看起来像是妹妹走到如今这个世界。

但是他已经无法忍受了，自己是活生生的王韬，而不是那位总是冥冥之中带给自己潜移默化思想的妹妹王琦。王韬望向远处的“缄默号”，心里很不是滋味。

“我们会活下来的。”

“别和你爸爸一样。”安婕脸上的泪痕未干，却还要勉强挤出笑容，让这抹微笑显得更加凄惨，“他只会做自己没承诺过的事情。”

突然，王韬的 PDA 发出前所未有的蜂鸣声，他发现，屋子外正有数十名警察包围着，而这一次，不是电子警察，而是全副武装的真人警察。在他们身后，还有一辆自行机关炮，似乎是誓要斩断他与世界的联系。

“该死！他们跟踪了我外泄的电信号，我去去就回。”

王韬跑到王嘉铭的房间里，打开衣柜，按下角落里的隐藏按钮，暗柜弹出，一把老式左轮手枪和一张泛黄的字条。左轮里装填着七枚子弹，而字条正面写着：“你可以选择痛快地死去”。

反面写着：“或者痛苦地活下去”。

他跑回房间，将左轮手枪递给母亲。

“我比较讨厌死亡。”王韬哼笑道，“所以只好活下去了。妈妈，这把枪你拿着，万一他们闯进来，你就开枪。”

“你要干什么？”

“反击。”

星系级警报奏响这场战斗的协奏曲，警察的猛烈火力形成密不透风的包围圈，轮流向屋子倾泻火舌，实体子弹毫无阻碍地穿透房子的轻质工程塑料结构。地方主管冷笑着，启动了自行机关炮，战争机器在此刻上线。而远处，彗星碎片穿越大气层，朝地面呼啸而来，此时此刻，他们却还在此处厮杀。

“你不仁，就不怪我不义了。”王韬咬咬牙，决定动用自己的终极手段。PDA 数据流呈指数式增长，他正在利用这些警察佩戴的通信工具，将其化用为发射特定波段声波的工具，以寻找这台战争机器的铅壳的瑕疵之处。

而他现在找到了。

人们都说，子弹在战场上都会留下一道人类难以察觉的空气裂痕，所到之处沿途绽放溢满死亡之美的曼珠沙华，撕碎空气的声音奏响来自地狱的召唤。它会留给人们几微秒的时间来为自己的一生忏悔，回想自己一生的过错，让他们试图拉近自己和上帝的关系。否则只能带着自己的忏悔隐于地狱的缄默之中，而地狱是上帝不在的地方。

很久以前，阿伦·固斯提出过，宇宙在一段时间里，是以非常大的增长速率膨胀。宇宙大爆炸之后，时空在不到 10^{-34} 秒的时间里迅速膨胀了 10^{-78} 倍。而此刻，宇宙却是将这种理论做了一个翻身。

但是，没有人能预料到，人类还没有预判宇宙的命运，宇宙就迫不及待地向人类展示它最终的结局。

宇宙收缩开始加速，各个收缩点均不相同，发生时间也不同。大角星安然无事的时候，地球已经炸开了锅。

“所有联邦公民请注意，请立刻前往最近的起降场，搭乘紧急逃生舱撤离。这是最高级别灾难规避警报，请所有人迅速撤离！”

在返回安婕家的途中，王嘉铭不止遭遇一次大骚乱，大批朋克年轻人冲入原本安保严密的商业区，尽情打砸里面的展柜，掏出里面的首饰，砸碎。抑或是戴在自己脖子上，如同给自己提前套上绞绳。他看见，还有不少人跪拜在“缄默号”的天使雕像下，颤抖着身体，不住地祈祷着，却没有发生奇迹。

在赶到家前的时候，王嘉铭惊讶地发现，无数军人封锁着这片区域，他们押解着五名警察，而地上却是横陈着二十多名警察的尸体，画面十分费解。当他望见墙壁上满是骇人的弹孔时，他便意识到情况的不妙。

“韬韬！安婕！”奇怪的是，军人们并没有阻挡他进入，在看见二人安然无恙地跌坐在地上的时候，他内心的强烈不安才得以缓解。

“谢天谢地！你们没事就好。”王嘉铭激动得憋红了脸，但他却发现王韬犹如没事人一样坐在地上，完全没有那种经历过热兵器战斗的恐惧。

“不知道是谁在保护我们，这些军人来得很及时。”王韬喃喃道，“不过你最好看看妈妈，她……想和你说说话。”

王嘉铭一惊，赶紧查看躺在地上的安婕的身体状况，所幸的是，没有任何中弹痕迹。

安婕拉住王嘉铭的衣领，在他耳边低语，尽管声音是如此微弱。

“我听见琦琦在叫我了，她真的还在。”安婕呢喃道，却已如气若游丝之人，“你一定要带韬韬去‘缄默号’上，她一定在那里等着。”

“我会带他走的，也会带上你，我不会丢下你们的。”王嘉铭捧着安婕的脸，直视着她的双瞳，仿佛在瞳孔的另一段，王琦已经满怀期待地在“缄默号”上等待。

她又拉过王韬，看着他，却又说不出话来，愧疚的话堵在嗓子眼，无法诉说。

“别说了。”王韬抱住了她，然后说出了此时此刻的内心想法，“没关系的，我原谅你。”

因为，一切的根源，都是自己不应该存在。

王韬内心非常明白，母亲其实也是非常想念妹妹，在深夜的时候，她会在昏暗的灯光前抚摸着妹妹的照片，而暗自流泪。她只不过是选择了一个与父亲不同的方式来纪念妹妹王琦。所有的错，他都会一个人来承担。

因为，他不是王琦。

他是活生生的王韬。

安婕就这样消失了，没有任何征兆，如同与世界的联系彻底湮灭，王嘉铭目瞪口呆地抓着空气，却找不到安婕的轮廓，他伸着手，在空气当中胡乱地抓着，哪怕是能抓到她消失遗留下来的一粒光团。

王韬抓起掉落在地上的左轮手枪，发现里面还有两颗子弹，他径直走向还在挣扎当中的地方主管面前，摘下了他的主管徽章。

“正面，你活。”王韬将左轮抵在主管的太阳穴上，旁边的军人冷漠地看着这一切的发生，他们也明白，世界即将毁灭，快意恩仇的事情避免不了，“反面，你死！”

王韬将徽章抛向空中，然后用手掌接住，再反过来查看。

正面。

“哈哈哈哈，”主管不禁为自己的幸存发出恶心的奸笑，“看来命运之神站在我这边。”

“你的头算是保住了。”王韬的脸上浮现出不祥的微笑，“很可惜，这场游戏不是你做主。”

徽章再次升空，落入手掌之中。

反面。

“砰！”

“啊！”

子弹滑过膛线，将主管膝盖部位的肌肉组织以及骨骼尽然撕碎，鲜血之花绽放在空中，溅到王韬的脸上，他抹去脸上的血迹，甩在主管的脸上。尽管如此，他的脸上仍然没有大仇将报的快意，而是，怅然若失。

“把他丢这儿，让他死这么快简直太慈悲了。”

王嘉铭正跪在地上发呆，还没有从安婕的突然消失中恢复过来，王韬扶起他，然后冲他脸上来了一巴掌，鲜红的掌印顿时印在王嘉铭的脸上，他呆呆地摸着脸上的红印，不敢想象自己的儿子竟会这么做。

“妈妈和妹妹都在‘缄默号’上。”王韬说道，“你为什么还在这里发呆？”

“不行，我们要去大角星，我们上不去‘缄默号’，根本不知道它选择人的标准是什么。”

“呜呜呜，呜呜呜。”

低沉的号角声响彻地球元环区，世界各地都充满让人身体为之寒战的号角声。王嘉铭循声看去，声音来自“缄默号”，但这声音并不像是飞船引擎启动的声音。

他突然想起第一次发现“缄默号”的时候，舰艏精细雕刻的米迦勒雕像。

“拿着七支号的七位天使就预备要吹。”当想起这句经文的时候，王嘉铭的衣领已被冷汗浸透。如果是这样的话，那么下一步应该就是……

天使长米迦勒的号角已经吹响。

当它吹号的时候，天上就有碎片与火撕碎血红色的力场降临在地上，一切地上的青草都开始焚烧，三分之一的树和三分之一的地置于火海当中。那是冥王星观测站炸裂的碎片，它们并没有完全在大气层当中汽化，而是化为地狱之火，第三次世界大战时最为致命的天基武器。

天空被火光所点亮，成为天空上的新一轮太阳。

“我们去大角星也是死路一条，你肯定知道宇宙坍缩是不会疏漏大角星的！”王韬扯着王嘉铭的衣领，怒吼的声音要将王嘉铭的耳膜撕裂，“你到底还想不想见到妈妈和妹妹？”

“跑！”

王嘉铭全身的细胞都在为之怒吼，肾上腺激素激发出了身体的全部潜在力量，他抓着王韬钻进车库，还没有开启大门，他就猛地踩下加速踏板，引擎喷射的等离子流将后防撞杠烧熔。星火悬浮车带着二人，拖着长长的金属熔流，朝着“缄默号”飞驰而去。

“你们最好是对的！不然，我们都死定了！”

远处的军人向他们做着敬礼动作，至此，他们的使命已经完成。虽然军部答应会提供救援，但是他们内心都非常明白。

他们终将和家乡待在一起，直到永远。

尽管引擎的转速已经快要到达极限，声音异常嘈杂，但是两人还是听见，号角再次吹响。

这是第二个天使吹响号角。

老太婆被巨大的爆炸声吵醒，手里抓着的相框也轰然砸在地上，玻璃全然碎裂。她抓着相片去开门，远处被火与烟雾吞没，但她却不被这种审判日般的场景惊吓，她反而是安安静静地回到四合院，再次坐在摇椅上，看着彗星碎片抛撒在大地上。

黑衣人出现在她的视野当中，带着他的一大批教徒，教徒们惊慌失措地在四合院里奔逃，但迫于黑衣人的威严，他们没敢向外逃。

“缄默神最后的择选到了。”黑衣人幽幽地说道，“你为什么要私藏主的拣选，而不让大家一起安全度过审判日的降临？”

“缄默神教的大主教都没能登上‘缄默号’吗？”老太婆嘲讽道。

“我之前给过最后通牒，现在，你还是不肯将幸存的福音传给大家吗？”

“这一切难道不是‘缄默号’的拣选吗？”

“如果是这样，”黑衣人露出袖子中所隐藏的东西，“那么就用你的鲜血献祭，来平复缄默神的怒火！”

她早就知道自己的结果，只是人在最后时刻，总会想起过去的某些东西。她想起老伴在病床上和自己说的呢喃细语，她想起儿子以前痛苦的呐喊，她想起媳妇给自己提出过的建议，让自己搬到元环区外郊，不要或者尽量少和儿子接触，以免勾起他痛苦的回忆。

只可惜，自己有无数的问题想问老伴，到最后，他却没有给自己一个完美的答复。他只是不停地在重复："我原谅你，没关系。"

"砰砰砰！"突如其来的枪声覆盖了整片四合院，随后是一片寂静，她张开眼睛，发现所有人都倒在地上，包括将要拔刀杀害自己的大主教。

她再看向声源，发现是一只浮游机器人，这本应该是民用机器人，没有装备任何武器。

机器人的电子眼朝老太婆眨巴着，转身，让老太婆读它身后贴着的字条。

"送给奶奶的生日礼物。"

老太婆又坐回到了座位上，望着眼前的惊天火柱，她不禁想起以前在生物技术院工作时发生的大爆炸，大爆炸的唆使者就是这位躺在地上不断抽搐的大主教。

"还好，还好。"老太婆感叹着自己终于没有辜负儿媳妇的请求，爆炸只是摧毁了克隆技术日志，而没有摧毁样品。尽管，这种技术已经消失不见。

她闭上眼睛，长叹一口气。

"老头啊，我终于还是没有给你留下麻烦。"

然后，她消失了，火龙吞噬了四合院，撕咬着可燃烧的一切物品。

星火悬浮车朝着"缄默号"的下方飞驰而去，不时有碎片砸在车辆附近，破片刮得他脸上全是血，王韬也不例外，但他似乎没被这种情况吓倒。

王韬开始抽笑，像是精神穿越到过去改变了某件重要的事情，他的眼泪横流，手向“缄默号”伸去，嘴里还喊着古老的童谣——

London Bridge is falling down,
Falling down, Falling down.
London Bridge is falling down,
My fair lady.

第二位天使吹号，就有仿佛被火烧着的大山被扔在元环区基地最大的蓄水池当中，沸腾的水在空中招摇，水的三分之一化为血红色的溶液，船坞上的飞船也损坏了三分之一。

London Bridge is broken down.
Gold is won, and bright renown.
Shields resounding,
War-horns sounding,
Hild is shouting in the din!

第三位天使吹号，就有彗星划过地球大气层，砸向远边的地平线，如火把从天而降，落在江河的三分之一和众水的泉源上。第四位天使吹号，太阳的三分之一，月球的三分之一，星河的三分之一都隐入黑暗当中。

“天哪！那是什么？”王嘉铭大叫道。

只见木星的大红斑近在咫尺，八千米的云塔似乎都要席卷到地球上。但他明白，在此之前，地球早就会被木星的潮汐力撕成星际当中飘离的碎片。

马上就要接近“缄默号”了，王嘉铭的腿部已经开始发软，超转速加油会导致踏板的机械结构锁死，他必须用尽全力来驱动悬浮车。

100 米……50 米……25 米……5 米……

“我们一定会安全上去的！”王嘉铭的声音淹没在号角的巨响当中。

第五位天使吹响号角!

一颗彗星降落,地球似乎将无底洞的钥匙赐给它,它开了无底洞,便有烟从坑里往上冒,好像大火炉的烟,天空因此而隐去。

两人所在的悬浮车被砸向天空,下坠导致的冲量能造成的后果,可想而知。

Arrows singing,

Mail-coats ringing

Odin makes our olaf win!

悬浮车落地,扭曲的保险杠狠狠地插进王韬的肋部,鲜血溅得到处都是,王嘉铭连忙解开安全带,却发现车门被死死嵌入车体内,无法打开,窗户的空间也不足以通过哪怕一个人。

"韬韬,韬韬。"王嘉铭绝望地看着王韬脸上的血色一点一点消逝,他用尽全身的力气想抬起压住王韬的车顶,却发现无济于事。

"爸,"王韬伸出鲜血淋漓的左手,热血还在不停地向下滴去,抵抗不了地心引力,"我好冷。"

王嘉铭赶忙抓住他的手,除了这些,他什么都干不了,腹部被贯穿,就算是幸存也是会发生严重感染。他惊慌地感觉到,儿子的左手也是在一点点散去热度,生命气息也在一秒一秒地流逝走。

一把左轮手枪进入到他的视野当中。他用颤抖的手抓起手枪,眼瞳不定地发颤,最坏的打算还是开始催生。

"韬韬,你闭上眼睛。"他记得这把枪里还是有子弹的,记忆开始冲击着他将要崩溃的精神,以往的话语浮现在他的脑海之内。

"你可以选择痛快地死去。"

"或者痛苦地活下去。"

"妈妈说得对。"王韬闭上眼睛,身体的痛楚却丝毫没有减少,每当他的肢体抽搐,剧痛就会上升一个等级,"爸爸……你只会做……

没承诺过的……”

剧痛将要吞没他的精神。

“砰！”子弹穿过他的额头，解除了他的痛苦。王嘉铭用卖炭翁般的双手，紧紧握着沾满鲜血的左轮手枪，这才没让手枪滑落下去。他闭上眼睛，把枪管塞入嘴中，等待子弹撕裂他的大脑。

“啪嗒。”击锤没有击中任何底火。

他决定再开一枪。

“啪嗒。”

“啪嗒。”

“啪嗒。”

“啊！”王嘉铭甩开左轮手枪，头部不停地在悬浮车的防弹玻璃上顶撞，直到鲜血流入自己的嘴里，泛起死亡未遂的酸涩感。他不停用手指抓挠着自己的眼眶，直到眼睛的血管爆裂开来，视野被血污覆盖。

“来啊！来啊！”他呐喊着，“来啊！杀了我！杀了我！”

他再次听见号角声，彗星摩擦空气的燃烧音进入耳廓，王嘉铭的声带被撕裂，只能发出细细的哼声。他平静下来，内心除了死亡，别无其他念头。

燃烧与窒息，原来这就是死亡的感觉。

王嘉铭猛地睁开眼睛，发现有光线从外界透入。他挪动双腿，却发现毫无知觉。

这不可能是现实，自己的眼睛早已失明，不可能看见任何东西。

或许这就是死亡后的世界。

他倒在地上，发现不再是遍地的黄沙，而是布满绿茵的地面。

王嘉铭在地上缓慢爬行，他进入了草丛，穿过了低矮的灌木丛。

终于，他听见流水的声音，于是王嘉铭把双手死死抠入泥土当中，将自己甩过芦苇丛。

平铺于河底的鹅卵石，布满二人脚印的河沙，清澈的流水从远山而来。王嘉铭瞪大眼睛，不敢想象自己来到了地球——

不可能，不可能。

这是女儿丧生的地方。

“哥哥，哥哥，快看，蝴蝶好美啊。”

女儿王琦在河边的花丛里钻来钻去，追捕着穿行于花瓣之间的蝴蝶，而王韬紧随其后，扮演着保护她的角色。王嘉铭呆滞地看着这一切，说不出话来。

当天的一切，又将重演一遍吗？作为父亲的自己居然要眼睁睁地看着自己最心爱的女儿溺亡，而不争气的儿子却袖手旁观的惨剧！

“小琦！小琦！”

但是自己未来的声音却无法传入过去的时间流当中，他只能眼睁睁地看着这一切发生，却无法阻止。

“哥哥，啊！”

稚嫩的双腿踩在长满苔藓的石头上，王琦向深不可测的河流摔去。

王韬见状，连忙扑过去抓住王琦，王琦的半边身体已经被湍急的河水淹没，王韬咬着牙坚持着，却无法把妹妹拖上岸。

“韬韬！小琦！”王嘉铭扑倒河岸边，却被一道无形的墙所阻挡，他疯狂地用肘部撞击，血液都溅射出来。他瘫倒在地上，眼睁睁地看着眼前这一切，内心已被绝望占据。

王嘉铭想，下一秒，韬韬就要抛弃自己的妹妹了。

他闭上眼睛，已经不想再看见一个孩子在自己面前丧生。

“哥哥，你放手吧。”王琦知道哥哥没法把她拉上来，河流的冲击力太大了，“回去告诉爸爸，他不会怪你的。”

“我不会放手的！”王韬的牙龈都要渗出血来。

“哥哥……”王琦露出最后的一个笑容，因为她看见，有一波洪水正向下流冲来，“我最——”

二人同时被卷入河中，王嘉铭听见声音不对，张开眼睛来看，却看到这与记忆不相符合的这一幕。他的视神经将这一切展现给他的大脑，大脑却迟迟不处理，这段回忆出乎他的意料，韬韬不是……丢下他的妹妹，自己一个人跑了吗？

怎么会是两个人一起被卷下去了？

记忆开始崩溃，枷锁碎裂，以往的事实开始涌入大脑当中。

王嘉铭最不愿回忆的记忆才真实显现出来。

自己所谓的“女儿溺亡”记忆根本不是真实的，事实是兄妹二人都栽进了河流当中，自己悲痛欲绝，整天把自己关在房间里，写着乱七八糟的字条，并把它们和上满子弹的左轮手枪放在一起，等待自己下定决心自杀。

其中就写着：“你可以选择痛快地死去，或者痛苦地活下去。”

一切都消失不见，王嘉铭倒在地上，眼瞳也不颤动，如同一具尸体倒在这幻觉当中。也许，他就要带着这真实的、痛苦的回忆，在死后的世界里度过悔恨的万千岁月。

“对不起，对不起。”如果说悔恨能够挽救自己的儿子，他宁愿溺亡的是自己。

“爸爸。”

他又听见幻觉了。

“爸爸。”

他不肯相信。

“爸爸！”

直到一记耳光打在自己脸上，王嘉铭才突然发现，王韬出现在了自己面前。他抓住面前这位年轻人精壮的手臂，眼睛不断扫视着记忆中熟悉的胎记，无论是音容还是身体特征，都符合王韬的特征。

“你也来到死后的世界了吗？”他耷拉下脑袋，这才意识到自己的处境。

“不。”王韬否定了他的想法，“我是来道别的。”

“道……道别？”王嘉铭完全不明白他在说什么。

“你被‘缄默号’接纳了。”王韬徐徐说道，“你会见到妈妈和妹妹的。天哪，她还在叫我上船，说是时间不够了。她的残余意识在那时被‘缄默号’吸附，现在正在‘缄默号’的集体系统里。”

“我……我不知道你在说什么，我不是已经被彗星砸死了吗？”王嘉铭的脑海不断搅动。

“死的是我，不是你，她把你拉进了‘缄默号’创建的临时环境，也就是这里。”王韬说。

“我刚刚看到的是什么？”王嘉铭捂着脑袋，记忆错误的信号在神经中回荡。

“妈妈是为了救你才给你注入虚假的记忆，还去恳求奶奶试用还没有成熟的克隆技术。但是，妹妹的DNA信息残缺，不能复活她。”

“不过，我宁愿复活的是她，而不是我。”王韬说，“我本就不应该存在，我不想永远活在她的阴影之下。所以，即便是她的邀请，我也不会上‘缄默号’的，你回去一定要好好和她解释，不然她肯定会哭鼻子的。”

“好了，时间到了，再见。”话音刚落，王韬的身影便从王嘉铭的视野当中消失，没有留下任何痕迹。王嘉铭跪倒在地，已发不出任何声音。

然后，他也消失了。

王韬来到小溪旁，看着重复播放的一切，已没有任何想说的话。

什么为了自己好，什么为了自己的未来，什么为了逝去的妹妹，都是为了给他们塑造一个活着的纪念碑，不断提醒王琦的灵魂已在自己身上复活。而这条名为王韬的魂灵，早已被湍急的河流冲刷走。

所以，他决定反叛一切，释放一切，利用父亲教给自己的一切，从而来证明自己。

但他就是只追着车跑的狗。即使追上了也完全不知道自己要干吗。

有一位男孩儿时翘首期待着能有一艘船带他离开这个世界，当这艘船真正来到他面前时，他才发现自己真正的期待并非如此。

最后，王韬坐在河岸上，累了，躺在地上。

太阳落山之后，他哭了。

时间，是个奇妙的东西。它在同一个地平面内规则地流动，又在快速运动者身上缓慢流动。既有规律，又如幻灭。

王嘉铭静静地看着“缄默号”在几分钟时间内飞过了整个星系，在一年之内，穿过了大半个银河系。星海横流，谁知沧桑变化，一缕缕星光在眼前如同过眼云烟，一片片星云在眼前犹如易逝之春，转眼间尽数飘散。最后，外部空间竟是已经流逝数百万年。

宇宙重新形成了。

但这个宇宙形成的过程中出现了差错，错误的暴涨导致暗物质堆被推到了宇宙边缘，少数残存于宇宙的浩瀚空间当中。这是个新世界，第二次大爆炸产生的氧分子在此处凝聚成氧气，远处微型黑洞拖拽的吸积盘产生的光芒照亮了这里。

王嘉铭曾从理查德那里听说，他们本打算制造伪真空发动机来使宇宙再次重启，但是再三考虑之后，他们决定用基因技术制造出星际水母，它们的食物是暗物质，死后会自动飞往外界，将暗物质带到更远的地方去。它们从生到死，都受着“缄默号”技术的限制，不会怀疑死后的任何动机。

他没有选择冷冻休眠，而安婕还在冷冻当中，王嘉铭不知道在她解冻之后，该怎么向她解释儿子的事情。

“琦琦她又哭鼻子了吗？”王嘉铭询问着突然出现在身边的理查德，“真是个爱哭鬼。”

“她没有之前哭得那么厉害了。”理查德说，“不过，她托我给你带了一段自己生前的记忆，说你会明白的。”

全息影像投影于宇宙空间当中，薄薄的水汽与氧气的混合物承担起银幕的作用。画面当中，儿时的王琦正与王韬交流着以前的事情。

“哥哥，我听说外面那些人又在嘲笑你给自己取的外号了。”王琦说道，“那个外号到底是什么？”

“我叫自己‘帕格里亚齐’。”王韬说道。

“为什么？”

“我给你讲一个笑话。”哥哥莞尔，“有个人去看医生。他说他感到很抑郁，说生命太严苛太残酷，说他觉得自己在危机四伏的世界里感觉孤身一人。医生说：‘处方很简单。今天晚上最伟大的小丑帕格里亚齐在城里有演出，去看看吧，应该会让你心情好起来。’这个人突然痛哭失声。他说：‘可是医生……我就是帕格里亚齐。’”

二人陷入沉默当中，他们双眼对视，交换着灵魂深处的真实想法。

这个笑话很有用，每一位听过的人都笑了。

……

“哈哈哈哈。”

“哈哈哈哈。”

“爸爸，你为什么哭了？”

诗篇 31:17

耶和华啊，求你叫我不至羞愧，因为我曾呼吁你；求你使恶人羞愧，使他们在阴间缄默无声。

父母一直在等待孩子的感激，而孩子永远等待父母的道歉。

本来无一物

文／钟推移

当意识上传技术得以实现，超级计算机就成了没有生老病死的天堂。然而充满野心的独裁者一旦掌握了天堂的钥匙，这个世界一触即溃。

窗外透入的阵阵虫鸣，随风而来的淡淡草香。

虽然没有开灯，但洒在青砖上的月光将房内的一切都映照得十分清晰——墙壁上的裂缝、桌面的瓷杯、架上的僧袍、床头的经书。

小和尚怔怔地望着屋梁，长时间的卧床令他腰下的骨头都已经麻木了。

年久失修的木门发出嘎吱的声音。

“方……丈。”小和尚嗓音干涩。

“别起来，”方丈坐到床边，轻轻摸着他的小光头，“你精神好多了。”

“天气一变暖，我感觉身上舒服多了。傍晚时我还看了几页书。”

方丈拿起床头那部《坛经》，说道：“寺里那么多经书，你看来看去都是这一部。”

“可能是我的名字跟六祖有一个字相同，缘呀。”

“也可能是《坛经》的故事多，你不觉得闷。”方丈笑了。但他看见小和尚脸上却挂着一片沉重，“贞慧，别担心这病了。”

贞慧说：“我只是有很多事情想不明白，方丈，我太笨了。”

“什么事？”

贞慧低下了头，小声道：“一些最简单的道理，比方说，客堂的墙上写着六祖的偈语，寺里人人都懂，但我从来都没明白过，甚至……甚至还有一些亵渎的想法。”

方丈说：“你大胆地说吧，想到了什么？”

“我觉得神秀禅师的偈语，也很有……很有道理。他说，‘身是菩提树，心如明镜台。时时勤拂拭，勿使惹尘埃。’寂空禅师不也是这么教咱们的吗？出家人勤于修行，要行五戒、净六根。这和神秀禅师说的不是一个道理吗？六祖却说‘菩提本无树，明镜亦非台’，如果真是这样，他为什么要叫张别驾写这偈语呢？他的菩提不也是要用偈语告诉我们吗？”

“这里头的道理，等你身子好了，我慢慢跟你讲。”

“我没有师兄们那么用功，所以很多事情参不透。”

“难道你用力去参，就参得透吗？”

贞慧闻罢，烦躁的心渐渐平静下来：“方丈，还有些事，我要向你认错。”

“你在寺里规规矩矩，没犯过错呀。”

“表面上没有，但心里却……甚至是犯戒。”在如霜的月色下，贞慧苍白的脸上居然泛起了一丝红晕。

方丈慈祥地看着贞慧，想起了前任住持寂空禅师也很喜欢这个既有慧根，又有慈悲心肠的小和尚。临圆寂时，寂空禅师说：“若干年后也许贞慧能继承虚云寺的衣钵。”这句话震动了在场的所有僧人，须知道，当时贞慧只有十岁。然而，寂空禅师的愿望落空了，严重的先天性心脏病摧毁了这个小和尚的身体。方丈定了定神，继续说："监院也夸你不少，说你经常主动到客堂帮忙，很勤快。"

贞慧低下头："其实，那是因为课堂常有一位女施主来，她大概才十四五岁光景……我想，多看看她。每次，她和父母来，都给寺里捐很多香火。我多么希望，她拖着的不是父母的手，而是我的……"他越说声音越小，到后面已经几乎叫人听不清了。

"你能坦白，本身就说明你是个诚实的孩子。"方丈说。

"我还有更大的罪过。我连四谛八苦也没学好，因为，我……怕。"

"你怕？"

"因为我不知道，死了之后，到底有没有西方极乐世界。我怕自己就这么没了。方丈，我从小在虚云寺长大，还这么糊涂，深重啊，我的罪孽。"说到最后，他已是语带哽咽。

"你现在需要的是好好休息，"方丈把他扶回被窝中，"任何人悟道都是要讲缘分的，你还没到那个时候。"方丈拿起床头的《坛经》，"既然你这么喜欢这本经，我就给你念一段罢。"

贞慧闭上眼睛。说了那么多话，他已经很累了。

"善知识，世人终日口念般若，不识自性般若……"方丈轻声念着，念到"迷闻经累劫，悟则刹那间"时，门口已出现一个身影。

"方丈，贞慧怎样了？"来者乃本寺的监院僧。

方丈说："他睡着了。"

"好点没？"

"他这几天加起来都没有今晚说的话多。"说罢，方丈叹了口气，心道，只怕这是回光返照了。

"我刚才向佛教协会打听了一下，"监院说，"美国有间私立医院，有治疗贞慧这种心脏病的特效药。"

"哦？手续能办下来吗？"方丈转过身来。

“佛协愿意帮忙跟美国那边沟通。但是，费用很高。一个疗程，大概三万块。”

“寺里还剩下多少钱？”

“到月底，估计有四万左右。”

方丈眼前一亮。

可是监院接下来的话泼了他一头冷水：“不过，上次为了塑造佛像金身，跟善信借的款，到期要还了。”大殿中的佛像被白蚁蛀空了半边，似乎一阵风吹过就能把它刮倒。但监院把抽屉翻遍了都找不到足够的钱，便只好找山下的一户放贷的人家借了一部分。

方丈沉吟了很久：“我们再想想办法。”忽然他感到手臂一紧，被子下伸出了一只瘦削的手拉住他的衣袖，“贞慧？”

但是贞慧没有作声，甚至没有睁开眼睛，他似乎并非醒着。

监院犹豫着说：“请恕弟子多嘴，这么一笔钱，四大首座恐怕会有想法，因为寂空禅师当时也，也……”

方丈明白他要说什么，几年前，闻名海内的高僧寂空禅师病危时，也没从库房支过什么款项，若要为一个小和尚出这笔钱，寺里其他僧众难免有想法。他抬起头，看着皎洁的月色。“去吧，跟佛协说一声。”方丈吩咐道，但他觉得拉着他衣袖的那只手还是那么有劲，便只好又坐下来。

监院不敢怠慢，赶紧跑去库房那边，用全息影像电话接通了佛教协会的陈干事。大夜晚的，居然还接到虚云山的紧急电话，陈干事还以为寺院失火了。当监院把方丈的意思说清楚后，陈干事颇有点不耐烦地说：“知道了，明天上班就帮你们联系。”监院心道，待到白天，美国那边就是夜晚，到时你会不会又说不是美国办公时间？那样一拖，即便用无人机快递都要三四天后药才能到货，恐怕赶不及了。但陈干事的脾性历任监院都清楚，要是惹烦了他，恐怕他再给你延几天都有之。于是监院赔笑道谢，收了电话，便匆匆跑回贞慧的病房。

一进门，他看见方丈合掌肃然，立在床前念着经文。

《地藏经》！

再看看床上的小和尚，只见他闭着双目，面容安详，一如生时。

贞慧迷迷糊糊之中，只觉得身体轻飘飘地失去了重心，他反手要抓住床沿，谁知手指在床边划空而过，仿佛那结实的木板只是个幻觉。他大吃一惊，睁开双眼，却发现自己已轻盈地飘在屋梁上。方丈和监院合掌低头在念经；床上一个盖着被子的小和尚，赫然便是自己。

贞慧慢慢飘出了窗外。

月朗星稀，风细虫鸣。

他锁着的眉头渐渐展开："原来真有轮回。"飘荡中，他大声跟两位师尊一起念完了《地藏经》："尽此一报身，同生极乐国。"尽管他的声音很大，但方丈和监院全未听闻。

过了一会儿，他只觉得身体越飘越高。虚云寺的房舍映着月光，山上响着松涛。渐渐地，天地的一切都模糊了，他被不知哪里来的疾风卷入一片混沌之中，也不知在里头天旋地转了多久，忽然耳边响起一阵悠扬的钟声。一道热辣辣的阳光迎面照来，他本能地用双手挡着面门。过了好久他才适应这突如其来的光线，待他看清眼前的一切时，不由得愣住了。

他站在一座古旧的宝殿前。

青色的瓦，黄色的墙，甚至连阶前那刚长出的草苗都和记忆中的一模一样。

虚云寺。

殿中传来一阵清脆的木鱼声。

他跨过殿槛，只见一个老和尚席地敲着木鱼。

“寂……空……大师？”贞慧声音发紧。

老和尚向他微微一笑：“我等你三天了。”

贞慧定神看着眼前这个老和尚，只见他漆黑的眉毛粗浓得像两道胡子，突出的颧骨下窝着深邃的双眼。当年寂空禅师圆寂时，自己伺候过他好一段日子，决不可能认错。“这……这是哪？”贞慧惊魂未定地问。

“你难道不认得这里？”

“但，刚才明明是晚上的，奇怪……”

“欲界之事，你还放不下吗？”

贞慧激动起来了：“大师，这里就是西方极乐世界？”

“你说是就是，说不是就不是。”寂空说罢，站了起来，走出宝殿。

贞慧乖乖地跟在后面。在寺里的小径拐了两个弯，看着这熟悉的建筑和草木，他嘴巴几乎合不拢。最后，寂空走进了一间禅房。贞慧犹豫着，只听见禅师说：“来吧。”

贞慧走了进去，站在捻着佛珠的禅师旁，种种迷惑纷至沓来：这里是色界？无色界？极乐世界？且慢，如果这里不是现实世界，那么殿堂禅房皆非实有，地下的青砖又怎能结实地托住人呢？他见案头放着一个干净的香炉，便拿起来把玩，铜纹摸起来凹凸有致甚有质感，这更添他心头的困惑：难道我还没死？

正想着，忽然外面传来一个中年男子爽朗的声音：“弟子赴约来迟，望大师恕罪。”

贞慧吓了一跳，手一松，香炉直掉向脚背。脚趾被砸得不轻，但奇怪的是他全不觉痛。

寂空禅师说道：“既然知罪，如何处罚？”

屋外飘然来了一个短头发的戴着眼镜的男子。他约莫五十来岁，文质彬彬。让贞慧觉得意外的是，此人鼻梁高耸、腮边布着白色的胡子，竟然是个外国人；但他的中文发音十分纯正：“就罚让你一子如何？”说罢，他空空的双手里便生出黑白两个棋盒。寂空接了黑子过去，在地上一摸，青砖上登时现出了纵横交错的刻线。

贞慧瞠目结舌，看着他们变戏法似的在地上摆开了棋盘。他虽信此处是西方极乐之所，但眼前的种种神奇之事，仍挑战着他的常识感。

那外国人瞟了他一眼：“这位就是贞慧小师父吧？”

贞慧连忙行礼：“贫僧正是，施主怎么知道的？”

外国人指指寂空：“你祖师爷早就告诉过我，你有严重的先天心脏病。欢迎你来到异元空间。”

贞慧只知三界六道、佛国净土，“异元空间”这样拗口的名称可谓闻所未闻。

外国人问寂空：“大师，这孩子还没知道这里的底细？”

“由这里的创建人来解释岂非更好？何必费老衲的唇舌？”

“老和尚好狡猾。”外国人笑了笑，“你好孩子，我叫祖比斯。你现在应该在奇怪，为什么心窝不再难受？为什么香炉砸在脚上没有痛感？这盒围棋从何而来……幸好你是僧人够涵养，我就见过有人刚到这里就精神失常了。多可怜啊，一复活过来就疯掉了。”祖比斯在棋盘上下了一子，继续讲道，“早在200年前，美国人就提出了多元宇宙论；而二十一世纪中叶，普利斯顿大学终于证明了这一假说。我们公司的实验室完成了临门一脚，与你我现在所处的这个宇宙建立了信息联系。但这里的物理常数和我们原本的宇宙相差很大，所以原宇宙的物质难以存在，唯有飘渺的信息才可以以这个宇宙的方式保存着。你想，这个异元空间用来存放什么最好呢？”

贞慧脱口而出：“人的思维。”

“难怪禅师一直夸你是最聪明的弟子”，祖比斯的目光从棋盘移到了他身上，“把人的思维，其实也就是灵魂了，上传到这个异元空间的想法是源于十年前的那次检查，医生发现我得了胰腺癌，给我宣判的缓刑是一年。幸好在这之前，麻省理工的人已经发明了思维信息的数据排列方法，于是我把专利买下来。再利用量子计算机编程，终于把我的思维信息读取到这个异元空间里来。”

后来，贞慧翻查资料才知道，祖比斯就是那个垄断了全世界八成的电脑芯片的企业的创建者，虚云寺和山下联网的电脑上就贴着他公司的标识。只是谁都不知道，这些电脑芯片和程序并不仅仅是在为使用者服务，还在默默地读取着人类的思维信息，一旦他们死去就可以无缝地接入异元空间。

祖比斯又下了一子:“不生不灭,不垢不净,不增不减,此之谓也。”

“起寺度僧，是功德吗？”寂空忽然问。

祖比斯脸上立时变得严肃起来，合掌说道：“弟子愚钝。”

贞慧年纪虽小，但聪明勤勉，寺中藏书已读得颇多，知道这几句对话的来由。刚才祖比斯说到自己如何把死者的思维上载于此，相当于保存了他们的灵魂，无意中他引用了《心经》的“不生不灭”之语来形容这个异元空间，言语间略有得意。寂空的话则是用了达摩祖师的一段公案。南北朝时梁武帝修建寺庙、勤于斋僧，有一天他问达摩：“朕起寺度僧，有何功德？”达摩祖师淡淡地以三字答之：“无功德。”

只听见寂空说：“既知愚钝，还算愚钝吗？”

祖比斯哈哈一笑，便继续下棋。

隔了好久，寂空才缓缓说道：“你普度众生，确有功德。”

寺外便是白云缭绕的虚云山，这给古寺平添了几分仙气。然而正是由于虚云山上道路不便，减弱了前来上香的信众的热情。故此虽有寂空这样闻名中外的佛学大师，虚云寺的香火却不甚旺。贞慧极目天际，心中不由得一动，不知道山下的花花世界在异元空间里是怎样的呢？正想得出神，忽然身体飘然而起，他吃了一惊，这种感觉和适才死亡的一刻十分相似，但不同的是这回他精神饱满。看着自己双脚离地，越飞越高，他甚至感到有种兴奋。他上身微微前倾，张开双臂，像鸟儿一样翱翔在空中。温暖的山风拂面而过，他闭上双眼，高声唱起歌来。

他快活地在棉花糖般的云间游来穿去，和天上的鸣雁比翼齐翔，直到被灿烂的阳光照耀得双眼乏累才消停下来。掌握了速度变换的技巧后，他决定干脆到附近的镇上耍耍。但全速向山下飞了颇长一段时间，下面但见松草坡谷，不见人烟。正想放弃，他却发觉自己已忘记来时的路了，他心想，祖比斯是按照现实世界分毫不差地建造异元空间的，那就势必有城镇村落，到时找个人问问路便可。于是他继续朝原来的方向前进，果然不多久便看到地面有条笔直的灰线，降低高度一望，原来是条高速公路。沿着公路飞了一程，他已经远远望见一团灰霾中鳞次栉比的高楼大厦。

看清楚路牌后，他吃了一惊，原来自己竟到了省城，那可是距虚云山一百多公里远。此处虽然高楼林立，但人却很少，而且多半是老人。一转念他便明白，异元空间的实物虽和现实世界一模一样，但祖比斯逝世后的死者毕竟人数不多，这些亡灵分享着广阔的天地，自然显得地广人稀了。

城西有条清澈的河流，一座小桥旁的露天茶馆里正聚着一班人。贞慧按下云头走了过去，坐到一张空桌前。只听见旁边一个面孔干枯的老汉叹道：“老张，我还是觉得，你死得不值呀。”

“谁叫咱家穷，得了这治不好的胰腺癌，何必拖累子孙？”老张喝了一口茶。

“那也犯不着走这条道呀。”老汉说。

“唉……”老张长叹一声，隔了好一会儿，仿佛下了很大决心他才继续说，“我是不愿意他们为我伤了和气。有一晚，我在病床上半睡半醒时，听到大儿子跟女儿说，爸这病花的钱不少，小涛这个月要交学费了，他有困难。女儿说她老公也生病了，连续一个月没上班了，家里也是难……”

“那你就撑下去嘛，医生都说你还有两三年命，到走不动吃不了的时候再跳进这城西河嘛。”

“这又何必呢，我现在每晚回去看看他们。他们活得轻松多了。我一个老不死，多活三年，少活三年，都是一个死，重要吗？我可不像你可以无牵无挂。”

老汉脸色一变，最后这句话可刺到他痛处了：“嘿，我没子女，没老婆，但也不见得快活。”

“没人照顾，一把年纪，病的时候是惨一点。”

“我倒不是有病。”他扯开衣领，露出脖子上一圈红印。“我退了休了，晚上给百货商店做看更，谁知上班没几天就被两个偷东西的外地人给勒了脖子。”

老张把浑浊的目光从眼镜上透过来，一时间不知该如何接话。

老汉束好衣领，给老张斟了杯茶，正要换个话题，忽然马路对面走来一个身材魁梧的秃顶中年人，那身黑色军装让他显得神采奕奕。

“又来了。”两个老头儿异口同声。

“各位老人家！”那军人站在一个石阶上，领章上的四个菱形被阳光照得熠熠生辉。“如果没有打扰你们的话，我想继续谈谈昨天的话题。”

“又要我们跟那个什么鬼元首造反吗？”不知在哪个角落里有

人嘲笑道。

“那可是要砍头的哟。”老头儿跟着起哄。

“可我们都死了，还怕什么砍头呢？”

你一言我一语，茶馆里乱哄哄的。

但那军官却没有显出不耐烦，他语气温和：“我们虽然已经不在现实世界了，但毕竟还是以某种方式存在着。想想看吧，你们活着时，可以一死结束一切；但现在，我们却只能被迫在这地方永生下去了，在未来无限的时间里，我们总该做点什么吧？没有目标的日子是很可怕的，永恒的浑浑噩噩啊。各位觉得呢？”

老汉凑到老张耳边说：“嗨，他们不是搞传销的吧？”

异元空间里虽可腾云驾雾、空手变幻，但日月星辰这些“大”的规律还是和现实世界一样，这让新到者很快就能适应。看惯了眼花缭乱的奇异事物后，贞慧也渐渐习惯了这里。他现在知道了，这里还存在一些由祖比斯和学者们按照现存的资料复原的历史人物——尽管他们早在二十一世纪之前就死了，例如上次茶馆里那个军人所说的元首就是源自二十世纪三四十年代一个德国统治者。据说，学者们还复原了和这位元首同时代的一个英国烟鬼首相、一个美国瘸子总统，异元空间的自动翻译功能使他们毫无语言障碍地天天在酒吧里吵架。祖比斯显然觉得让不同的思想产生碰撞是个十分有趣的做法——毕竟异元空间只是个纯思想的宇宙，这里任何人都不能伤害任何人，所以即便是极端残暴的人物，也就嚎嚎嗓子，只增笑耳。

不过，最让贞慧感兴趣的不是奇幻的异元空间，却是原本的现实世界。

他向茶馆的老张学会了窥视现实世界的方法，每晚无人之时，他在蒲团上集中意念，祖比斯的量子计算机便会自动将他引向生前的宇宙。他不再受到围墙的阻隔，自由地穿梭于虚云寺中，看着那班生前的师父、师兄们日复一日地敲木鱼念经。有时好奇心起，他会尾随那些善信，旁观他们的俗世生活。当然他也隐隐感到此举不妥，因为他从不敢将这种新癖好跟寂空禅师提起。

他很快就对佛经上的八苦有了新的体会。

茶馆里的那些老人，生前深受生老病死之苦；虚云山下的村民们晚上轮流拿着铁锹，守候着鱼塘，不让车身上印着“某某建筑”的铲车推平，那大抵算是怨憎会苦了；寺里常有善信花钱请和尚们替亲人做法事，他们的泪水诠释着爱别离。

但是不久后，贞慧发现，人世间有着太多莫名其妙的事，也许他永远也理解不了：有个82岁的商人的28岁的太太天天来菩萨脚下恳求延长她老伴的阳寿，但某天有个律师带着公证处的人到过她家后她又祈求上天尽早结束丈夫的痛苦；寺里的香客一边虔诚地诵念“行深般若波罗蜜多时，照见五蕴皆空……”，又一边向财神祈求生意顺利、财源广进；寺中的监院僧经常赔着笑打电话请佛协的人莅临指导，但挂了电话后他又总是愁眉苦脸。

今天，站在香案前，端详着形形色色的众生时，贞慧发现了一个有趣的规律，越是向功德箱里捐奉多的人，往往非富即贵，反而越不需要神明的助力；相反，捐奉少的人却多是贫困潦倒之辈。

莫非，这便是不爽之因果？

但这个念头冒起没多久，他就被知客堂里一个熟悉的身影吸引住了。

就是那个小姑娘，贞慧生前常常躲在门后窥视的那个。她远远跟在她父母身后，来到寺中。

但那对夫妻却失去了往日飞扬的神采，那中年妇人捂着胸口，尚未开口便泪如雨下。她从怀里掏出一张照片，颤巍巍地递给知客僧。

小姑娘扑上前，把脸贴在母亲的背上，大声痛哭着。

忽然，小姑娘回过头来向着贞慧藏身的柱子嚷道：“干什么？”

贞慧倒退一步，在她面前挥了挥手，反问：“你见到我？”

小姑娘擦了擦泪水：“走开！”这间接回答了贞慧的问话。

贞慧壮着胆走了过去，却见那中年妇人手里拿的，正是小姑娘的黑白照。她正在知客僧的本子上写：弟子恳请法师超度亡女……

“你不能在这里待多久的，”贞慧说，“你已经不属于这个世界了。”

“我要跟着妈妈！”

贞慧明白，当一个思维体不愿开放接口时，就无法接入异元空间。这就意味着那个灵魂会在某个时刻断开和量子计算机的连接，永远消逝在冥冥之中。“相信我，小姑娘，你会再见到你妈妈的。”贞慧真诚地伸出了手。

犹豫了好久，那只柔软雪白的手掌才给予了回应。

贞慧说不清自己是什么心态，悲抑或喜。原来，他自己也有尘世中人的那种莫名其妙。为了减轻小姑娘初亡的恐惧感，贞慧边走边跟她说话。原来她叫小丽，上个星期参加完同学的生日晚宴后，在回家的路上，一辆飞驰而过的跑车从她身上辗了过去。那个醉醺醺的年轻司机直到次日看见车身的血迹时才知道自己闯了大祸。

贞慧向小姑娘解释了这个亡灵世界的种种设计。异元空间中的思维实体将按照生前的形象被重塑，所以他们看到的才是彼此的躯体，而不是一堆 0 和 1 的数字。

刚回到虚云山，贞慧就感到气氛不对了，即便在现实世界也有香火不旺的寺庙，居然在山门前聚集了大批身穿黑色制服、背着步枪的士兵。那种军装，贞慧在茶馆见过。

穿过一条山径，贞慧带着小丽从后门溜进了寺内。马上，他们就听到一个男子傲慢的语调："你们在这儿，异元空间的中心，本来有机会成就一件前无古人的壮举，让这思维世界和那个我们本来存在的物质世界都变得更美好，但你们却犹犹豫豫、推三推四，这是对两个宇宙同时犯下罪行！"

贞慧和小丽刚走近大殿，就被一个秃顶的军官举枪拦住了——正是茶馆中发表冗长演说的那个。

"我是这里的人。"在小丽跟前，贞慧挺起了胸脯。

那军官瞥了一眼他的光头，呵斥道："我们元首在里面。"

"我们师尊也在里面！"贞慧很少对人这么不客气，他干脆拨开了对方的长枪，"请收起你的玩具枪吧。在这个纯思维的宇宙里面，这些玩意连三岁小孩都吓不倒。"贞慧拖着小丽跨进了大殿，军官只好跟着他们走了进去。

殿内，一个梳着光亮分界发型的瘦削的中年人正在高声说话，鼻底下那道嚣张的胡子一上一下地摆动着："如今现实世界的人们简直就是堕落，浪费了青春与光阴，践踏着宇宙留给他们的丰富的资源。他们天天过着浑浑噩噩的日子，一次汽油的加减税、一只股票的涨跌就已经牵动了他们所有的神经。这样的文明应该延续下去吗？不！先生们，不！继续容许这样的事情发展下去，那是对万物之灵长的亵渎！"那小胡子说起话来双眼直放光，还配合着富有激情的手势。

"元首阁下，"祖比斯就站在寂空身旁，"当我还在读高中时就在历史课本上领略过你的演说魔力。但不幸的是，现在我们已经死了。你懂吗？我们无论做任何事都没办法影响现实世界。"

"有！"元首向那中年军官招手说，"诺依曼，你解释一下。"

"是，元首。"那秃顶的军官挺直了腰板，"祖比斯先生发明了量子计算机，接通了异元空间与现实世界的思维，这就是大家死后存在于这个平行宇宙的原因。”忽然他想起元首并非死后接入的，而是异元空间的学者根据史料复原的。他斜瞥了一眼元首，见他神色无异，才放心说：“但其实，我们可以做一个逆向工程，将异元空间的思维实体导入现实世界那一具具精神堕落的肉体中。”

“借尸还魂？”贞慧脱口而出。

诺依曼微笑道：“你们东方人的这个词虽然难听，但还算描述得恰当。”

“只有这样，才是拯救已经被商业和资本腐蚀掉的、堕落的人类文明的唯一办法，”元首补充道，“在异元空间的每一个人，要么经历了生死的转换，更能理解生命的意义；要么本身就是伟大的灵魂，像我们的计算机科学家——诺依曼先生。”

诺依曼微微颔首，以感激元首的称赞。

“在这不生不灭的世界，享受西方的极乐，”寂空大师第一次开口，“你们居然还想堕落回八苦交加的欲界？”

元首冷笑道：“生存总比死亡好。除了受到古怪宗教哲学羁縻的老和尚你，谁不愿意享受人生？祖比斯先生，难道你不愿意重新掌握世界上最大的科技公司，领略人间的繁华吗？诺依曼，你愿意吗？”他指了指小丽，“即便这个小姑娘，你愿意复活，回到你父母身边吗？”

小丽放声哭了起来。

祖比斯说：“你吓坏小女孩了。”

寂空慈祥地将小丽拉到身边，轻拍她的肩膀。

贞慧指着门外大声说：“你们出去，虚云寺不欢迎你们。”

元首和诺依曼对视一眼，他们倒颇有欧洲人的风度，向此地的主人道了个歉便率领着那班手下离开了。

祖比斯看着他们的背影喃喃道：“党卫军真是阴魂不散。”

这种不愉快的事对贞慧来说只是小插曲。现在他全盘心思都放在小丽身上，给她讲述异元空间的种种法则、教她腾云驾雾、带她到处游逛，成了每天的功课。他感到一种巨大的幸福感，如果这时元首问他愿不愿意回到现实世界，他的回答只会比当日更加坚决，那就是不。

但是，无论他怎样努力，小丽的脸上仍然难现笑容。学会自由穿梭的技法后，她马上飞回了县城的旧居，晚上回寺时，她脸上仍带着泪痕。

小丽仍然没走出死亡的阴影，贞慧思忖道："我一定要让你变得高兴！"这一天和小丽相处时，他把这个决心向她道出。人在少年时，有了一个高尚的目标，多半是没法隐藏在心底的。但是小丽听罢，眼圈反而红了，说道："我没有妈妈了。我就要伤心，就要！"

贞慧激动之下，拉住她说："看着你难受，我也难受。"

小丽挥脱他的手："谁要你管我的事！"她哭着跑了出去，直到身影消失在山林中，她都没有回头。

贞慧隐约听到四周断断续续的呜咽。这个纯思想的宇宙有时会被强烈的个体潜意识扰动，此刻，小丽巨大的悲痛转化为山谷的回响。

这一晚，贞慧失眠了，望着清澈夜空中的繁星，他想了很多，但归根结底只有一个念头：小丽根本不需要我。

令他意想不到的是，次日，小丽又上山来找他了，问道："你从小就在寺院里长大吧？"

贞慧点点头："我一出生，妈妈就用个垫着碎布的竹篮把我放在寺门前。"他说这话全无悲伤的语调。小丽的去而复来，让他如沐春风。

"我这辈子从没离开过爸妈，"小丽幽幽说道，"你不能体会到这种痛苦。"

苦。

人生在世，无时无刻不被苦所羁縻，没想到在这极乐的天地里，苦仍然紧紧攫着每一个人。贞慧叹了口气。

“你真要我变得快乐吗？”小丽说，“我倒有个主意。你愿不愿意帮我？”

贞慧双眼立即泛出光来：“只要能让你快乐，我一定帮。”

“那个祖比斯掌握着异元空间的程序运行，你让他把我的思维中痛苦的那一段删去，不就可以了。”

贞慧像兔子一样蹦起来，拖着小丽就往虚云寺跑去。

作为全球最大的科技公司的总裁，祖比斯却是个佛教徒，生前就与寂空禅师多有交往，虽然那时二人之间有语言障碍，但传授佛法有如指月示人，信者当应看月，而非观指。所以死后他成了虚云寺的常客，这天又在与寂空对弈，听完兴冲冲的贞慧提出的请求，他大摇其头：“胡闹，如果删除了一个人思维中的某些片段，这个思维体还完整吗？”

贞慧一下愣住了。

小丽立刻流起泪来：“我在这里，天天的生不如死。祖比斯先生，你还不如整个把我删除掉算了。”

祖比斯手里转着棋子：“实话跟你说，我可以整个把你抹掉，那样一个删除命令就搞定了；但是要删掉你精神状态的一部分，我没有百分百精确操作的把握。万一删掉了你开心的回忆怎么办？这就像外科手术，有风险的。”

小丽却表现得十分坚定：“如果真是这样，那就是天意。”确实，很难想象这个小姑娘还会有比现在更糟糕的状态。

祖比斯看着她令人心碎的眼神，拿不定主意，便把目光投向寂空。

寂空合掌轻轻说道：“慈悲。”

谁曾想到，连通现实世界和异元空间的桥梁——量子计算机原来就放置在虚云寺的藏经楼中。贞慧惊讶地发现，原来身处的思维宇宙的核心也不过一张写字台般大小，和现实世界中祖比斯的公司生产的那些大型机的体积相仿，再外加一个不足1毫米厚的触摸式空气投射屏。

祖比斯请小丽坐在一张木椅上不要动。一束光线穿过藏经楼的瓦顶从天上投下，笼罩着小丽，仿似一盏炽热的定点灯照在她身上。

“小姑娘，你别动，核心程序已经对你定好位了。最后问你一次，你真的要这么做吗？”祖比斯敲击着全息键盘。

“我决不后悔。”小丽眼中闪烁着兴奋的、奇异的光芒。

祖比斯却忽然打了个哆嗦，似乎想起了什么。

“怎么了，祖比斯先生？”小丽急促地催着。

祖比斯对寂空说：“我忽然觉得自己的老毛病又犯了。”

“执着。”寂空向来言简意赅。

“大师，你真是了解我。我生前就是个电子技术迷，越困难的问题反而越提起我的精神，最后创建了那个科技帝国。但我也知道，这是一种痴，一种执着。此时此刻，我迎接了这个难题的挑战，第一次尝试对一个思维程序做删除操作，也许其实不太难，但我总觉得心神不宁。”

“阿弥陀佛。”寂空闭上双眼。

祖比斯一咬牙，手指在空中飞舞起来。

突然，笼罩着小丽的光柱消失了。小丽身子一软，从座椅上滑到了地板，贞慧连忙上前抱起她。

“没事的，过几分钟她就会醒来，就像现实世界中的人受到脑震荡一样，她要昏迷一阵。”祖比斯说，“刚才你们见证了异元空间的删除操作，这可是有史以来第一次。”

“做得好，祖比斯先生！”外面传来了一个熟悉的嗓音，还伴随着一阵清脆的皮鞋声。

藏经楼内众人脸色都变了。

夕阳映入楼中，将元首张牙舞爪的姿态拖在地上，影子直延至祖比斯的脚边。“活着就是为了改变世界，”元首的胡子跳动时仿佛牵扯着众人的心脏，“这不正是你的格言吗？”

“看来我犯了个错，”祖比斯说，“我还以为设计异元空间的时候，没有把苍蝇、老鼠这些恶心的生物创建出来呢。”

元首并不将这侮辱放在心上，反而大笑起来：“上帝不也创造出撒旦吗？冷静点，像你这样有创造性的天才应该加入我们，去共同完成那个伟大的使命。”

藏经楼外的军士们振臂高呼：“复活！”

“此乃佛门清净地。”寂空禅师忽然开口。

“出去！”贞慧拦住这班不速之客。

诺依曼上前抓住了贞慧的手臂。

元首向量子计算机走近一步：“我们德国有位前辈说过，重大问题必须靠铁和血来解决。但我希望给祖比斯先生最后一个机会——你愿意加入我们吗？”

祖比斯忽然意识到什么，转身跑向量子计算机。

几声枪响划破了虚云寺的宁静，计算机前地板上溅起的碎砖块打到贞慧脸上，贞慧伸手一摸，手掌中居然有血丝。诺依曼吹了吹发烫的枪管说：“小和尚，这冲锋枪还是玩具吗？”

元首指着诺依曼手上的冲锋枪，笑着说：“全靠祖比斯先生的删除命令，我们的家伙才有了用武之地。”

祖比斯怒目相向地说：“你们竟然窃取了我输入的命令？”

“说到计算机系统，咱们德意志的诺依曼比美国那个冯诺依曼一点都不落下风。正是他提出利用量子计算机的删除指令制造出能实战的枪械。”

诺依曼躬身说道：“元首英明。”

异元空间本质上是个数据的宇宙，删除就意味着毁灭。看着楼外整齐站列的党卫军，祖比斯能猜到他们手中的每一把冲锋枪都嵌入了删除指令，换言之，在这个思维宇宙中变成了货真价实的杀伤性武器。显然，诺依曼早就盯上了自己，他所等待的就是刚才自己那鲁莽的操作，不费吹灰之力他就复制了自己的指令，所用的手段和二十一世纪那些古老的黑客利用木马程序窃取网上银行密码如出一辙。

潘多拉魔盒打开了。

祖比斯不顾一切地扑向量子计算机，翻开全息键盘。

“住手！”诺依曼喝道。

元首的声音冰冷而坚决：“这是一支瓦尔特手枪，1945 年我就是被它击穿头颅的。”

祖比斯震颤着转过头来，只见元首用手枪顶住了贞慧的额头。

贞慧看着黑黝黝的枪管，说道：“那你应该让它再响一次。”

元首没理他，只是对祖比斯说：“请将你的双手离开键盘，我数三声，不然我就开枪了。”诺依曼在旁补充道：“祖比斯先生，你表现出来的勇气已经充分获得我们的尊敬，但如果继续负隅顽抗，你的鲁莽恐怕会影响你的声誉，请看一下周围吧。”

藏经楼的大门被推开了，一队胸章鲜明的党卫军冲进来在祖比斯身旁围出一个扇形，冲锋枪口全都对准了他的胸膛。

“我们能体谅你还受到落后的道德观的约束，”元首说，“你只需要把系统管理员的口令告诉我们，由我们来完成伟大的使命。”

祖比斯面如死灰，颓然说道：“元首，这个密码关乎整个思维宇宙的存亡，我只能告诉你一个。”

元首便向手下挥了挥手。

诺依曼让两个军士在祖比斯身上搜了一番，确认没有武器后，他才带着党卫军离开，顺便把一老一少两个和尚也架出去。贞慧惦记着躺在地上的小姑娘，挣扎着说："小丽，她……"

诺依曼别有深意地说："犯不着你操心。"出于对元首的忠诚，他守在了藏经楼门前。

小丽揉了揉双眼，慢慢从地上爬起来，低着头跟在诺依曼身后，走路的节奏居然和党卫军的军步丝丝入扣。

伤害，背叛。

贞慧又一次体会到苦的内涵。看着面无表情的小丽，他禁不住大声质问："你为什么站在他们那边？"

"我要回到爸妈身旁。"小丽低头说。

"你要复活，知不知道那就意味着现实世界会有个人被剥夺了灵魂？"

"与我无关。"小丽说这几个字的语气，几乎令人想起奥斯维辛那些女狱官。

"你难道没有一点恻隐心吗？"贞慧的话一出口，他就明白了，小丽已经被祖比斯删除了痛苦的思绪。

一个不懂得痛苦的人自然也不懂得怜悯。

突然，藏经楼传来一阵天崩地裂般的爆炸声，巨大的气浪将楼外的人掀翻。一股浓烟夹着散乱的书页笼罩着虚云寺。党卫军们大呼小叫，各自捡起被炸脱手的枪，纷纷冲向爆炸点。一个人影拨开黑烟，踉踉跄跄地跑了过来，人们听到他断断续续的语句："祖比斯引爆了……被炸死了。"

一个军士上前扶着他："说清楚些。"

"我在楼外看到祖比斯输入了系统管理员密码，然后……"诺依曼咳得直打哆嗦，"按了删除键。"

“元首呢？”

“那是个区域操作，整座藏经楼都删除了，所以才生成这么一场爆炸。再也没有什么元首了。”最后这句话的不敬意味对党卫军的军心造成了致命的打击，平日纪律严明的军士们看着藏经楼的残渣面面相觑，心里打着各自的算盘。他们毕竟不是当年跟着元首在慕尼黑横冲直撞的那班狂热分子了。

贞慧走到了那片瓦砾中，除了指示灯还在闪烁的量子计算机外，一切都灰飞烟灭了。寂空席地而坐，合掌念起经文，为逝去的灵魂超度——这一次，他们是彻底地逝去了。

飞舞的灰尘渐渐散去，犹如世间的一切烦嚣。

诺依曼从众人身旁掠过，来到了那台分毫无损的计算机前。“原来删除指令对计算机本身不起效。”他自言自语。

“它还正常吧？”寂空忽然睁开眼。

“大概是吧。你看那个运作指示灯，每闪一下就接入多一个死魂灵。我们这个宇宙的居民还在稳定地不断增加。删除指令不能作用于核心程序，就正如在视窗系统中人们不能直接格式化 C 盘。”

“这就意味着，他还能对现实世界读写吧？”

诺依曼点点头，不明所以地看着老和尚。

寂空慢慢走上前，用修长干枯的手指将全息键盘拉到齐腰的位置，在上面轻轻比画了几下。显示屏上忽然现出了一幅四分割的画面，就像大厦保安室里的视频监控屏幕那样。上面显示着地球上的不同画面：一幅是拉斯维加斯灯红酒绿的夜景，夸张的霓虹灯闪烁得让人眼花缭乱，几个少年在街边的暗角吸着大麻烟；第二幅的近景是热带雨林一个个被砍断的树桩不断延往远方，土地上是清晰的横七竖八的履带痕迹，画面尽头则是浓烟滚滚的大烟囱；第三个画面是非洲一个村落，全身穿着防护服的工作人员将一具具围绕着苍蝇的尸体投进一个大坑中，背景是一间简陋的屋子，墙上面用鲜红的油漆涂着几个字母 AIDS；最后一个是硕大的核弹发射井，一队军人正在忙碌地为洲际导弹加注燃料，升腾的雾状物不时遮掩住画面。

“这就是我从不曾活过的那个现实时空。”诺依曼小声地咕哝着。

“你是幸运的，生来就没堕入过欲界。”寂空禅师的声音带着一种磁性。

“难怪你们常言，人生有如苦海泛舟。”

“是时候让苦难的大众解脱了。”

“不得不承认，我对你的说教开始感兴趣了，虽然我本来是个无神论者。”

寂空原本昏沉的双眼忽地变得精光四射说道：“量子计算机的批处理命令，你懂吗？”

“懂，但，你想……”

“将那个堕落的世界的所有思维，批处理接入这个宇宙，你会操作吗？”

诺依曼望着寂空半晌，说：“这就是你常说的‘普度众生’？”

“当所有人都进入异元空间后，尘世间的所有苦都消失了。一切都是空。”

“我为什么要帮你？”诺依曼眨眨眼睛。

“因为，你虽然是个计算机和数学天才，本应在这个宇宙享有崇高的地位；但一直为自己不曾是现实世界的人而抬不起头。而眼前，正是你永远消除自卑的大好时机。”

诺依曼大笑起来：“大师你真懂得人心。”

贞慧反应过来了：“但这样，现实世界的所有人会立即死去的。”

“肮脏的肉身卸下了，换来永生的灵魂。如果一定要用‘死’这个字眼，此亦可谓‘死得其所’矣。”

贞慧一片迷茫，眼光忽然看得很远很远：山下村民在挥洒着汗水播种，城里的孩子们拖着衣尾去春游，路上车水马龙……芸芸众生在过着平凡朴实的生活，对即将到来的灭顶之灾茫然不知。

诺依曼来到量子计算机旁，但很快他就摇摇头说："不行，我没有系统管理员密码。谁要破解祖比斯的密码，即便经过无量劫的尝试也没有希望。"

"我有，"寂空在键盘上输入了密码，"祖比斯告诉过我。"

诺依曼接过键盘，侧着头问："这到底算杀人，还是算功德？"

"功德无量。"

"住手！"一柄乌黑的冲锋枪顶住了诺依曼的脊骨，小丽横眉站在他身后。

"你不是很想见你父母吗？"寂空问。

"但我不要你杀死他们。"

贞慧忽然发现，小丽灵魂中的痛苦部分虽然删除了，但爱的部分仍在。

寂空冷冷地说道："小姑娘，放下屠刀。"

"不准你伤害他们！"小丽说罢，手指狠狠地扣下扳机。寂空猛地双掌合十拦在诺依曼与小丽之间，一道金光笼罩着他。小丽的冲锋枪子弹像打进了水塘般消失得无影无踪。诺依曼大笑道："好个老和尚，原来你早就改变了程序，让自己拥有了'只读'的属性。"

"先前，你们党卫军常来虚云寺骚扰的时候，我就给寺中的僧人都做了点调整。"

小丽扔下打光了子弹的枪，像头发怒的野兔般冲过去，但那个无形的罩子在寂空身前竖起了一道金色的防护墙，任凭小丽如何哭叫，始终无法踏进半步。

诺依曼定一定神，正要继续操作，突然后领一紧，接着眼前的一切便颠倒了过来，一根木棍从他头顶扫下。他连忙双手护着天灵盖，从地上滚了开去。爬起来一看，只见袭击者是个小和尚，正拿着木棍护在量子计算机前。

“贞慧，你胡闹什么？”寂空的眉毛拧在一起。

“大师，你刚才说，寺里的僧人都被程序改得和你一样，有金刚护体是吗？”

“没错。那，你准备用那根木棍棒阻止我？”

贞慧把木棍远远扔开，双手合十：“弟子不敢。”

“那就让开。”寂空伸手扳向贞慧肩膀。

贞慧感到一股巨大的推力从肩上传来，他把心一横，不知从何而来的一股牛劲，坚定地立在原地。素来低眉垂首的寂空，突然现出金刚怒目，他全身的劲力运于双手，要将跟前这个不开眼的小徒弟拉开。他的僧袍忽地鼓了起来，仿佛有一阵旋风从他身体发出。

小丽诧异地看到，贞慧身体像个全息影像般渐渐变得透明起来。

诺依曼忽然叫了起来：“他们在互相融合！”

小丽瞠目结舌地说：“融合？”

“量子计算机里头，两段互不相容的程序同时运算，就像他们现在这种角力，只会导致字节多的程序兼并小的程序。这就像大文件覆盖掉小文件那样。”

一个是修行多年的禅师，一个是年少夭折的小和尚，哪个思维体信息量大，实在是不言自明。小丽见到寂空额上汗出如雨，而贞慧则全身通透，摇摇晃晃，只过了不到两分钟，他就双目一闭，瘫倒在地上。

小丽惊叫一声。

这一声，贞慧没有听到。他已被寂空化去了大部分的心智，只觉得眼前的一切流着幻彩，耳边听到的，便如西方极乐世界的微风吹动宝树的罗网，合奏出的微妙之音。真是百千种乐，同时俱作。他像个婴儿般，如痴如醉地看着这五光十色的天地。

寂空的心神也受到极大的冲击，这时只得气喘吁吁地扶着机柜。忽然，他耳边回响起了一把仿佛来自远方的声音：“菩提本无树……”

让他惊讶的是，陷入昏迷的贞慧嘴唇竟然微微嚅动，接着这句话说了下去：“明镜亦非台。本来无一物，何处惹尘埃……”

寂空全身有如被闪电击中了一样，贞慧的低吟竟然和自己内心的神秘的声音完全一致，连音调以及每个字吐出的节奏都配合得天衣无缝。寂空不禁喃喃道：“我糊涂啊，还执着于‘我空法有’，痴迷地要破除他人的幻象，其实自己才陷入了最大的幻象。真是可笑至极，可笑至极。”

诺依曼走了过去，只见量子计算机已经退回了普通界面，不知什么时候寂空退出了管理员状态。他摊开双手问：“禅师，你不再把现实世界的活人接进来了吗？”

寂空恢复了往日的慈眉善目：“方才贞慧把我思维中那段执着的妄念冲掉了，”他看着青天朗日，“一切外界之法皆是因缘所生。万般皆空，我一入沙门就天天听这个道理，但今日才真正参透。”

小丽尊崇地环顾四周：“这几句话好熟悉啊，山谷中都响起了回音，难道真有佛陀显灵？”

诺依曼若有所思地笑了笑：“这是禅宗最著名的偈语。也许是由于这些和尚们念念不忘，所以在这个思维能创造实有的宇宙中产生了共鸣。嗯，佛家说众生所居的世界分为欲界、色界、无色界。如果现实宇宙是欲界，那么我们所处的这个思维宇宙应该算是色界了。现在看来，也许……也许在我们天空之上还有个无色界，佛就在那儿。”

寂空抱起了全身软绵绵的贞慧正大步往寺外走去，听了此话，他哈哈大笑："非也，非也。佛不在天边，亦不在界外。"

还留在虚云寺外的党卫军们，早就放下了冲锋枪，他们让开了一条路任由寂空飘然而去。禅师留下的最后一句话回荡在每个人的耳边。

佛在心中。

雾·里世界

文 /k88 监察员

如果你一分钟能做一天的梦，你也可以扩充成一年，由此可以无限扩充。等到你把这个时间跨度扩大到无限的时候，那么前后的时间便没有了意义。也就是说，即使你在现实中躺在床上死掉了，只要在死去之前一瞬间实现了时间的无限扩充，那么那个梦就是永恒存在的。

巡查

穆明透过监控室窗户望向了整个监狱。可弥漫的白雾已经将眼前的场景稀释成了空白。他只能看到那依稀可见的高墙轮廓，还有远处十四根冒着白色蒸汽的烟囱。而他的监控对象——高岗监狱 A 区里的 458 名囚犯却淹没在迷雾之中。他收回了目光，望向了监控室屏幕上那些散发着热量的红色小点，它们依然安静有序地运转着。

“每一个人都是这个监狱核工厂必不可失的零件。”这个零件当然包括了他自己。每次想到典狱长训导整个监狱时的这句名言，他免不了感到一丝悲哀。

穆明看了看屏幕上的时间，现在是早上十点半。从早上八点起，监狱核工厂的第二批维护囚犯便开始上岗，第一批人员已经在他的监管之下进入囚室。那里不会出现什么麻烦，穆明早已放松了警戒，他只需要监管好上岗的这批囚犯便能够完成工作。日复一日的重复工作已经令人感到疲倦，以至于作为A区监管队长的他最近老是懈怠。监管室的几个属下也在十几个小时的监察中败下阵来，瘫倒在椅子上呼呼大睡。当然，这得经过穆明的默许，他不是一个做事不严格的人，但长期的同质性工作已经让他认识到，没有必要，在这不知何处的孤岛监狱里没有人会泛起一丝越狱的念头。作为监管狱警，他们最大的挑战也无非是每年发现几个头痛的孤岛型人格裂变患者。

穆明走出了监控室，来到了天台。他往嘴里塞了一根咸鱼干。这味道令他感到恶心，但是你一旦习惯了这个咸味儿，只有靠不停地刺激舌头的味蕾才能带来一丝抽离的快感。是啊！在这该死的禁止吸烟的监狱里，咸鱼干成了每个狱警必备的麻醉剂。

他望向了远处，遮蔽在浓雾之中的十四根烟囱所排放的白色蒸汽翻腾着汹涌而出。这终年积压的雾不仅遮蔽了天空，也令穆明的心胸变得狭窄。也许，和B区巡警日益严重的钩心斗角正是来源于此吧。他想着，目光已不自觉地被中部烟囱脚下的一个黑影吸引住了。那黑影正顺着烟囱基塔往下爬，从区域上判断那人正处在B区的边缘。那绝对不是囚犯活动的区域！穆明的懈怠瞬间警觉了起来，但是接下来，他的紧张又转化成了恼怒。噢，该死的！真是哪壶不开提哪壶，那一定是金置焕那家伙，他正在交界区鬼鬼祟祟地干什么勾当？他又记起了一个月前，见到那个倒霉鬼的惨相。当狱警们把他的尸体从交界区的水里打捞上来的时候，在场的所有人都被那味道熏吐了。那并不是越狱的囚犯，是一个不慎落入水中的B区狱警。这只能算自己倒霉，按照与督姆公司签订的合同，这连因公殉职都算不上，穆明估计在此人正式的社会档案上，只会留下失踪两个字。可就是这点事儿，作为B区巡逻队长的金置焕竟不肯承担责任，还明显暗示是A区的狱警在搞鬼。

穆明叹了口气，将嚼碎了的咸鱼渣吐向了天台下雾气弥漫的海面。你金置焕要是也不慎掉下去那就完美了，反正再过三天自己在这里的任务即将完成，与督姆公司签订的三年合同即将到期，等待他的将是首都682监狱的典狱长的职位。申请来这个倒霉监狱所有的人都会在三年的任务结束后得到升迁，要不然鬼才来这个地方。连犯人也不例外，来这个不知名的海域，孤独、远离社会，这对囚徒们来说也没什么不同。不过天天吃咸鱼，终年不见阳光，只能生活在迷雾之中显然比一般监狱更难熬一些，这不就是为了将刑期缩短三年吗？对于那些死囚和终身监禁者这已经算是恩赐了。可不是哪个阶下囚都有资格的，他们可都是高等学历的囚犯，毕竟维护核电站的运行不是一般的劳改农场的活。一想到那些只用数字指代的囚犯，穆明就感到一阵头痛。孤岛型人格裂变者，上个月仅仅在A区就已经出现了八名患者。满嘴胡言乱语，行为失常，搞得这些警卫们疲惫不堪。不过这也自然，如果再在这里多待几年，说不定自己也可能成为一名孤岛型人格裂变者的。噢，这该死的鬼地方！

想到这里，穆明还真有回到监控室监控他们的冲动。可他又停住了，管他呢，只要不越狱就让他们疯吧！高岗监狱的严密设施是绝对不会让任何一个罪犯的内心点起越狱成功的希望。再说，即使逃出那高墙又能如何？四周是广阔的大洋，幸运一点还能喂鲨鱼。如果不幸走错了方向……穆明又想到了那具散发着臭味儿的尸体，他抬头又望向了远处十四根高耸的烟囱。那烟囱的下面是无数根沸水排放管。如果从那里逃走，迎接他们的将是海面七八十摄氏度的沸水，他会被煮熟的。

算了，反正三天以后，例行体检只要没问题，我就可以见到妻子和女儿了。一想到自己的女儿和妻子，穆明的心里不免再次抱怨起这该死的工作，因为保密协议的关系他和家人连视频聊天的机会也不能有。穆明打开了手柄上的视频接收器，再次观看起公司为他传送过来的妻女视屏。女儿应该上幼儿园了，妻子，谁知道她现在有没有发福，长没长出水桶腰，视屏上只能见到她圆润的脸。他记得自己离开的时候，妻子的体形正开始出现横向发展的苗头。

要是她耐不住寂寞勾搭别的男人呢？穆明突然想到，那就随她吧。按照合同我将带好大一笔遣散费回去。离就离吧，反正那女儿怎么看也不像他自己。穆明签订合同的时候就已经做了准备。他已经想不起自己对妻女的爱是何时开始淡漠的，也许并不是工作的原因，早在上岛之前他已经出轨了。

是吗？他怎么也想不起那个女人的脸，只记得她丰满的胸部和大腿。他的思绪已经渐渐飘出了大洋，来到了某个灯光幽暗的混合着刺鼻香水味儿的卧室里。可他的思绪瞬间被眼前雾中的东西给打断了。浓密的白雾之中出现了一个飘忽的影子，那是……穆明仔细的辨别起来，那是一只鸟，一只海鸥！穆明显得兴奋起来。这是这么多年以来他见到的除了苍蝇、蟑螂和蚊子以外唯一能飞的活物。他就像漂泊大洋多年的水手见到大陆一般兴奋。是的，大陆！海鸥能够证明自己离大陆不远。这孤岛的监狱至少并非完全隔离，它可能就靠近某个大陆，或者海岛。那海鸥飞过头顶，穆明注视着它直至消失在了白茫茫的雾中。他猜想着那片大陆，再猜想着这是哪里，猜想着自己沉寂了三年的孤独究竟在地球的哪个角落？

突然，监控室响起的警报打断了他的沉思。

逮捕

穆明跑回到监控室的时候，几个守卫也正从迷茫中苏醒，显得慌乱无措。穆明踢了其中一人一脚，自己凑到了监控屏幕前。面对满墙闪烁着红点的屏幕，他一眼就找到了那个目标。在红外线探头的监控之下，那个散发着热力线的身影正越过围墙爬上了沸水排放管道。他身体上所散发的热量几乎和水管温度的热度重合起来。穆明将视频切换到了常规模式，他看到在白茫茫的深处，依稀可见那个颠簸在排水管上的橙红色身影。他这才恍然大悟，这就是刚才那个徘徊在烟囱基座的身影。

那是死路一条！穆明想起了那个不慎跌落水中的狱警。但他又立刻想到了更严肃的问题，那个囚犯是怎么躲过层层监控逃到那里去的，那显然是自己的失职。如果因为这件事违背了与督姆公司的契约，那后果可严重了。一想到这一点，他立刻冲出了门外。

穆明驾上了单人摩托飞艇，沿着悬浮轨道飞向了出事地点——沸水排放区。后面的狱警尾随而行。等到他到达沸水区上空时，他发现其他地方的狱警也正驾驶着摩托飞艇往这边赶过来，其中包括几个 B 区的警卫。糟糕，如果让 B 区那帮警卫抓住这个把柄可就麻烦了。穆明一脚油门，摩托艇嗖的一声蹿到了管道的上方。

他拿起了对讲机对着眼下的人开始喊话。

“警告，你已经突破了高岗监狱的监管范围。现在给你最后一次机会。举手投降，否则……”穆明举起了枪对准他，“格杀勿论！”

那人好像没有听到一样，依然向前往管道的尽头小心地踱着步。

“你个傻瓜，从这里跳下去会死的！待在这里最多不过三年。”穆明驾驶着飞艇靠近了他十米左右。“听我的！我保证，你现在反悔不会留下任何案底。”到这个时候，他也是什么谎话都说得出口。因为不管是囚犯死在沸水里还是他的枪口下，他都难逃责任。

可那个人还是没有丝毫要停下来的意思，穆明也只有眼睁睁地看着他一步步走向了边缘。直到这个时候那个人才抬起了头，穆明看到了他的脸。那是一张干瘦褶皱的老脸，头顶上几缕散乱的头发飘散着。鼻梁上架着的那副圆形眼镜的镜面上已经覆盖满了蒸汽，掩盖了他的眼神，但穆明能够明确地感觉到他是在盯着自己。

他张开嘴大声吼了一句什么，可这声音立刻淹没在了沸水排放的噪声和摩托艇的引擎声中。

穆明还是结合了他的口形分辨了出来，他是在说："我们都是囚犯！"

说完，那人纵身跃入了滚烫的沸水之中。

情急之下，穆明也顾不得太多，他猛拉把手，也跟随着一头扎入了白茫茫的蒸汽里。终于他抓住了那只干枯的手，将那个瘦弱的囚犯从水里带了出来。一点点，就差那么一点点，他的摩托艇就要栽倒到水里去了。

摩托艇停在轨道上方的堤坝上，跟随来的警卫立刻将逃犯扣押起来。

"怎么办，头儿？"最先跑过来的是警卫阮南，穆明的心腹。

"又一个孤岛型人格裂变者。把他交给特勤组！不，等等，先送去隔离室！"

"可是按照监狱规定，一旦发现孤岛型人格裂变者要立刻交给特勤组处理。"

"可是，我怀疑他感染了辐射。必须先做安全隔离。"

穆明很清楚，一定要在隔离期间突审这个犯人，将自己的责任推得一干二净。如果被 B 区的警卫捕逮到这个把柄那可就糟糕了。

"孤独型人格裂变者必须交给特勤组！"

一个粗重的嗓音响起，说这个话的是个体格健硕的男人。他正从刚刚停稳的摩托艇上下来，缓步朝着这边走来，带着一脸的刻板。穆明最讨厌的就是这个大脸眯眯眼的人，还附带上嘴唇上方多余的小胡子。

“谁说他是孤独型人格裂变者？”穆明说，“目前只能确定他是个极可能感染了核污染的逃犯，我们首先得确保大家的健康。”

“就算是这样，可他是B区的囚犯。理应交给我来处理。”金置焕指了指逃犯衣服上的标牌，上面写着，B区—5233。

“他可是在A区出的事。”穆明狠狠地瞪了金置焕一眼，“带走！阮南。”

审讯

穆明没有带任何防护用具就进入了隔离室。那个瘦小的老头是个皮肤黝黑的西亚人，此时他正趴在桌子上，双手被手铐锁在桌角，头上的几缕浸湿了的花白毛发贴在头皮上，整个人就像个刚从水里捞出来的落汤鸡。见到穆明进门，他立刻警觉起来。

“拜你所赐！”穆明甩了甩自己浸湿的衣袖，坐到了他的对面。“你可真是个傻瓜，我查过你的资料，再过三天，你三年的刑期就刑满释放了。可现在，说不定要再待上几年了。”

“再待几年？呵呵……什么三年释放，都是骗人的。我们根本就不可能出的去，这就是个骗局！”

“骗局？你说明白点！”

“呵呵，你不懂。我的脑子总是在提醒我这个躯壳不是我的，我应该在另外一个地方！这里是个轮回，谁也别想出去！”5233取下了眼镜用衣服擦拭着。

穆明观察着他满脸不屑的神情。置身骗局，无限循环的刑期，怀疑自己的真实身份，这是典型的孤岛型人格裂变者特征。穆明深吸了一口气，或许在这监狱再待久一点，自己也快加入他们的队伍了。

“嘿，我说老兄。出不去的是你，可别把我带进去。如果想获得减轻处理必须听我的。现在老实交代，你是怎么逃出来的？”穆明事前查过所有监控录像，他对整个高岗监狱的地形了如指掌。整个监狱是由海底的一千两百根钢柱支撑。从高处俯瞰，形态像个巨大的感叹号，主体是关押 886 名囚犯的牢房。它通过两条通道与感叹号末端的核电站相连。核电站也分为左右两个区域，分别为常规岛和核岛。以十四跟烟囱中间为界，他与 B 区区长金置焕分别监管两个区域。他们的监视塔就伫立在两个廊桥中间。从功能上看，他们监管的范围没什么差异。只是这次，犯人逃出来的地方正好位于两个监视塔的盲区。因为没有人能料到犯人会从那里出来，那区域正好位于第七和第八根烟囱中间，是高温沸水的排放口区域。聪明人都清楚，从那里入海无非死路一条。

可重点就在这里，那是公共区域。现在，只要让犯人一口咬定他是从 B 区的通道逃出来的，就可以将责任推得一干二净，将黑锅推给金置焕。

“怎么逃出来的不重要，重要的是我们都是囚犯。”5233 总是答非所问。

穆明显得有些恼怒了，说道：“我说过了，别把我扯进去，我只是替典狱长干活！”

“典狱长？那头猪？他根本就不是人。知道吗？监狱里面都有这个传言，典狱长不是人，有人看见了典狱长的头上插了插头，他是个机器人。”

“机器人？有那么肥的机器人吗？”穆明想着典狱长肚子上颤

动的肥膘，如果说他是机器人，那材料的仿真程度该有多高。

“这跟胖瘦没关系！我这么瘦又怎样？很可能我们都不存在，我们很可能都是虚拟世界的囚犯。等到三天后的出狱，谁知道那是什么，那可能是最后的终结。我必须在这之前自己想到办法。包括你在内！”5233冲着穆明叫嚣起来。

“是吗？还虚拟世界……”穆明狠狠地给了他一拳，“我让你明白什么叫作真实。”

5233的半边脸立刻肿了起来，可穆明还是从他的眼神觉察到了那股不屑。

“明白了吗？”穆明举起拳头又准备打。

“好了，好了！我不和你这种四肢发达头脑简单的人争论。你不能这样对待一名教授，你这个莽夫！”5233小心地瞅了瞅审讯室大门的玻璃隔窗，然后憋着嗓子说，“算了，你过来！我给你看样东西就明白了。”

“东西？”穆明疑惑的凑近他的跟前。

“解开我的裤裆！”5233压低了声音说。

“裤裆？”穆明瞅了瞅对方鼓胀的裆部。

5233会意地点了点头。

“去你的吧！”穆明一脚踹在他的裆部上，5233顿时惨叫一声跪倒在地上。“逗我玩儿？塔西姆，我警告你！我查过你资料，你确实是孟买大学的教授，活了52岁的老光棍儿。可你还是个鸡奸犯，与多名在校大学男生发生过关系。迫于社会舆论，政府判处你二十年监禁，同时的罪名还有数宗偷窃罪 ，你是个偷窃成瘾患者。所以……别跟我耍花样！你的底细我一清二楚。像你这么猥琐的人幸好是躲到了这里，要是换了一般监狱，日子可不好过！”

“鸡……奸犯？”5233挣扎着从地上爬了起来，一脸痛苦的抽搐着，冒着冷汗。“你们这些暴力分子，根本没有一点自由恋爱的思想。”

“好了！别跟我谈论什么爱不爱的基情。监狱的日子是很无聊，那类型的片子我也看过好多部了，什么《黑客帝国》《盗梦空间》之类的。”穆明啪的一声将自己的佩枪扣在了桌面上。“你再仔细想想，你是怎么来到这里的，我只关心这个。快点交代，我可没有耐心陪你玩！”

“排风口。”5233 肿胀的嘴说出了含糊的三个字，“我的工作是在仪表监控室监控和调节蒸汽冷却系统的数值。监控室内有个井盖，下面连接着无数排风管道，我就是从那里钻出来的。”

“很好，你终于说了些实用的东西。你现在给我听好！我不管你从哪个排风口出来，现在你只要承认是从 B 区的排风口钻出来就行！”

“可那样我会在里面绕上一大圈！”

“你就是喜欢绕圈。听着！你就是从 B 区的排风口钻出来的！”

5233 看着穆明面带杀气的眼神，无奈地点了点头。

穆明弯下了腰，凑近了他的耳边：“听清楚！当着任何人你都得这么说，包括典狱长！如果出了什么状况造成我三天以后走不掉，那么，剩下的时间我都会用来折磨你！”

5233 陷入了彻底的沉默。穆明拍了拍他的肩膀：“其实也真够难为你的，从排风口里钻出来。真够幸运，运气不好会被劈成两半的。明白就好，剩下的日子我会照顾好你的！”穆明露出诡异的笑，将一股透骨的凉意传达给了 5233。

这时候，门突然开了，走进来了一个高大的身影。

“穆区长，你们好像在谈论我 B 区的事情。”

穆明回过了头，用冷漠的眼神扫了对方一眼，回答说：“我们只是在还原案情。”

“这里是隔离室，不是审讯室。就如你所说，还是担心下核污染的问题吧。你进来之前应该戴上防护具。”

“我皮糙肉厚，那你呢？你怎么来了？”

“我？来关心一下我的犯人，顺便通知典狱长要见你。”

典狱长！这么快就知道消息，一定是眼前这个家伙走漏了风声。穆明暗自在心里骂了他好几遍。

“金区长，这可是 A 区的隔离室！”穆明做出了请的手势，用目光把对方逼出了门。他再次使劲地拍了拍 5233 的肩膀，走出了隔离室，嘭的一声关上了大门。

典狱长

典狱长肥胖的躯体像条巨大的蠕虫，他总是坐在办公桌的后面抽着烟，他也是整个监狱唯一有特权抽烟的人，同样标志性的是他那副低沉的烟酒嗓。

“再过两天，你和督姆公司签订的用工合同就到期了。潜艇会接你回去，并承诺兑现你该有的报酬和升迁。老实告诉我，你高兴吗？”

“当然。”穆明尽量回答简洁。他明白一贯深居简出的典狱长不会为了几句寒暄来找他谈话，他一定是知道了上午发生的事。

“不得询问核电工厂的用途，不得询问身在何处，不得与外界保持任何形式的联系。这些条款你都遵守得很好！”

无论与督姆公司签订合同的看守还是囚犯都严格遵守保密协议，人们从不谈论督姆公司。但傻子也能猜到他们有着深厚复杂的政府背景，而且是同多个国家，不然怎么能够统筹监狱和核能这种机构。

“是的。”穆明清楚，至少在这一点上自己无懈可击。

“是的？早就不想在这里待了是吧。”典狱长脸上松弛的皮肤抽搐了一下。穆明感到了一阵莫名的凉意袭来，不觉已发现自己的掌心已经渗出了汗。

“别紧张，开个玩笑。”典狱长普尔金抽了一口烟，缓慢地吐出白色烟雾，他展露出的笑容丝毫也没能让人感到放松，“谁愿意一直待在这个鬼地方。我应该祝贺你！不过……”他臃肿的手从抽屉里拿出了督姆公司的标准合同，“当然，最基本的一点是必须完美无误地履行你的监管义务。我们当初的条件是不能出任何差错。不过，我听说今天在你监管的区域内有个犯人越狱了。”

“呃，对。不过很快就被我及时制服了。还有……他，不是从我的区域逃走的，是从B区逃走的。”等到典狱长正式挑明利害关系，他反倒觉得不像刚才那么紧张了。

“是吗？”典狱长转动了他的座椅，用手指点了点墙上的屏幕，上面立刻显示了监狱的结构图。他将沸水排放区的地图放大，“那么，他必须得兜很大个圈子啰，除非他是个傻子。”

“呃，您说的没错。他就是个傻子。”

“傻子……呵……”典狱长呵呵地大笑起来。

“是的，傻子。那人科幻电影看多了，满脑子胡思乱想。您知道吗？还有三天就刑满释放了，可他非得这个时候越狱。您说他傻不傻？而且他还非得说你是个机器人，说我们都是虚拟人物。”

“机器人……哈哈哈哈。”典狱长大笑起来，他的大肚囊随之颤抖起来，“还虚拟人物……”典狱长笑得像个天真的孩子，可在穆明听起来，这笑声却显得有些毛骨悚然。

“看来真是个傻子，他还说了些什么？”典狱长笑容绽放的脸很快就严肃起来。

“都是些胡思乱想，还说什么我们都是囚犯，谁也逃不出去……”

“噢，看来真是病得不轻。怎么样？你信吗？”

“我？……当然不信。”穆明被问得有些局促。

“是啊，一个傻子。这种人明天我就遣送他回原来的监狱，核电的维护工作傻子可做不了。”

典狱长按灭了烟头，戏谑的语气变得严肃起来。

“我听说你把他关押到隔离室了！这显然是个孤岛型人格裂变者嘛，可你为什么不交给特勤组处置？”

“这的确是我的安排，我怀疑他携带核污染。”

典狱长瞪着他好长一段时间没有说话，然后他又显示出了和善的面容：“很好，你回去看好他，不准任何人就近，包括你自己。如果没有事的话你可以走了！”

“完了？”

“当然。”

“那我的事呢……”

“你与督姆公司签订的合同没有任何异议，犯人是从B区逃走的。”

穆明看着典狱长的眼神，不知怎的，这种过于轻松就获得的信任感总让自己感觉不够踏实。不过他还是行了个礼，关上了门默默离开了。

门关上之后典狱长的目光变得涣散起来。他那两百多斤的躯体慢慢从躺椅上坐起，变得像一座坚实的大山。他合上了百叶窗的窗帘，从抽屉里抽出了一根金属长管，那管子是节肢状的，像条游动的银蛇。典狱长将它的末端插入了自己的脑后。紧接着，他闭上了双眼进入了一种休眠的状态，他两百多斤的肉好像立刻缺乏了骨架的支撑，再次瘫软到了椅子上。

几分钟后，典狱长仿佛接收到了脑子里传来的信息，不住地皱着眉头摇晃着脑袋。又过了几分钟 ，典狱长拔下了插头，从半躺着的姿态中缓慢地直起腰，仿佛从一个疲惫的梦中醒来。他深沉地呼出了一口气，懵懵懂懂地自言自语道：“我的主啊，看来我已经越来越不能理解你了。看样子，我已经撑不了多久了。”

标牌

穆明赶回隔离室，他要再次警告这个烦人的西亚老头，确保万无一失。一打开隔离室的大门，他就换上了一副和善的面容。在申请来高岗监狱的三年里，他可是个有着丰富审讯经验的警员。

“不好意思，我必须得说声对不起。我刚才的举动有些太粗暴了！”穆明说着将一碗混合着菠菜和胡萝卜的罐头推到了 5233 的面前，“我想你应该很饿了吧。”

5233 确实饿了，这个时候他也顾不了太多。一头扎进罐头盒里狼吞虎咽起来，其吃相异常难看。更何况那是警卫员的特供，在这岛上想吃点新鲜蔬菜可不容易，只能补充维生素片。饱餐一顿之后，5233 打了个响亮的饱嗝，又见到对方态度的好转他也挺直了腰杆。他拱了拱被手铐锁住的双手：“这个，可以暂时松一下吗？”

穆明点了点头，帮他解开了镣铐。

“你知道吗？落水的时候，你要是再拽猛一点我这条胳膊可就脱臼了。”5233 一边吞咽着嘴里的残渣一边说着。

“有什么办法呢？我得救你啊，在六七十摄氏度的热水里你顶多扛二十分钟！”

“你是说和上个月那个狱警一样，被煮熟？”

“呵呵，你的消息还蛮灵通，那你为什么还这么做？”穆明反倒对他的举动有点好奇了。

5233的面孔突然变得严肃起来，他谨慎地瞅了瞅窗外，然后发出了极其低沉的嗓音："他是被谋杀的！"

穆明只觉得意外，他注视着对方那双极其渴望得到理解的眼睛，将自己的座椅往他跟前挪近了一步。

5233继续压低了声音说着："监狱里一些人都在谈论一个月前那个坠落的狱警。有人在雾中看到了真相，他是被另外一个狱警推下水的。知道吗？他们也会用同样的办法对付你。"

"对付我……为什么？"穆明并不完全否认有谋杀这样的可能性，毕竟狱警之间也是矛盾重重的，就像自己和那个小胡子金置焕一样。

"因为你曾单独和我一个孤独型人格裂变者待在一起，按照规定，你们巡逻警卫是禁止与囚犯单独交流的。监狱里有个传言，说那个狱警在出事的头一天曾经单独把囚犯5638带出囚室。"

"5638？"

"是的，我上铺的室友—— 一个孤岛型人格裂变者。就在狱警出事的当天，5638也被特勤组带走了。说是遣送回大陆特殊监狱接受治疗。"

"那说不定日子比这里好过一点。"穆明半开玩笑地说道。

"可你相信那是真的吗？"5233突然抓住了穆明的手腕。那力道令穆明感到一种无形的压力。

"你指什么？"

"另外的监狱，另外的一切。我有种直觉，外面并不是他们描述的那样。你有见到过来自外界的任何可靠信息吗？"

"每日的视屏新闻，公司总部的传话，还有我妻女的视频。这不都是外界信息吗？"

"我是指那些真实可见的东西。以你的智商这点手段就够对付你了，他们说政府把他们接走了，可是谁见到了？为什么不是飞机和轮船这些显而易见的工具，非得要是潜艇。潜艇就意味着谁都看不见。他们只需要停在体检室外的视窗中。没错，还有那该死的每年一次的体检。你真的相信那是在为我们体检吗？仔细想想那个流程，为什么要麻醉，为什么非得要集体昏迷。在那三个小时里只有特勤组和典狱长还清醒着，他们到底对我们做了些什么？”5233 停顿了下来，见到穆明没有特别的反应便继续说着，“还有我们每天服用的那些维生素片，你真的认为那仅仅是维生素吗？如果你停用半个月，我保证你也会和我一样胡思乱想。还有呢，我总觉得和那些我没接触过的犯人却有一种似曾相识的感觉。”

穆明没有多想过这个问题，对他来说似曾相识并没有什么奇怪之处，他回想不起两年前刚到这里时对那些囚犯的感觉，在他脑子里只是些数字。现在经过对方一提醒，的确感到从一开始就有一丝熟悉感，难道是心理作用？穆明现在有些疑惑了。

“你仔细想想，现在你又单独接触了我，一个孤独型人格裂变者。所以你也得小心。”

穆明觉察到 5233 眼珠子里泛出了一丝狡猾。他沉默了几秒，决定还是暂时终止疑惑。他应该应付的是典狱长和与督姆公司签订的合同，而不是和这个鸡奸犯聊什么阴谋论，“或许吧，我会留意的，谢谢提醒。”

5233 觉察到了对方语气中的倦意，他那张满怀希望的表情顿时失去了几分颜色。与此同时，他的右手已经悄悄地插入了自己的裤裆。

“你又在干什么？”穆明一度和善的姿态再次聚集起了怒气。

5233 急忙用左手推诿了两下，然后竖起了食指放在嘴前做了个闭嘴的手势。他的右手已经从裤裆里掏出了一样东西递到了桌面上。穆明看清了那东西，那是一张囚服胸部所贴的代号标牌。这块标牌已经被 5233 糟蹋得褶皱不堪，上面似乎还散发着酸臭的体热。穆明还是看清了上面皱巴巴的数字，B—5638。

这是 5638 的标牌。“你怎么会有？”穆明瞬间激动了起来，太多疑问瞬间涌进了他的脑子里。

“你以为我真是个傻子吗？那么热的水我直接跳进去，就算逃过了追捕不到半小时就会脱水。我可不是为了逃跑！你所认为的傻瓜不过是你罢了，我是在废热区的仪表监控室的时候偶然看到了海面的橙色漂浮物。我立刻意识到就是那件囚服，这令我立刻联想到了一个月前遣回的 5638，我的室友。他曾经和我分享过太多的困惑。所以我冒险从排风口钻了出去，我跳下去不是为了逃，而是为了证实那个设想。我打赌你们会打捞起我来的。就在我坠入水中那一瞬间，我抓住了那衣服，并扯下了那标牌藏在裤裆里。直到上午你离开后，我才敢拿出来看，这证实了我的设想，5638 从来没有离开，他很可能已经死了。而且直觉告诉我，从来就没有人离开过，包括你们狱警。”

穆明将那张标牌拿在手里，反复地观摩着。没错，货真价实的标牌。一阵恐惧袭上了他的头脑，如果这是真的，那么三天以后……

“为什么相信我？如果你真那么想，就不怕我也是幕后指使者一伙的吗？”

“不，我们才是一伙的！一个很好判断阵营的方法，谁在睡眠，谁在清醒。每年的 8 月 10 日，核电站会在那天减低产能，切换了自动运转模式。即使是这样，也必须留下特勤组的十八个人员进行维护。而我们，所有犯人和狱警则要集体进入体检室进行体检。在那八个小时昏迷的时间里只有典狱长和那十八个特勤组人员还清醒着。谁知道他们做了些什么？”说着，5233 坚定地瞪着穆明，“相信我，我们都是囚犯！”

穆明没有应答，至少他已经改变了对这个人的观感。这个看起来具有猥琐背景和形象的人所具备的敏锐和勇气甚至让自己感到汗颜。相比较起来，自己也不过是个不得志的警员，默默无闻地干了十来年还得不到晋升。要不是迫于压力，他也不会选择高岗监狱这种捷径。5233说的没错，他就是自己的囚徒。那么，是否该怀疑既定的一切呢？他还拿不定主意。就在这时，穆明突然觉察到身后的门开了。回过头他见到了特勤组的组长岗口一政，他那副精瘦挺拔的身子正好遮挡住了门外透进来的光线。

“典狱长的命令，带逃犯5233遣返。”说着，从他身后进来了两名特勤组成员。

穆明一把抓过标牌，死死地攥在手里，然后佯装一脸镇定，“或许应该先做个全面的鉴定，确保他的身体完全无异。”

岗口一政走了进来，他那双机敏的小眼睛迅速扫视了一下周围的情况，解开的手铐，吃的只剩一点残渣的蔬菜罐头，再看看两人的状态。他已有了自己的判断：“放心，我们会做的。”

他将人带到了门口又回过了头说道：“还有，穆区长，你该干好自己的本职工作！去监管犯人，隔离室不是你能够随便进的。”

煽动

金置焕怀着极度的不安心情走进了典狱长的办公室。他知道这次传讯都是穆明搞的鬼，这个家伙三年来一直在和自己踢皮球，相互推诿责任。而这一次，金置焕不自觉地捏了捏拳头，这家伙实在太过分了点！

“不用紧张，金置焕，我知道这件事都是穆区长的责任。明明是他的失职，却非要赖在你头上。”典狱长坐在躺椅上，漫不经心地用手指敲打着桌面。

一听到典狱长这么说，金置焕心里的巨石总算落地了："是的，典狱长。这里头根本就没我的责任！"

"当然这只是我个人的看法。不过公司的高层已经知道了这件事，并且给了我很大的压力。可惜的是我没有证据，出事的地点是监控盲区，而犯人又是他捉住的。犯人的口供嘛……也明显针对你，现在的情况对你来说很不利。"

"可是口供……"

"口供并不重要，是的！重要的是必须要有个人出来负责任！你明白了吗？责任！我估计公司高层最保守的处置方式是终结与责任人的协议，要么彻底放弃条件，要么再续三年。或者糟糕一点的……"典狱长停止了敲打桌面的手指，用冷漠的目光投了过来，"这个人的社会档案里只会留下'消失'两个字。"

金置焕的心情瞬间跌落到了谷底，他的脸上已经渗满了冷汗，一时语塞不知如何应答。

"你希望那个人是谁？"典狱长接着问。

"那个人本来就应该是……穆明！"金置焕说。

"我也这么认为！"典狱长点燃了一支烟，姿态轻松地吞吐起来，"我也希望能安全回家的那个人是你，你的儿子挺可爱。可情势不容乐观。"

"那我该怎么办？典狱长。"金置焕只能将希望寄托于这个人，这个独立王国的最高权力者。他几乎是带着哀求问出了那句话。

"如果这个人因公殉职，那么一切就好办了。"

金置焕的内心猛地一震，他读出了这句话的含义。同时他也看到了这个最高权力者投过来的目光，那目光里布满了杀气。金置焕无声地点了点头。

谋杀

穆明回到了监控室，他只是机械性地盯着屏幕，心思早已经飘到了九霄云外。他再次拿出了那个标牌打量起来，回忆着5233的讲述。尽管他不愿意相信他所说的，但是仔细琢磨起来确实有些道理。选择相信就意味着否定自己，否定他的妻子和女儿，否定三天以后原本美好的结果。这似乎不仅是个真相的问题。如果不是近在咫尺的三天，他宁愿选择按部就班。可现在，他该做点什么呢？穆明感受到了一种前途茫茫的压抑感。

这时，他的对讲机接收到了一条特勤组传过来的无线电讯号，说B区燃料供应区出现了一批犯人的动乱，需要就近的A区狱警快速增援。穆明吩咐监控室里的五个守卫过去，再调配了一部分外部的巡警过去。

他留下来独自看管监控室。如果不是特勤组的命令不可违抗，他才懒得派出一名巡警增援。穆明打开了手腕上接收器的屏幕，再次播放了公司总部为他传过来的妻女视频。当他再次看到女儿甜美的笑容时，他便什么也不去怀疑了。还有比这笑容更真实的东西吗？穆明不想再去费脑子了。

“你好啊！穆区长。”这时身后突然传来了一个讨厌的声音。

穆明回过头，他看见金置焕壮硕的身躯结结实实地堵在门口，一脸阴沉。奇怪，他怎么会有空来，不是B区正发生状况吗？穆明感觉到事有蹊跷。

“你的妻子很漂亮嘛，女儿也挺可爱。”

“什么事？金警卫长。”穆明赶紧关掉了屏幕。

“还能有什么事，找你聊聊。”金置焕冲他招了招手。

穆明跟随着他来到了露台上，两人深处在一片白茫茫的雾中。

“究竟什么事，金警卫长？”穆明感受到了对方的怒气，他的手已经悄悄地放在了腰部的警棍上。

可没想到金置焕突然转过身一把将他的脖子卡住，推到了露台边缘，说道：“不只是你想着家人，我也急着回去见我儿子！”

在金置焕强大的攻势面前，穆明毫无还手之力。他只感到头脑发晕，一股窒息感遍布全身。他那只握着警棍的手也因为供血不足失去了力度。金置焕猛地一推，将穆明甩出了平台。穆明只能双脚悬空扒在天台边缘。他的脖子还被对方死死地扣在手里。

金置焕蹲了下来，他瞪着穆明，目光里布满了杀机：“这次是你自己做得太过分了！我数三声，给我个不杀你的理由。1，2……”

穆明的脸已经涨得通红，他只是靠着意志在强撑着自己的身体。他知道从这里掉下去的后果，虽然不会像排放区那边被立刻煮熟。但十有八九会砸在下面的钢结构横梁上，毫无生还机会。他想辩解也开不了口，对方明明就不想给自己留选择的余地。看来自己得交代了，穆明从衣兜里扯出了那张名牌，并使出了最后的力气高高地举过头顶。

5638，当金置焕看清那个牌子的时候，他的表情瞬间凝固了。5638，那是上个月他所逮捕的一名孤独型人格裂变患者，是他亲自押送他去了体检室，亲眼看着他穿着那身囚服进入了潜艇，他眼睁睁地看着那艘潜艇潜入水中离开。可是，金置焕迷惑了，他怎么也想不通那标牌怎么会在这里，他更没有意识到这时候一只手已经伸向了他的脚踝。

忽然间，他感到身子猛的一晃，重心失衡，一头栽了下去。慌忙之中他伸出了手死死地抓住了什么东西，等回过神来才发现那是穆明的腿。他这一拽，加上他一百八十斤的体重，令穆明拉着栏杆的双手松脱了，还好坠落的时候穆明拽住了最后一根栏杆。

可这个时候，背负着脚下金置焕的穆明再也没有力气往上爬了。

两个人就这样相互纠缠着谁也不妥协，可谁都知道，两分钟以后力气耗尽，他们都将坠入海底。

“嘿，听着。我们是一伙的，都是囚犯！”穆明冲着下面喊了一句。

金置焕不明所以，只是疑惑地望着他上方。

“听懂了吗？”穆明重复道。下面没发出任何声音，不过他感到了有东西在轻轻拍打他的小腿。

“听好！你先从我身上爬上去，然后再拉我上去。”穆明摸索着挪动了右脚，塞进了混凝土的接缝里。

金置焕感到有些意外，但也顾不得那么多，再不动就没体力了。他借着穆明的身体艰难地爬上了天台，然后他转过了头，俯视着吊在栏杆上累得半死的穆明。本性耿直的他最终还是伸出了手。

两人瘫倒在露台上，累得气喘吁吁。

“为什么信任我？”金置焕问。

“眼神，我看到你见到标牌时疑惑的眼神。还有，最重要的是我们曾一起昏迷。”

“那个标牌怎么回事？”金置焕问道。

“你先告诉我为什么杀我，决不仅仅因为愤怒。你确实是个容易冲动的家伙，可还没有到失去理智的地步。”

金置焕没有说话，只是指了指远方白雾深处的高塔，那是典狱长的办公室。

穆明闭上了眼，或多或少地猜到了一点：“那就说得通了，看来我们都是棋子。”

他睁开了眼望着这个昔日的对手，这个固执的有些呆板的男子一直在与自己的博弈中处于下风。他的心眼确实没自己活络，但也因此更值得信任。是时候找个同盟者了，穆明决定告诉他5233跟他讲述的一切。“来吧，这里不是讲话的地方。”

此时此刻，一双眼睛正在远处注视着这两个人。在红外线望远镜的镜头下，两个散发着热量的红色身影正钻进了监控室。典狱长放下了红外线望远镜，他那张堆满横肉的脸显得极其不高兴。

“看来他们没有能自己解决问题。”

“是的，我早说过没有必要。应该我亲自去，就像上个月处理那个狱警一样。”岗口一政说，他站在典狱长的身后，恭敬得像条忠实的猎犬。

“注意分寸，只需要再坚持一段时间。不到万不得已不能再随便杀人了。”

控制

嘭的一声撞击。监控室的铁门被防爆警的护盾撞了开来，几个特勤组的人员全副武装鱼贯而入。

正在商讨对策的穆明和金置焕被这状况惊呆了，他们立刻意识到了事态的变化，纷纷掏出了警棍防御。金置焕凭着自己的蛮力愣是将一名重甲的特勤人员掀翻在地。可在电磁枪面前，警棍这种冷兵器显得太过弱小。剧烈的电流穿过了他们的身体，将两人击翻在地，痛得在地上号叫起来。

“不要抵抗！”特勤组组长岗口一政从人群的后面走了进来，这个精瘦的中年人说话从来不拐弯抹角，“典狱长的恩赐，决定提前将你们两个提前遣返。”

几名队员迅速控制了两人，押解着他们穿过廊道到达监狱区。

他们乘电梯下到了接近海面的最底下一层，走进了巨大的体检室。一行人从中间的走道穿过，左右两边摆放着上千张空荡荡的医疗椅。穆明扫视着周围的一切，高耸宽广的穹顶，上面散落下来的淡蓝色灯光，还有侧面混凝土墙壁上巨大的悬窗。几艘潜艇停泊在窗外的栈桥旁，好像随时准备着将期满的犯人和狱警遣返回大陆。穆明回忆起了这里的每一次经历，他曾经两次躺在那椅子上从懵懂中醒来，仿佛自己做了个漫长的梦。现在，他对某些事开始有了些自己的揣测。可那又如何呢？自己和盟友的双手都被手铐铐着，这次看来是凶多吉少了。这时候他看到了前面椅子上躺着一个人，走近了他才认出那是5233，他也正吃惊地望着自己。5233注意到了两人手上的镣铐和身后的护卫，随即他的吃惊演变成了无比的失落。

“看来我还是高估了你的智商，以为你能够想得出办法，可惜……”5233挺了挺腰，他的手臂和大腿被锁在椅子上，只能摊开手掌做了个无奈的表情。

金置焕再次挣脱了制服撞翻了一名警卫，可他很快就又被制服了。警卫重重地给了他头部一拳，并将他们两个牢固地锁在5233旁边的椅子上。

“典狱长不想做得太绝，也许几天以后你们会感谢他的。”岗口一政做了最后的关照。

“为什么会感谢？”

穆明还没有说完，一根针管已经插入了他的颈动脉。他感到头脑瞬间晕厥，颈椎瘫软得支撑不起他的头颅。脑袋往后倒了下去，最后出现在他眼前的是头顶上方空旷深远的钢铁苍穹，还有眼前泛起了的一片白雾。

反抗

金置焕醒来的时候，只感到脖子酸痛，随之而来的是腹中的抽筋似的饥饿感。

“你终于醒了？”一旁的穆明正转过头来看着他。

“过了多久？”

“我的肚子告诉我，差不多过了一整天。”穆明说，“我也是刚醒不久。”

金置焕下意识地挪动手臂，他这才回忆起来自己手脚被扣在椅子上。他努力挣脱着，倔强地抽动着手臂，直到手腕勒出了血痕才偃旗息鼓。

“这到底是个什么机构？签订合同的时候那些人看上去都斯文得过分。”

“我怀疑他们是独立于各国政府的军事机构，并且与各国政府有着千丝万缕的联系。”穆明说。

“为什么这样想？”

“能够统筹监狱和核能的公司可不简单。你再看看周围的人种构成，几乎包括了整个亚洲的国家，而且所有的人都会说汉语。可他们为什么又要秘密行事呢？这显然是个不公开的组织。你们有没有想过，为什么核电站不处理废热，导致大雾弥漫，这绝对不是成本问题。”

“雾？”金置焕若有所思，“难道是为了隐藏……为了躲避世界各国的卫星和侦察机的监控 ？那这座核电站到底是供什么用途？”

“绝不是像他们所说的那样，城市远程供电。我猜测可能是某种秘密军事工程的配套，才借助大雾掩护起来。”

这时，5233 从一声呻吟中醒了过来。他扭了扭身子，狼狈地吐出了几口酸水，搞得浑身湿臭不堪。穆明和金置焕面对着这幅场景，腹部的饥饿感顿时消散了。

5233环顾了四周一圈，最终他的目光落在了邻座的金置焕脸上。他扭了扭身子，对隔壁的金置焕使了使眼色。

“什么？”金置焕不明所以。

“嘘。”5233做了个静声的口型，然后用眼神不停地示意自己隆起的裆部。

金置焕疑惑地望着5233。5233扭头望了望大门的方向，回过头来压低了嗓音说：“快！咬开我的裤子。”

金置焕那张大扁脸瞬间石化了，他扭过了头望向了穆明，小声地说：“什……什么意思？”

穆明显然看出了5233的把戏，之前他曾经领教过一次。他也压低了嗓音，回答说：“别废话，照他说的做！只有你才够得到。”

金置焕看着那胀鼓鼓的裆部，仿佛明白了什么，可那呕吐的酸水还是令他望而却步。他深吸了一口气弯下了腰，于是，他的牙齿触碰到了一个硬邦邦的东西，是的，那是……他忍受着恶心，用牙齿撕开了5233的裤子，终于看到了那把发着光的钥匙。

“你真是个人才，5233。”一旁的穆明险些失了声。

“嘘！有时候光凭蛮力是解决不了问题的，得用脑子。你可以叫我的本名，塔西姆。”5233的语气中带着几分得意。

“你真棒，塔西姆老头！怎么搞到的？”

“那个日本人在押解我出隔离室的时候，我顺手拿的。别忘了我的罪名之一是偷窃！”5233说着接过了金置焕嘴里含着的钥匙。很快的，三个人都从椅子上解放了出来。他们小心地巡视了四周，确定无人看管。可这并没有什么意义，广阔的大厅中前后两道门都锁得密不通风。一扇通向他们来时的电梯，另一扇通往悬窗外的潜艇栈桥。

“对了，悬窗！”金置焕喊了起来，“我们可以通过潜艇逃走。”

他望向了墙壁上那巨大的玻璃悬窗，在玻璃后面的栈桥旁正停泊着两艘潜艇，那是他们逃出去的唯一希望。

“可是谁会开潜艇？”5233 问。

“管他呢！先出去要紧。”冲动的金置焕已经抄起了一个挂吊瓶的钢架往玻璃镜面上砸了上去。穆明也跟了上来，他知道只要能出去就行，早上那只海鸥告诉他海岸离他们并不远。只听见哐的一声响，然后三个人都呆住了。

玻璃碎了，可露出来的不是外面的海面和潜艇，而是闪烁着火花的金属构件。与此同时，悬窗也闪烁了起来，在反复了几次之后彻底地陷入了黑暗。潜艇消失了，所有的窗外景色全消失了。穆明缓步走到了窗户面前，他用手触摸着那块玻璃。都是假的……那只是个全息的电子屏幕，他们所梦寐以求的离开只不过是个幻象，那几艘潜艇不过是画饼充饥，他们见到过的所有人从登上潜艇到离开的过程全是虚拟图像。这正好证实了 5233 的推测，从来就没有人离开过。他们全都死掉了！穆明这个时候也恍然明白了那终日笼罩在四周的雾的目的，那不是为了掩盖核电厂自身，而是为所有人掩盖整个外部世界。想到这里，穆明使劲地对着窗户揍了几拳，然后颓然地坐在了地上。金置焕同样失落无比，他颓丧地坐到了穆明的身旁一言不发。

“别灰心，两位！”5233 指了指墙角桌子上收缴的物品，“你们的通信器材还在这里。”

金置焕从地上猛地弹了起来，三两步就奔到了桌旁。他拿起了对讲机就准备联络自己的属下。赶过来的穆明立即制止了他。

金置焕有些恼怒地说：“相信我！我的属下会无条件服从我。”

“不是信不过他们。只是你有没有想过，我们的通信一出声，有可能很快就会暴露，到时候事情还没有说清楚就已经被切断了通信。而且，这个地方的密闭措施一般人根本闯不进来。”穆明说。

金置焕冷静下来想了想，确实很有可能是这个结果，说道：“那怎么办？”

“我们必须在最短的时间内动用整个监狱的力量！”穆明拿起了自己的对讲机。

“整个监狱？”5233 发出了惊叹。

“是的，整个监狱。囚犯和看守，除了特勤组和典狱长的所有人。我们得做一场演讲！”

“那就开始吧！还等什么。”金置焕显得有些急躁。

穆明的脑子迅速地进入超脑状态，很快就在脑子里组织好了最简洁最富煽动的词句。“那么，准备好了吗？”他看了看其余两人，他们纷纷点了点头。

穆明打开了对讲机，接通了阮南。对面立刻传来了阮南的声音：“喂，队长是你吗？特勤组的人不是说你已经提前申请回去了吗。”

“听着，阮南！我现在所说的每一句话你都必须照做，别问为什么，我没时间解释。”

“明白！”

“那好！现在将我的信号接入监狱广播，要快！”

一分钟后，话筒传来了阮南的回复：“好了队长，接通了。”

穆明清了清嗓子，和身旁的两人交换了眼色：“大家好！致所有狱警和囚犯。我是 A 区的巡逻队长穆明。”

“我是 B 区的巡逻队长金置焕！”

“我是囚犯……代表，5233，塔西姆。”

“我们现在被关在底层的体检室。我们要告诉大家这个监狱的真相，我们都是被欺骗和蒙蔽的受害者，这里充斥着谎言，这里从来没有出去的潜艇，也没有出去过的人。所有期满离开的人都已经死了，这其中就包括即将到期的你们。他们在日复一日地愚弄着我们，看到了吗？那些雾，就是遮挡真相的障碍。行动起来，兄弟们，我们必须团结起来反抗！反抗……”穆明突然停了下来，他已经听不到话筒那头传过来的回音，他意识到信号已经被掐断了。

对话

接下来的日子里只剩下了无尽的空虚和等待。三个人已经做了最后的努力，具体外面发生了什么事都不得而知。他们随时期待着有人突然砸开门进来营救他们。可是什么也没发生，好像整个监狱，整个世界都把他们给遗忘了。但是时间还在继续，越发饥饿的肚子随时都在提醒着他们，你们正在走向最后的毁灭。

一开始无聊的时候他们还充斥着希望，还在分享一些自己的推测，他们甚至想到了自己都是克隆人，可谁也搞不懂为什么不克隆一批年轻力壮的人？这里的人平均年龄都已经四十多岁了。随着注意力的下降，渐渐地谁也不说话了，饥饿令他们闭了嘴，绝望让他们停止了思考。他们翻遍了整个体检室，除了维生素片，没有任何能够充饥的东西，还好他们在医疗柜里找到了一些输液用的蒸馏水。可是光靠水又能维持多久，据最保守的估计，穆明感觉至少已经过了三天了。他已经虚脱得两眼开始散焦，四肢无力地瘫软在地上。他勉强着抬起头观察了一下两人的状态，金置焕的情况还要糟糕一些，已经进入了半睡眠状态。如果不是他的肚子还在起伏，穆明会怀疑他已经死了。塔西姆的情况好一点，他还清醒着躺在椅子上，这个时候小个子的优势显示出来了。可又有什么用？不过是多活两天罢了。穆明再次躺了下去，平静地迎接宿命的到来。

这时候，门响了。那道密闭的金属大门打开所发出的咯吱声像一针强心剂注入了三个人的体内。他们挣扎着从地上爬起来望向了门的方向。走进来的人是岗口一政，三个人脸上的欣喜顿时化为了沮丧。

岗口一政孤零零地走了进来，缓步地来到了三个人的面前。他挨个扫视了眼前三个人憔悴的面容，脸上依然保持着那副刻板的表情。

“都结束了！”他突然开口说道，“你们跟我来，典狱长要见你们。”说着，他将手里携带的一包压缩饼干扔在了地上。

三个人强撑着从地上爬了起来。他们捡起了饼干就往嘴里塞，这个时候谁也顾不了那么多，脑子得听从肚子的指挥。

“走吧！”岗口一政再次催促道。

于是三个人踉踉跄跄地跟随着岗口一政走出了体检室的大门。他们乘着电梯从最底层上到了甲板。当电梯门打开的一瞬间，三个人都呆住了。他们走出了电梯，进入了全透明的玻璃廊道。印象中的景色全变了，那终日环绕着的雾气找不到踪影，整个监狱的结构清晰可见。那些高墙、哨塔、围成半圆形的牢房主体结构，还有圆形中间高耸的典狱长的办公室。最令他感到养眼的是四周围绕着的湛蓝色的海洋，还有飘着朵朵白云的蓝色天空。穆明回头望向了身后的核岛区域，他发现那里的蒸汽排放已经停止了，十四根烟囱突兀地竖立在海天之间。核电站已经停止了运转，他立刻明白了那雾气消散的真正原因。可最令他感到吃惊的景象是烟囱背后的海面。在海面的远处隐隐约约可以见到轮廓起伏的海岸线，那……是一座城市。

走过牢房区域上方的时候，他们看到了四处惨烈的场景。墙壁上到处是弹痕和血迹，很多地方有被灼烧过的痕迹。活动广场上有几辆被掀翻的防爆警车。地面上到处散落的子弹和建筑碎片。谁都看得出这里曾发生过一场惨烈的暴动。他们老远就看到了典狱长的塔楼之下拥挤着密密麻麻的囚犯和守卫。几辆防暴车停在门口，上面的守卫和高塔上的特勤组队员相互举着枪对峙着。这时候，有人看到了从空中廊道走过上空的他们。人们开始沸腾了，囚犯和守卫们挥舞着双手和武器高喊着三个人的名字。

“暴动已经三天了，一直对峙着，谁也不让步。现在双方谈成了条件，派你们作为代表与典狱长谈判。”岗口一政说着，他们已经走到了廊道尽头。他接通了对讲机，要求上面开放电梯权限。四个人进入了电梯，他们将直达典狱长的办公室。穆明知道，在那里隐藏着最终的答案。

里世界“深墓计划”

典狱长依然面不改色地坐在办公桌的后面，几个人进来的时候他只是微微抬了抬头，连眼睛也没眨一下。他那张布满横肉的脸上似乎永远波澜不惊，哪怕到了这个紧要关头。不过穆明看得出，同前几日相比，典狱长的气色还是差了许多。岗口一政则自动退到了门外，和那剩下来的十三名特勤队员守卫在天台上。

“你们三个很厉害，差一点就毁掉了整个人类的计划。”典狱长开口的第一句话就令三个人震惊不已，“谢天谢地！就差那么几个小时。当你们煽动所有人罢工进行暴动的几天后，主终于完成了他的使命。”

“主？”三个人同时发出了疑问。

“是的，我的主！你们的主。”典狱长拖着长长的尾音，他肥胖的身躯终于开始挪动，从办公桌的后面走了出来，“现在，我就带你们去见他！”

他走到了办公室的圆形厅堂中间，同三个人站在了一起。典狱长拨弄了一下手腕上的金属环，天花板上垂直放下来一根柱状的仪器。典狱长靠近了仪器上的棱镜进行了视网膜扫描。紧接着，厅堂中间圆形的平台开始震动，它的边缘向上伸出了一圈扶手。

“抓紧了！”典狱长说着按下了扶手上的红色按钮。整个平台开始以极高的速度沉了下去，四个人垂直落入了深井，直到顶部透不进一丝自然光，仅凭着微弱的指示灯下行。穆明感觉自己已经进入了海底的岩床之中，大约五分钟后，才缓慢降落直至停在一扇钢铁的门前。典狱长再次扫描视网膜打开了铁门，前面露出了一条狭长的隧道，隧道的尽头依稀可见蓝色的光。他们沿着通道前行了大约150米，然后豁然开朗。展现在他们眼前的是一个巨大的地下空间，混凝土和金属结构支撑的圆形环壁，球形的穹顶有几十层楼那么高。空间的中心是一根发着蓝光的巨型圆柱体，它的表面由无数的方形镜面构成。蓝色的光就是由那些细小的镜面发出来的，它们照亮了整个空间，但不是所有的镜面都在发光，一部分已经变成了黑色。

所有人在这景象面前都陷入了静默，也包括典狱长。他沉重的身躯向前走了几步，用颤抖的嗓音说：“看到了吗？这就是主，他……正在熄灭。”

“那么，究竟主是什么？”穆明仰望着这根巨柱，脑子开始了无限的遐想。

“主就是全人类！”典狱长缓慢地回过了身，用庄严的目光注视着三个人，开始了他漫长的讲述。

“在人类最后存在于真实世界的那几十年，他们动用了所有的资源完成了这个计划，‘深墓计划’。而我和你们就是最后的守墓人。”

“最后的几十年……那人们去哪了呢？”穆明问。

“在你们现在所处的监狱里，主将技术时代背景设置在了这项技术发明的十年前。所以你们不会想到有那么一天，人脑真的可以与计算机对接，完全的数字化。人们的思维终于不需要借助自己的肉体，而是直接存储了硬盘。这种趋势的最终结果就是全人类抛弃了整个物质世界而选择了遁入虚拟空间。因为在那里每一个个体在理论上都是一个上帝，原则上所有的不可能都会成为可能。”

“这项技术早在很多年前就有人提出过设想。我在孟买大学的时候就有教授发表过类似的论文，没想到它真的会实现。”塔西姆说。

“是的，它的出现所引起的变革远超出了人类的想象。那是一种由内而外的深层次变革，彻底改变了人们的人生观、价值观乃至整个哲学体系。没有人会想到它会那么彻底地俘获人类，让整个人类痴迷，以至于在短时间内就决定集体抛弃发展了几千年的物质文明。接下来只需要考虑一个问题，谁来供应源源不断的电能以维持这个里世界的存在。于是就诞生了这个‘深墓计划’，高岗监狱的核电站就是提供维持它的电能。”

“可我们不可能永远活下去，等我们老去后我们也不能繁衍出新的替代者。”穆明想到了一个问题。

“你说得很好。”典狱长用认可的目光看了穆明一眼，“这得从整个计划的源头说起。第一批先驱进入里世界后，他们不断地扩展时间和空间。根据他们对整个里世界的数据计算，里世界在十五年内就能完成终极恒定，即无限扩大时间和空间直到到达那个极限值——永恒。到了那个时候，里世界将彻底地独立于物质世界以外，也就不需要能源来维持它的运转。”

“不需要能源维持，哪有永动机这种东西？”金置焕感到自己的脑子有点不够用了。

“看起来你们守卫的智商都停留在一个档次。打一个最简单的比喻。如果你一分钟能做一天的梦，你也可以扩充成一年，由此可以无限扩充。等到你把这个时间跨度扩大到无限的时候，那么前后的时间便没有了意义。也就是说即使你在现实中躺在床上死掉了，只要在死之前一瞬间实现了时间的无限扩充，那么那个梦就是永恒存在的。”塔西姆解释道。

“可以这么去理解。”典狱长说，“所以，这个核岛监狱的预计使用年限我们做了保守的延长，多加了十年的保障期，所有的物资储备和人员使用年限都按25的最长规划配置。按照主的意思，里世界不会抛弃任何一个人类，等到里世界达到了永恒那个几点，所有的守墓人都可以进入里世界。”典狱长说。

“可你们为什么要使用这么多欺骗和谎言的手段？”穆明说。

“这只是深墓计划的一部分，专制和谎言并非人类的首要选择。要知道，留下一批最后的守卫者人们还有许多优点可以利用，比如说责任和信仰。而专制和谎言则是排在最后，也就是下下策。而实际上人类就是这么干的，深墓计划包含了三个方案，分别在全球的三个地方同时开始。是的，首先我们要明白一点，既然是人脑全部数据化，那自然可以备份，只不过备份全人类的思维确实是要耗费巨大能源的。最终人们完成了三个里世界的备份，然后分别赋予了三种形态的能源保障系统。”

“三种系统？你是说在其他地方还存在着两座核电监狱？”穆明吃惊地问。

“不是监狱。我刚才说过了，是责任与信仰。人类数据库完成了三个备份之后，根据人类地域文化的三种特性实施了三个方案。

“第一方案，被称为理想者方案。以最公开透明的方式招募了一批人类最后的守卫者。他们都是人类道德与责任的最优示范，是要依靠自律和对整个人类的责任心维持核电站的最后坚守者。这也是人类初步认定的最优方案。可是，计划实行仅仅九年之后，问题就出现了。在这个完全透明公开的体制里，从一开始人们就同里世界的人们保持无障碍的沟通，他们相信沟通与交流的力量。然而几年后，人们对里世界的认知发生了变化，里面的形态超出了他们的心理承受能力，要知道所有人的家属都在里面。原本认为理性与自律能战胜一切的人们开始动摇了 ，有人想要终止里世界，还原传统社会，甚至有人叫嚣要毁灭里世界。最终理想者方案爆发了叛乱，导致了核电站崩溃。计划宣告失败。所有人都死在了暴乱导致的核爆炸里。”

“等一等。”塔西姆打断了他的叙述，“你刚才是说一部分人想还原传统社会？”

“是的。”

“那么，你是说人们的肉身……”

“肉身……是的。在进入里世界之前确实是有这个考虑的。人们曾想过为自己保留一条退路，可保留和维持整个人类的肉体是一项比深墓计划更庞大的项目。所以，最后的方案是留下了 6 万个名额，理论上，是随机抽选的，实际上你们应该知道。这种应急方案，6 万个人员的结构构成都是经过严格筛选后内定的。这也是理想者方案唯一不透明的地方。但是大多数人并不在意，他们认准了里世界的方向，永不回头。”

“那么，那些肉体呢？”穆明问。

“数据可以备份，但身体不能。那六万具躯体被保存在理想者这个最佳方案的设施里，现在看到了，随着核爆炸，一切都消失了，人类最后的退路也没有了。”

典狱长叹了口气继续说：“另一个方案是宗教和科技结合的神权体制。那也是参与人数最多的计划，他们处在另外一个半球，具体的位置不确定，我估计是在地中海沿岸。它有着一套完整的自身繁衍和维护系统，社会阶层呈金字塔形分布。守墓人以护卫最高的神作为整个体制的稳固基石，当然那里的人们同样不清楚事件的真相，他们都被洗了脑，把供奉整个核电站和里世界的主当作精神追求。人们相信信仰的力量，可他们却混淆了信仰和愚昧的界限，这也是这个方案在启动之前受到质疑的原因之一，总之这明显的错误归咎于人类自身的膨胀，在里世界可以无所不能的人类显然把自己当作了上帝。具体在那个备份的里世界里发生了什么谁也不清楚。从一开始，我们三个守墓人都保持无障碍的联系，我觉察到，在开始后不久神权体制就显示出异常，它的发展轨迹超出了人们的预测，变得诡异莫名，与我们的联系时断时续。几年前，在得知理想者方案失败之后，那里的守墓人违反了契约自己进入了里世界，主动终止了与我的联系，并切断了所有的联络。现在，那个方案怎么样我完全不得而知，我甚至不知道那个地方是否还有人生存。

“最后只剩下我们这个监狱方案，也是最受诟病的方案。它的稳固无非来自谎言和暴力，但在终极的目标面前，道德是不可以作为评判标准的。这个方案的技术时代背景设定在人脑进入计算机十年前的某个东方国家，以尽量避讳你们头脑中的思维残留。是的，你们的记忆是经过改造的。不管是囚犯还是守卫，你们本来都是理想者计划的后备人员，你们都是具备极高的核电专业素质的合法公民。只是为了符合这个体制的设定，我们将罪犯的记忆植入一批核电工作人员脑中。为了让他们心存希望地履行好应尽的职责，我们设定了三年的假释期限。后来发现，三年的期限也太长了，在这么压抑的环境下，不到两年人们便滋生了抵触和反抗的情绪。于是我们决定每年进行一次记忆清洗，没人受得了无尽的等待，特别是意识到自己是被抛弃的遗孤的时候。所以，在经过了第二个三年计划之后，你们每年都要接受一次体检 ，其目的就是重置记忆和清除异端思想。这一切都由里世界的主来操纵，我只负责你们之间的对接。主最强大的计算能力和对你们意识的无障碍接触可以完全统筹整个囚犯和看守的虚假记忆，以至于不会产生破绽。这也就是为什么，你们在接受体检的同时昏迷的原因。醒来以后，你们都认为自己生活在三年刑期的最后一年，都满怀希望地重复着这一年。一年又一年，直到今年，计划已经到了里世界纪元 21 年了。原本主 15 年实现永恒基点的目的并没有实现。到了最近这几年，物资储备也快不够用了。记忆移植技术会随着每次重复产生人格的抵触，在重复四到五次之后这个情况就更加严重。你们的记忆系统的屏蔽期已经严重超负荷，不少人回忆起来一些片断，植入的罪犯人格也开始不稳定，这就是所谓的孤岛型人格裂变。所以为了计划的稳固，为了整个人类，我不得不杀死一些觉醒者。要不然事态一旦扩大将不可收拾。其实，最痛苦的是我，一边等待里世界的消息，一边得控制逐渐失控的你们，孤独地承受着道德和良心的谴责，可是……我没有选择。”

典狱长大段的叙述听得三个人目瞪口呆，他们面面相觑，谁也说不出话来。这个时候他们都注意到巨型圆柱上的发光板又熄灭了一大片。

“然而最头痛的还不是外部世界，是里世界。”典狱长再次转过了身向前走了几步，面向了神圣的巨柱，“我一直孤独地履行着我的职责，不惜动用一切手段，挑战道德的底线。我也一直同主保持着意识上的交流。一开始我觉得自己是在和人类的群体进行对话，那份庄严的使命感曾令我感到骄傲不已。可是渐渐的，我发觉自己越来越不能理解他了。”典狱长嘘出长长的一口气，脸上露出了罕见的悲哀之色。他继续说道：“人类所进入里世界并非之前设想的那样是个极乐社会。它的形态完全不同，一开始是模仿现代社会改造的童话世界，那只是人们的惯性思维在起作用。后来，当里世界的人类终于重新认识自身的时候，那个世界开始异化，或者说是进化。它打破了原有的认知，在无限扩展时间和空间的同时个体的自由意识开始不断交叠，渗透融合，最终形成了一个不可分离的整体。随之而来的是整个传统价值观的彻底崩塌，主开始执着地追求一种抽象的极乐，到了最后他只钟情于此。这个极乐就是时间和空间的永恒。就在昨天，主终于实现了这个目标，这比当时预计的时间整整慢了六年零三个月。三天前，就在你们煽动暴动的时候，主正处在最后的冲刺阶段，巨量的运算无疑要耗费大量的能源。可这个时候，他们罢工了，核电站停止了运转。你们差点毁了整个计划，毁灭了全人类。还好，应急的储备电量能够维持一周，恰好主在这最后时刻实现了终极，达到了那个永恒，现实世界的时间和空间对他来说已经没有意义。他一瞬的永恒，便是人类最终的追求。”典狱长越发高亢的嗓音开始颤抖起来。

“终极？那是一种什么感受？”塔西姆问。

谈话之间，巨柱上的亮片又熄灭了一部分，整个地下空间也由起初的蓝光普照变成了现在的幽蓝。四个人笼罩在一种肃穆和怪诞的氛围之中。

“死亡！”典狱长平静地说出了两个字，“主用我能够理解的方式告诉了我他的感受，死亡。”

当三个人听到这两个字的时候，都陷入了死寂般的沉默。

典狱长指了指巨柱上那些逐渐熄灭的亮片，说道：“在那个时刻，我正在通过数据线同主保持着对接，我强烈地感受到了那个永恒给我带来的快感，那是无与伦比的感受，是超越了时间和空间的永恒的虚无，也许那真的就是死亡吧！现在看来，当时取深墓计划这个名字真是预见到了未来，这或许就是宿命吧。”

还是死一般的沉默，四个人在这逐渐变暗的地下坟墓里静默得像几个死人。过了许久金置焕才开口问道：“那你说主还存在吗？”

“他是否还存在对我们来说已经没有意义。”典狱长独自地走向了墓穴的中央，他在环形平台的边缘停了下来回过了头，“你们还有什么疑问吗？”

“我只想知道那些视频是否是真实的，我的儿子和母亲。”金置焕问道：“还有我的妻子和女儿！”穆明补充道。

“影像可以说是真实的。那是主根据他们进入里世界之前的真实状态模拟的再现。可那又有什么意义，和主一样，他们是否存在已经和我们不相干了。”典狱长抬头望了望柱体上逐渐熄灭的亮片，再低头瞅了瞅脚下的深不见底的深渊，“你们还是走吧，趁着主还没有完全熄灭之前。”

“那你呢？”塔西姆问。

“我已经完成了我的使命，我会跟随主进入坟墓。”说完，典狱长那庞大的身躯开始倾斜，失控，跌入了地平线之下。

尾声

三个人顺着深井向上移动，当办公室窗外的日光照射在每个人皮肤上时，他们才从那静默的死亡气氛中逃脱出来。

他们走出了典狱长的办公室来到了露台上。岗口一政走了过来焦急地问：“典狱长他……已经……”

“是的。”穆明说，“他已经跟随主走了。”

岗口一政微闭双眼，几秒钟后他睁开眼平静地走进了办公室。其余警戒的特勤组队员也跟随着走了进去。一分钟后，从里面陆陆续续地传出了十四声枪响。三个人停顿了几秒，然后头也不回地走向了廊道的中央。眼下，成百的人们聚集在广场上，他们正围了过来，在三个人的脚下欢呼，形成了一片喧闹的人海。

“我们应该做些什么？现在。”金置焕问道。

“告诉大家真相！”穆明双手扶着栏杆，望向了远处起伏的海岸线。那是一座死气沉沉的城市，隐约可见爬满的绿色，可现在他又有了新的主人，“距离不远，我们总能想到办法上岸。”

“可有一个问题，我们都是男人，无法繁衍。”金置焕皱了皱眉。

“是啊，这个世界连一块肥皂都不好找。”塔西姆接过了话。

穆明往他的胸口捶了一拳，说道：“死性不改！”他望向了更远处的海洋，太阳正缓慢下落，它的边缘正好触及到了海平面，将那片海水浸染成了金黄色。成群的海鸥飞过，它们的身影划破了太阳的轮廓。“还记得吗？”穆明看了看身旁的两人，他搭着他们的肩膀，低头俯视着脚下的人群，“典狱长曾提到过的神权体制。它离我们很遥远，但不管怎样，我们会用整个余生去寻找它。”